Und hüte dich vor den Mönchen

Ein Roman aus der Ritterzeit

von Volker Lindner

Bibliografische Information der Deutschen Nationalbibliothek: Die Deutsche Nationalbibliothek verzeichnet diese Publikation in der Deutschen Nationalbibliografie; detaillierte bibliografische Daten sind im Internet über http://dnb.d-nb.de abrufbar.

Herstellung und Verlag:
Books on Demand GmbH, Norderstedt
Copyright:2009Lindner(Autor)
ISBN-13 : 9783837086157
2.Auflage

Vor zwanzig Jahren

Hört auf damit, so laut zu schimpfen, Herr !" sagte die Hebamme vorwurfsvoll und wiegte das Neugeborene, das quäksende Töne von sich gab, in ihren Armen. „Das macht das Mädchen auch nicht wieder lebendig. Was soll denn nun geschehen mit dem armen Wurm ?" Der Meier, also der Verwalter dieses herzoglichen Gutes, war ob dieser Mahnung etwas beschämt; er hatte ja nicht vorgehabt, zu schimpfen und war nur wegen seiner Hilflosigkeit in dieser für ihn neuen Situation lauter geworden.

„Du hast ja recht, Alte," brummelte er, „aber warum nur hat sie nie ein Wort davon gesagt, dass sie ein Kind erwartet ? Ich hätte doch keine Magd davongejagt, nur weil sie ein uneheliches Kind bekommt."

Es klopfte an der Tür und er rief : „Herein !"

Ein junger Knecht trat ein, sehr blass im Gesicht, und sagte sehr leise: „Herr, wir haben den Sarg jetzt fertig. Sollen wir, sollen wir sie hineinlegen ?"

„Danke, Rudowig, ja, legt sie hinein," antwortete der Meier. „Aber lasst den Sarg noch auf. Ich habe schon um den Pfarrer geschickt, er müsste eigentlich jeden Moment hier sein. Und dann wollen wir uns alle am Sarg versammeln."

Er wandte sich wieder zur Hebamme. „Wenn ich nur wüsste, wer der Kindsvater sein könnte. Zum einen wäre es seine Pflicht, auch am Sarg sein Gebet zu verrichten, und zum andern wäre mir wohler, wenn ich das Kind an den Vater abgeben könnte."

Der junge Knecht, der gerade den Raum verlassen wollte, hielt inne und zögerte.

„Ist noch etwas, Rudowig ?" fragte der Meier.

„Herr," antwortete dieser unsicher, „ich weiß nicht, wie ich es sagen soll. Also, ich bin mir nicht sicher, ob es mir zusteht, darüber zu reden."

„Rudowig," ermunterte ihn der Meier, „du weißt, dass ich dich nicht nur als Reitknecht schätze. Du bist ein ehrlicher Mann und als solcher kannst du jederzeit mit mir über alles reden."

Der Knecht kratzte sich sein unrasiertes Kinn. „Ich weiß, wer der Vater des Kindes ist. Bis zum Schluss hat sie gewartet darauf, dass er wieder hierher kommt, aber die letzten acht Monate war er nicht mehr hier."

Der Meier starrte ihn an. „Also keiner von unseren Knechten. Wer dann ?"

Rudowig sah von ihm zur Hebamme und wieder zum Meier. Es dauerte einen Moment, dann verstand dieser. Er drehte sich zur Hebamme und sagte : „Vielleicht gehst du mit dem Kind noch einmal hinüber zum Mägdehaus; dann kann der Kleine Abschied nehmen von seiner Mutter, bevor der Sarg zugemacht wird."

Als sie allein waren, nannte der Knecht den Namen.

Der Meier schlug sich mit der Hand vor den Kopf und rief : „Beim Himmel, bin ich denn schon so unbeweglich im Hirn ? Ja, natürlich, er schlief ja jedes Mal bei ihr, wenn er kam !"

Er bedankte sich beim Knecht und beauftragte ihn, die Hebamme mit dem Kind wieder zu ihm zu schicken. Als sie vor ihm stand, bat er die Alte, noch heute eine Amme zu besorgen.

„Die Frau vom Veit habe ich vorgestern von einem Mädchen entbunden, und sie hat gewiss Milch für zwei. Soll ich das Kind hinbringen zu ihr ?"

„Nein, auf keinen Fall," wehrte der Meier ab, „sorge dafür, dass sie herkommt. Und mach dem Veit klar, dass er auf seine Frau ein paar Tage verzichten muss. Sie reist mit mir und dem Neugeborenen zur herzoglichen Residenz."

Die Hebamme riss die Augen auf. „Das Kind kommt zum Herzog ? Ist der etwa ..... ?"

„Red ja keinen Unsinn !" fiel ihr der Meier ins Wort. „Hörst du ? Hüte dich, bei irgendjemandem solchen Unsinn zu erzählen !"

Er sah sie drohend an. „Mein Wort darauf, dass der Herzog nichts mit dem Kind zu tun hat. Wehe dir, wenn solcher Blödsinn in Umlauf kommt !"

„Ja aber, wieso kommt das Kind zum Herzog ?"

Der Meier wartete einen Augenblick und sah die Hebamme scharf an. „Das Kind kommt zum Herzog, weil der Vater einer seiner Männer ist."

Seine Stimme wurde etwas milder. „Aber das Schicksal meint es scheinbar nicht so gut mit dem Kind, auch der Vater ist nämlich tot. Er starb im Kampf für unseren Herzog. Also muss auch dieser entscheiden, was mit dem Kind passieren soll."

*

Als der Meier nach einer Woche mit seiner Begleitung wieder zurückkreiste auf das Gut, hatte der Herzog bereits entschieden.

Dieses Kind sollte nicht nur gut untergebracht werden, es sollte auch in seiner Nähe bleiben. Der wichtigste Ratgeber und Vertraute des Herzogs nahm das Kleine an Kindesstatt an und gab ihm seinen adeligen Namen. Zur Taufe war auch der Herzog anwesend, denn das war ja die Pflicht eines Taufpaten.

herzogliche residenz und tegernsee

Bei den Kameraden in der Kaserne hatten die beiden jungen Ritter ihren Spitznamen schnell weg. Sie waren seit kurzem eng befreundet und hießen nur noch ‚der Schwarze und der Weiße'. Beide waren annähernd gleich groß, bewegten sich ähnlich und besaßen die selbe Stärke und Ausdauer. Aber während Stephan von Tiers so blond war, dass es heller kaum ging, war Raimund von Fulinpach pechschwarz. Und während Stephans Gesicht von großen blauen, stets lustig schimmernden Augen bestimmt waren, besaß Raimund so dunkle Augen wie seine Haare, dazu waren sie etwas schmaler und standen leicht schräg, was ihm ein nachdenkliches, exotisches Aussehen verlieh. In ihrem Wesen war es allerdings genau anders herum, Raimund war eher der Lustige, der Draufgänger, und Stephan eher der Besonnenere.

Sie hatten sich kennen gelernt in der ersten Phase der Grundausbildung für den herzoglichen geheimen Dienst, waren sich gegenseitig sofort sympathisch und hatten sehr rasch Gemeinsamkeiten entdeckt. Zum Teil erstaunliche Gemeinsamkeiten, aber auch beunruhigende. Da aber keiner der beiden gewohnt war, vor Beunruhigendem oder Unangenehmen zu flüchten, schweißte dies ihre Freundschaft nur noch enger zusammen.

Innerhalb der Grundausbildung fiel Raimund sofort auf, weil er stets blitzschnell erkannte, worauf etwas abzielte. Kameraden, die sich nicht gleich zurechtfanden bei einer Aufgabe, erhielten von ihm stets notwendige Zusatzerklärung oder Betreuung, und Vorgesetzte und Ausbilder setzten ihn schon nach kurzer Zeit als Hilfe ein.

Stephan verblüffte Ausbilder und Kameraden bei allen sportlichen Übungen und waffentechnischem Training, denn zum Erstaunen der Ausbilder kannte er alle Tricks und Techniken bereits. Als gleich am Anfang der Rekrutenausbildung etwas höchst Ungewöhnliches vorgeführt wurde, hatte Stephan nur milde gelächelt.

Ein Ausbilder hatte ein komplettes menschliches Skelett an eine Art kleinen Galgen gehängt und den Rekruten die Funktionsweise einzelner Knochen erklärt. Natürlich fragte keiner, woher denn das Skelett stamme, denn nach den Regeln der Kirche war der Umgang mit einem Verstorbenen in dieser Weise ja verboten, zunächst waren alle neugierig, worauf das wohl abziele. Und das bekamen sie sofort nach den Erklärungen zu spüren. Zu spüren im wahrsten Sinne des Wortes. Denn der Ausbilder zeigte ihnen - am Boden liegend - einige Verrenkungen und Übungen, die den meisten irgendwie kindisch vorkamen, die aber alle zum Schwitzen brachten, als sie sie nachmachen mussten. Alle, außer Stephan. Kein Rekrut außer ihm schaffte irgendeine der Übungen öfter als höchstens zehnmal. Stephan hielt mühelos mit dem Ausbilder mit.

Während des Abendessens, als die Rekruten auch ein wenig Zeit für sich selber hatten, wollte Raimund von seinem Freund wissen, woher er diese Fähigkeit denn habe; denn er selbst hatte doch schmerzhaft erleben müssen, wie ihm die Bauchmuskeln schon nach kurzer Zeit fast am Platzen waren und ihn zum Aufgeben gezwungen hatten.

„Das ist alle nur Übung und Gewohnheit," hatte Stephan lachend geantwortet, „mein Vater macht solche Übungen jeden Morgen vor dem Frühstück. Schon als kleiner Bub hab' ich begonnen mitzumachen. Für mich sind diese Übungen nichts Neues."

Ihre erste - höchst erstaunliche - Gemeinsamkeit trat bei Fechtübungen zutage. Jeder Rekrut musste ganz bestimmte Techniken des Angriffs und der Verteidigung lernen und so oft durchüben, bis er es im Schlaf ausführen konnte. Zu einem bestimmten Angriffsschlag gehörte eine ganz bestimmte Verteidigungsstellung. Natürlich wurde so etwas verfeinert durch Täuschungs- oder Ausfallmanöver, die die Waffenkunst erschwerten.

Mit Raimund und Stephan hatten aber nicht nur die Kameraden, sondern auch die Ausbilder Schwierigkeiten. Während die meisten Menschen Rechtshänder und damit Schlaghand und Schlagrichtung vorbestimmt sind, wird jegliche Kampfhandlung erschwert, hat man es plötzlich mit einem Linkshänder als Gegner zu tun. Doch nun waren aber beide, Stephan *und* Raimund, weder reine Rechts- noch Linkshänder. Sie arbeiteten und kämpften mit beiden Händen gleichwertig und waren damit ein Horror für jeden Gegner. Blitzschnell wechselten beide das Schwert von der rechten in die linke Hand und umgekehrt, kein Gegner konnte bei ihnen der Schlagrichtung sicher sein.

„Unheimlich," hatte der Ausbilder den Kopf geschüttelt, „das habe ich noch nie erlebt, dass solch eine seltene Gabe gleich bei zwei Männern vorkommt. Ist das nicht merkwürdig ?"

Ja, merkwürdig fanden dies auch Raimund und Stephan selbst, aber gleichzeitig befriedigte diese Tatsache die beiden und ließ die Freundschaft noch enger werden.

Eine ganz spezielle Beachtung fand beim geheimen Dienst die Ausbildung für einen Nachteinsatz. Man wurde darauf geschult, sich im Dunklen zu bewegen, ohne Geräusche zu verursachen und natürlich ohne bemerkt zu werden. Hier waren geduld und Ausdauer Trumpf, hier waren Geschicklichkeit und blitzschnelle Entschlusskraft gefordert.

Und wieder trat eine Gemeinsamkeit bei den beiden jungen Rittern zutage. Sie liebten beide das Agieren im Dunkeln, konnten sich unendlich lange stillhalten und bewegten sich wie Schatten durch die Nacht. Kein anderer Rekrut konnte sie hier übertreffen.

*

Wenn man sich so eng befreundet, bleibt es nicht aus, dass man sich gegenseitig etwas erzählt aus seinem Leben, von seiner Familie, von seiner Vergangenheit. Und die Gemeinsamkeiten, die sich hier aufzeigten, waren für beide erschreckend.

Sie hatten beide keinerlei Kenntnis von ihren Vorfahren.

Raimund von Fulinpach war aufgewachsen als der jüngste Sohn des Adeligen Georg von Fulinpach aus dem Mangfallgau. Seine zwei Brüder waren um einige Jahre älter als er und so lernte er schon recht früh ein gewisses Durchsetzungsvermögen. Während sein Vater die meiste Zeit in der Residenz war, denn er war des Herzogs engster Vertrauter, hätte seine Mutter ihn, wären da nicht die ziemlich wilden älteren Brüder gewesen, wohl als Nesthäkchen verzogen. Hatte der Vater Zeit, dann streifte er gerne mit den drei Buben durch Wald und Feld, erklärte ihnen viel und förderte jegliche Selbständigkeit. Keiner wurde bevorteilt, jeder bekam die gleiche gerechte und solide Erziehung.

Deshalb traf es Raimund wie ein Blitz aus heiterem Himmel, als er vor zwei Jahren am Todesbett seiner Mutter erfuhr, dass er nicht ihr leibliches Kind war. Sie hatten ihn kurz nach seiner Geburt zu sich genommen, da er elternlos war, und ihn geliebt und aufgezogen wie ein eigenes. In einer solchen Situation mag man sich wohl geborgen und geliebt fühlen, man fragt doch unwillkürlich nach den wirklichen Wurzeln. Und nun fand Raimund zum ersten Male in seinem Leben, dass ihm der Vater eine Antwort verweigerte.

„Ich kann und darf dir nichts sagen," hatte Georg von Fulinpach geseufzt, „wäre Mutter nicht so krank geworden, du hättest es nie erfahren."

Raimund hatte aufgehorcht. „Was heißt, ich *darf* dir nichts sagen ? Wer verbietet es dir ?"

Sein Vater atmete damals tief auf, als ob ihn eine Erinnerung bedrücke, schüttelte den Kopf und sagte leise, während er ihm den Arm um die Schulter legte : „Nicht ein Mensch verbietet es mir, sondern meine Sorge um dich. Wenn ich es dir sage, dann bringe ich dich in höchste Gefahr. Nein, du bist mein Sohn und ich liebe dich. Ich werde niemals darüber sprechen. Ich werde nie im Leben einen meiner Söhne in Lebensgefahr bringen. Das kannst du nicht von mir verlangen."

Und traurig hatte er hinzugesetzt : „Auch Mutter hätte nie etwas gesagt, wenn sie nicht so schwer krank gewesen wäre. Bitte lass es wie es ist."

Gegenüber dem Vater ließ Raimund es so, aber in seinem Inneren nagte doch die Frage nach dem Warum, nach seiner Herkunft.

Als jüngster Sohn wusste er, dass der älteste einmal Gut Fulinpach erben würde. Der Sohn des Herzogs, der wie sein Vater Maximilian hieß und den er öfter traf, wenn er mit seinem Vater in der Residenz war, brachte ihn auf die Idee, sich doch beim geheimen Dienst zu bewerben. Wenn er selbst kein Herzogssohn wäre, so meinte er, wäre das für ihn ebenfalls die interessanteste Aufgabe.

Georg von Fulinpach war kurz zusammengezuckt, als er von dem Vorhaben erfuhr, stimmte aber dann rasch zu. Am Vorabend der Abreise seines Sohnes, der nun für längere Zeit seine Ausbildung antreten sollte, bat er ihn noch einmal zum Gespräch. Er meinte, Raimund solle ihm nicht böse sein, aber er müsse nach wie vor darauf beharren, ihm keine Auskunft über seine leiblichen Eltern geben zu können.

„Ein Vater kann seinen Sohn nicht in Lebensgefahr bringen. Und aus eben diesem Grund," hatte er sorgenvoll hinzugefügt, „muss ich dir eine Warnung für dein Leben mitgeben, wo immer du auch sein wirst. Hüte dich vor jeglichen Kontakten mit Mönchen ! Mehr kann ich dir nicht sagen."

Stephan von Tiers hatte schon als kleiner Bub, wie es sich gehört, neugierig die ganze Burg durchstreift. Als es für ihn hieß, mit dem Lernen von Lesen und Schreiben, von Rechnen und Latein zu beginnen, kannte er sein Heim in- und auswendig.

Auf anderen Burgen war der Lehrer der Kinder so gut wie immer der Pfarrer, der Seelsorger, aber auf Burg Tiers gab es keinen. Den Unterricht gab die Mutter, zuerst ihrem Ältesten, Stephan, und danach den beiden jüngeren Schwestern Elisabeth und Anna; die Kinder kannten es nicht anders.

Als seine Mutter im Unterricht von früher erzählte, wie die Menschen lebten, was sie glaubten, welche großen Kriege sie geführt hatten und mehr Interessantes, da fragte der Bub, ob damals seine

Vorfahren auch hier auf Tiers lebten. Die Mutter wurde verlegen und erklärte merkwürdigerweise, das wisse sie nicht genau.

Als Stephan älter wurde, gaben ihn die Eltern nicht, wie es sonst gern gemacht wurde, als Page und Knappe auf eine andere Burg, sondern der Vater bildete ihn selbst aus. Am Anfang staunte der Heranwachsende über die Tricks und Künste, die der Vater beherrschte, aber er lernte schnell. Bald war er dem Vater ebenbürtig. Und weil beide dieselbe Gabe besaßen, nämlich eine gleiche Waffenhand links und rechts, konnten sie zur Begeisterung der kleineren Schwestern klirrende Kämpfe vorführen, bei denen der Zuschauer Mühe hatte, mit dem Auge zu verfolgen, wer nun Angreifer und wer Verteidiger war, so rasch wechselten beide die Schwerter in den Händen hin und her, so flink wirbelten die Waffen herum.

Nach einem solchen Schaukampf, in dem der Sohn dem Vater schon gewaltig zugesetzt hatte, fragte Stephan : „War denn dein Vater auch solch ein guter Kämpfer ? Oder," meinte er lachend, „sind unsere Vorfahren immer schon mit diesem Geschick auf die Welt gekommen ?"

Er wischte sich den Schweiß ab und fragte nochmals, da der Vater keine Antwort gegeben hatte : „Warum hängen eigentlich nirgends Bilder von unseren Vorfahren ?"

Dem Vater schien das Thema nicht zu passen. Er erklärte kurz und knapp, von den Vorfahren gäbe es keinerlei Hinterlassenschaften; hier auf Burg Tiers sowieso nicht, denn diese Burg sei erst seit der Zeit von seiner Geburt im Familienbesitz. Und er weigerte sich, zu erzählen, wo Mutter und er vorher waren, woher sie stammten, und warum Burg Tiers erst seit dieser Zeit ihr Heim war.

Das passte überhaupt nicht zu seinem Vater, und Stephan war sehr verwundert und innerlich erregt. Doch auch später wurden nie Fragen, die in diese Richtung gingen, beantwortet.

Nur seine Mutter sagte ihm einmal, als sie mit ihrem Sohn allein war, sehr unglücklich : „Stephan, lass alles, wie es ist. Nimm es so, wie es jetzt ist. Vater macht ein Reden über unsere Vergangenheit nur traurig und wir dürfen niemals mehr sagen, denn das könnte ein furchtbares Unglück auslösen. Wir wären alle in Gefahr."

Dann, als Stephan neunzehn Jahre alt war, hielt es ihn nicht mehr zuhause. So sehr seine Eltern auch auf ihn einredeten, er wollte sehen, ob er auf eigenen Füßen stehen kann und hatte geplant, in die herzogliche Residenzstadt zu reiten und sich in des Herzogs Truppen auf ein, zwei oder drei Jahre zu verpflichten.

Als die Eltern spürten, dass alles Reden nichts an den Plänen des Sohnes ändern würde, ließen sie ihn ziehen, wobei sie nicht verbergen konnten, dass sie unglücklich und auch ängstlich waren. Und Ängstlichkeit, das passte nun überhaupt nicht zu seinem Vater, hatte Stephan sich gewundert.

Und dazu bekam er zum Abschied noch eine Mahnung mit, für die er keinen Grund erkannte, und für die die Eltern auch keinen Grund angaben. Sie baten ihn, oft genug über sein Wohlergehen zu berichten, natürlich auch - wenn es irgend ginge - zuhause vorbeizuschauen, und der Abschied endete mit den Worten : „Und hüte dich vor den Mönchen !"

*

Lange grübelten sie herum, was diese Aussage über Mönche zu bedeuten hatte, aber weder Raimund noch Stephan konnte sich auch nur das Geringste vorstellen. Mönche waren doch Diener Gottes ? Wenn man sich vor jemanden in acht nehmen sollte, dann doch deshalb, weil derjenige gefährlich ist oder böse Absichten hat. Aber Mönche ?

„Kannst du dir vorstellen, dass du jemals Angst bekommst vor einem Mönch ?" fragte Raimund. Stephan verneinte lachend. „Na also," meinte Raimund. „Normalerweise würde ich jetzt einfach sagen, Eltern haben immer Angst um ihre Kinder. Aber wie gibt es das, dass wir beide, die wir uns bisher weder kannten noch verwandt sind oder in irgendeiner Beziehung standen, also dass wir beide die gleiche Warnung bekommen haben ?"

„Keine Ahnung," sagte Stephan nachdenklich. „Und Beziehung ? Wir beide nicht, das wissen wir, aber vielleicht unsere Familien ?"

„Wie meinst du das ?" fragte Raimund überrascht.

Stephan sah ihn an : „Lass mich mal aufzählen. Also 1. Wir haben beide die selbe Warnung bekommen, sogar fast mit den gleichen Worten. 2. Wir sind beide im selben Jahr geboren. 3. Du kamst kurz nach deiner Geburt zu deinen Pflegeeltern, also vor knapp zwanzig Jahren. Meine Familie kam auch um die Zeit meiner Geburt, also vor knapp zwanzig Jahren, auf Burg Tiers. 5. mag ein Zufall sein, aber kommt es dir nicht komisch vor, dass wir beide die gleiche Fähigkeit mit der linken und rechten Hand besitzen ? In der ganzen Kaserne niemand außer uns, weder Kameraden noch Altgediente."

Jetzt grinste Raimund. „Geh nicht zu weit ! Fang nicht an zu behaupten, dass wir Brüder sein müssen. Der Weiße blond wie Stroh und der Schwarze dunkel wie die Nacht." Doch gleich wurde er wieder ernster. „Ansonsten ist deine Aufzählung richtig. Und ich meine, all diese Gemeinsamkeiten müssen ihre Grundlage irgendwo in der zeit vor zwanzig Jahren haben. Irgendwie mag damals etwas geschehen

9

sein, das uns beide betrifft. Aber wenn wir keine Auskunft von unseren Vätern bekommen, dann" nun grinste er wieder, „dann sehe ich, der Schwarze, schwarz für jede Aufklärungsmöglichkeit."

„Was war zur Zeit unserer Geburt oder kurz vorher ?" fragte Stephan nachdenklich. „Wir müssen nur jemanden finden, der uns das sagen kann."

Raimund schlug sich mit der Hand an die Stirn. „Mensch, ich hab' ja jemanden, der garantiert weiß, was damals war !"

Stephan wurde neugierig. „Wieso hast du jemanden ? Wen denn ?"

„Na, mein Pate, Herzog Maximilian !" Raimund freute sich, dass ihm das eingefallen war. „Also wenn der nicht weiß, was vor zwanzig Jahren Besonderes passiert ist, dann niemand."

Stephan war beeindruckt. „Unser Herzog ist dein Pate ? Wie kommt das ?"

„Was heißt, wie kommt das ? Woher soll ich das wissen, ich lag ja damals in den Windeln und hab' nicht viel davon mitgekriegt."

„Nein, so meine ich das nicht," Stephan schüttelte den Kopf, „man bekommt doch nicht einfach so einen Herzog als Paten. Ich meine, aus welchem Grund hat er die Patenschaft für dich übernommen ?"

Nun schüttelte Raimund den Kopf. „Eigentlich hab' ich keine Ahnung, aber doch wohl, weil mein Vater und er sich so gut kennen. Die beiden stecken ja ewig zusammen, mein Vater ist sein wichtigster Ratgeber."

Stephan sah ihn an. „Und dann übernimmt er die Patenschaft - entschuldige, wenn ich es so frei sage, du weißt schon, wie ich es meine - dann übernimmt er die Patenschaft für den jüngsten Sohn, ausgerechnet für das *Pflegekind* ? Warum nicht für einen der leiblichen Söhne ?"

Raimund stutzte. Und Stephan fiel noch etwas ein. „Und normalerweise bekommt man den Namen des Taufpaten, wenn es sich um einen so hochgestellten Paten handelt. Warum heißt du dann Raimund und nicht Maximilian ? Da haben wir Merkwürdigkeit Nummer sechs."

„Falsch !" antwortete Raimund.

Stephan war überrascht. „Was ist falsch ?"

„Na, das Wort Merkwürdigkeiten. Dein erstens, zweitens und so wieter waren Gemeinsamkeiten. Aber gut," gab Raimund lächelnd zu, „lassen wir es gelten, denn alle Gemeinsamkeiten sind ja gleichzeitig auch irgendwie Merkwürdigkeiten."

Er rieb sich das Kinn. „Da bin ich mal gespannt, was Onkel Max mir antwortet. Aber dummerweise werden wir noch eine schöne Zeit warten müssen, denn vor dem Ende der Grundausbildung werden sie uns nicht aus der Kaserne herauslassen."

„Was zwanzig Jahre im Nebel der Dunkelheit lag," dozierte Stephan, „das hat auch noch ein paar Monate länger Zeit."

„Sehr weise," beendete Raimund das Gespräch, denn das Signal zum Sammeln ertönte, „da haben wir Gemeinsamkeit, nein, nein, da haben wir Merkwürdigkeit Nummer sieben."

„Und die wäre ?" fragte Stephan, der sich unterm Gehen das Schwertgehänge festschnallte.

„Na, deine Intelligenz !" grinste Raimund frech. „Du bist scheinbar fast so gescheit wie ich."

*

Als die Hälfte der Zeit der Grundausbildung vorbei war, hieß es die Kaserne verlassen. Den Rekruten wurde zum einen mitgeteilt, die zweite Hälfte fände auf ‚freier Wildbahn' statt, der Stützpunkt hierzu läge am Tegernsee. Zum zweiten wurden sie aufgefordert, sich in Zweiergruppen zusammenzufinden, denn die meisten Aufgaben des geheimen Dienstes würden in solchen Duos ausgeführt, und eben darauf sollte diese zweite Hälfte der Grundausbildung abzielen.

Nicht alle Rekruten fanden einen Partner, mit dem sie hundertprozentig zufrieden waren - sicher ein Nachteil für die weitere Ausbildung. Für Stephan und Raimund gab es natürlich weder Suche noch Frage. Sie waren einer der ersten Zweiertrupps, die sich meldeten.

Die Abreise zum Tegernseer Stützpunkt wurde mit einer ersten praktischen Übung verbunden. Alle Duos wurden zu verschiedenen Zeiten in verschiedene Richtungen und mit verschiedenen Aufgaben, die sie unterwegs zu erledigen hatten, losgeschickt. Der Schwarze und der Weiße, auch die Ausbilder nannten die beiden mittlerweile so, bekamen den Auftrag, zunächst zu einem herzoglichen Gut etwas weiter im Süden zu reiten, dort einen Mann, der den Meier bestohlen hatte, abzuholen und ihn zum Hofgericht von Tölz zu überstellen.

Da sie bereits in der Nacht losgeschickt worden waren, kamen Stephan und Raimund gerade rechtzeitig zur Morgensuppe auf dem Gut an; das bedeutete eine willkommene Stärkung bevor es weiterging nach Tölz. Sie bedankten sich im Gesinderaum neben der Küche, wo sie gesessen hatten und holten ihre drei Pferde aus dem Stall - das dritte hatten sie für den Dieb dabei.

Doch beide blieben wie verdattert stehen und wussten nicht recht, was sie sagen sollten : Als die Kammer neben dem Stall aufgesperrt wurde, kam langsam eine junge Frau heraus, die nur zu Boden sah.

Stephan wandte sich an die Knechte, die aufgesperrt hatten. „Wir sollen doch einen Mann abholen ?" fragte er erstaunt.

„Von einem Mann wissen wir nichts," schüttelte der eine Knecht den Kopf, „das hier ist die Diebin. Die muss heute zum Richter nach Tölz."

„Und sonst ist niemand hier ?" fragte Raimund noch einmal. „Nur diese Frau ? Wirklich kein Mann ?"

„Was heißt, nur diese Frau ?" lachte der Knecht. „Das ist der einzige Dieb hier, den wir euch bieten können. Es hat schon seine Richtigkeit mit ihr, die muss nach Tölz."

Raimund und Stephan sahen sich an, dann zuckten beide die Schultern. „Na gut denn," befahl Raimund, „also aufsitzen und los !"

Sie nahmen das dritte Pferd mit der jungen Frau in die Mitte und ritten davon.

Dreimal versuchten sie unterwegs, mit ihr ins Gespräch zu kommen, aber weder gab sie Antwort noch sah sie auf, sie hielt sich nur etwas unbeholfen fest und starrte vor sich hin. Nach dem dritten Versuch gaben sie es auf und ritten stumm mit ihr dahin.

Nach gut einer Stunde, als der Weg in vielen Bögen durch einen langen Wald führte, sah die Frau plötzlich Stephan an und sagte kurz : „Können wir anhalten ? Ich muss mal."

Stephan sah Raimund an und Raimund sah Stephan an. Dann zügelte Raimund sein Pferd, alle taten es ihm gleich, und er sagte . „Was notwendig ist, ist notwendig. Ein paar Minuten zeit werden wir schon dafür haben."

Sie stiegen alle ab und die junge Frau ging auf das dichte Buschwerk im Unterholz zu. Als Stephan auch ein paar Schritte in diese Richtung machte, drehte sich die Frau um und sagte . „Ihr werdet doch wohl nicht zuschauen wollen !" Stephan wurde rot im Gesicht und drehte sich weg. Raimund grinste und blieb bei den Pferden stehen.

Sie sahen die Frau nie wieder. Als sie nach kurzer Zeit vorsichtig kontrollieren wollten, ob sie nicht endlich fertig war, mussten sie feststellen, dass keine Spur mehr von ihr zu finden war.

Zerknirscht mussten sie sich eingestehen, übertölpelt worden zu sein.

„Und jetzt ?" fragte Stephan Gesicht wieder rot geworden war, diesmal aber aus Wut und Ärger. „Was machen wir jetzt ? Wir können doch nicht zu zweit den ganzen Wald absuchen."

Raimund fluchte. „Verdammt noch mal, so was muss uns passieren. Wir müssen natürlich unserem Befehl Folge leisten, und der heißt, einrücken vor dem Abend. Es bleibt uns nichts anderes übrig, als vorher in Tölz zu melden, dass wir bei einer Gefangenen-Eskorte Versager sind, und dann schleunigst ab zum Tegernsee."

So geschah es. Beim Hofrichter in Tölz mussten sie den Spott der Gerichtsknechte über sich ergehen lassen, was das Selbstbewusstein der beiden im Moment arg anknackte. Doch noch schlimmer war der Dämpfer, den sie beim Empfang im Stützpunkt am Tegernsee erhielten.

Der Stützpunkt lag in einer ziemlich dünn besiedelten Gegend und eigentlich nur von einer Richtung her zugänglich. Zweimal tauchten im Vorfeld wie aus dem Nichts bewaffnete Posten neben ihnen auf und ließen sie erst nach dem Aufsagen der Parole - die sinnigerweise *Erfolgreiche Grundausbildung* hieß - durch.

Sie meldeten sofort ihren Misserfolg, bekamen aber nur die Anweisung, sich in den Gruppenraum zu begeben. Dort waren bereits einige der Kameraden, und im Gespräch stellte sich heraus, dass den meisten ähnliches passiert war. Über zwei Stunden saßen sie nutzlos im Gruppenraum herum und harrten der Dinge, die da kommen sollten. Dann waren alle Rekruten eingetroffen. Nur drei der Zweiertrupps hatten ihre Aufgabe erfolgreich durchgeführt.

Es erschienen drei offensichtlich wichtigere Männer des geheimen Dienstes - Stephan schätzte sie so in das Alter seines Vaters ein - und der mittlere ergriff das Wort.

„Rekruten," begann er und sah alle der Reihe nach an, „mit dieser ersten Aufgabe hat der zweite teil eurer Ausbildung, also der praktische Teil, begonnen. Für die meisten von euch mit einem Misserfolg, also kein Grund, überheblich zu sein."

Er machte eine Pause, um seine Worte wirken zu lassen und sah dies auch in den Gesichtern der Rekruten. Dann grinste er. „Allerdings ein Misserfolg, mit dem wir rechneten, ja wohl auch geplant hatten."

Offensichtlich vergnügt betrachtete er die erstaunten Mienen. „Nun, nehmen wir als Beispiel die Damen, mit denen es einige von euch zu tun hatten. Sie haben euch einiges voraus, was ihr noch erwerben müsst : Erfahrung."

Er nickte. „Ja, ja, Erfahrung. Diese Frauen gehören wie ihr zum geheimen Dienst. Ihre Aufgabe war es, euch zu entkommen und euch zu zeigen, dass ihr noch lange nicht alles könnt."

Er wehrte mit der Hand die aufkommende Unruhe ab. „Hier gibt es aber trotzdem nichts zu beschönigen. Männer des herzoglichen geheimen Dienstes lassen eine Gefangene nicht entkommen ! Sie muss lückenlos bewacht werden, egal, was sie euch erzählt. Ich weiß, ich weiß," winkte er ab, als jemand etwas murmelte, „die alte Geschichte. Einem jungen Wächter ist es peinlich, wenn eine vielleicht sogar sehr hübsche Gefangene ihre Notdurft verrichten muss. Doch was ist wichtiger, euer Schamgefühl oder das korrekte Abliefern der Gefangenen ? Wenn ihr eine weibliche Gefangene eskortiert, dann setzt sie halt so in den Busch, dass ihr oben nur den Kopf seht. Oder ihr sichert den Ort vorher so ab, dass ihr alle Fluchtmöglichkeiten im Blickfeld habt."

Jetzt ließ er eine zeitlang zu, dass die Rekruten aufgeregt miteinander sprachen. Dann hob er wieder die Hand.

„Und nun erwarte ich von euch, dass dies der letzte Misserfolg war. Aus Fehlern kann man lernen, aber noch besser ist es, ab jetzt keine Fehler mehr zu machen ! Und dieses erwarte ich mit Recht von euch, denn ich bin der Kommandant dieses Dienstes. Die beiden neben mir sind meine Stellvertreter. Gibt es Probleme, besprecht sie zunächst mit euren Ausbildern. Daneben oder danach sind wir natürlich auch für euch ansprechbar. Ab dem heutigen Tage werdet ihr behandelt wie jedes vollwertige Mitglied des herzoglichen geheimen Dienstes."

Und Arnhard von Glonn, seit knapp zwanzig Jahren Kommandant dieser Organisation, ging durch die reihen und begrüßte jeden einzeln mit Handschlag. Raimund, den er von seinem Vater her kannte, klopfte er zusätzlich auf die Schulter.

burg tiers

Der Herr auf Burg Tiers, er hieß Stephan wie sein Sohn, war in arger Bedrängnis. Nicht in körperlicher, oh nein, da hätte er sich zur Wehr zu setzen gewusst. Körperlich fühlte er sich mit seinen vierundvierzig Jahren noch jedem jungen Mann ebenbürtig, ausdauermäßig hielt er mit jedem Jüngeren mit, und was Tricks und Waffentechnik betraf, so beherrschte er alles noch genauso wie vor über zwanzig Jahren, als er mit seinem Können ein überaus erfolgreicher Mann gewesen war. Tägliche, ausgeklügelte Übungen hielten ihn so fit, dass er ohne Bedenken bei jeder Auseinandersetzung an seine grenzen hätte gehen können.

Nein, die Bedrängnis war in einer Art, gegen die man sich in dieser Zeit so gut wie nicht wehren konnte, bei der das Ergebnis so gut wie immer auf Unterwerfung hinauslief.

Seit zwanzig Jahren saß Stephan mit seiner Frau - und im Laufe der Zeit mit seinen drei Kindern - auf dieser Burg, und seit dieser

Zeit wurde auf einen Burgkaplan verzichtet. Mit dem älteren Pfarrer unten im Dorf hatte er, nachdem er sich hier einigermaßen eingelebt hatte, damals ein Gespräch und erhielt sein Einverständnis, dass sie ihn - so sie einen Seelsorger bräuchten - jederzeit ansprechbar fänden und er nichts dagegen habe, wenn auf Burg Tiers selbst kein Seelsorger wäre. Dieser Pfarrer war nämlich ein Menschenkenner gewesen und hatte gespürt, dass Stephans Wunsch einer tiefen Sorge entsprang, einem unheilvollen Erlebnis vielleicht, und hatte sich folglich nie beschwert darüber, die Familie des Burgherren so gut wie nie in der Kirche zu sehen. Ja, er hatte sogar auf Mahnungen verzichtet, als sich herausstellte, dass niemand von der Burg zur Beichte kam.

Viel wusste ja sowieso niemand in diesem Tal von der Herrschaftsfamilie, außer dass sie vor eben zwanzig Jahren diese Burg geerbt hatten von einem entfernten Verwandten, der nie verheiratet war und keine Nachkommen besessen hatte. Sie kamen damals wohl von weit her und brauchten eine längere Zeit, bis sie die ersten Kontakte zum Tal knüpften. Eine gewisse Verschlossenheit und Zurückgezogenheit war aber bis heute geblieben.

Diese Distanz gab es nicht bei Stephan, dem Sohn, und bei seinen beiden Schwestern. Sie waren ja hier geboren und aufgewachsen; ein Umgang mit den Bewohnern des Tales war für sie normal. Diese Distanz aber hatte für den Burgherren und seine Frau wohl einen Grund, den sie abzuschütteln nicht vermochten.

Dazu kam, dass beide - was für den einfachen Menschen dort wie auch überall völlig unfassbar und unverständlich gewesen wäre, hätte es jemand gewusst - dass sie überzeugt waren, dass der Mensch nicht von einem Gott abhängig wäre, ja, dass eine Existenz eines Gottes nicht nur logischem Denken widersprach, sondern auch in sich unsinnig war. Den Grundstein für solches Denken, den Anstoß für solche Logik hatte ausgerechnet ein Mönch geliefert; ein Mönch, der nach einer langen Leidensgeschichte ohne Kompromisse die Überzeugung vertreten hatte, dass ein Gott - wenn er wirklich *allmächtig* ist - schon bei der Schöpfung gewusst haben muss, welches und vor allem wie viel Leid er damit seinen Geschöpfen aufbürdet. Nach Meinung dieses Mönches wäre ein Gott dann ja absolut verantwortlich für Mord, Krieg, Folter, Leid und Elend jeglichen Ausmaßes, da er dies in seiner Schöpfung bereits mit eingeplant haben müsste, und all dies sei in sich in keiner Weise vereinbar. Gut und böse könne der Mensch jederzeit auch ohne eine Religion auseinander halten. Die Zahl der Untaten, die von Menschen begangen worden waren seit es Menschen und seit es Religionen gibt, hat keine der Religionen mindern können, kein Glaube

15

an einen Gott, keine Strafandrohung die die des Jüngsten Gerichtes. Allein die Herrschenden versuchten stets, aus Religion für sich Nutzen zu ziehen.

Und nun kam der Herr auf Burg Tiers in Bedrängnis. Der gutmütige, verständnisvolle Dorfpfarrer war gestorben, und in die Kirche zog ein junger, fanatischer Pfarrer ein. Es war ein geistlicher, der sich als Aufsichtsperson seines Gottes verstand, der sich eher als Kontrolleur denn als Hirte seiner Schäfchen sah. Er war engstirnig und intolerant, er duldete keine Entschuldigung, der Gottesdienst war von *jedem* zu besuchen, die kirchlichen Gebote waren zu jeder Zeit zu beachten, und vor allem legte er großen Wert auf die regelmäßige Beichte. Weil er von seiner Mission überzeugt war, zwang er - wie so viele in seinem Amt - den ihm Anvertrauten seinen Willen auf.

Auf der Burg gab es keinen Seelsorger ? Die Familie des Burgherren kam nicht zur Beichte ? Das brachte den jungen Gottesmann in Rage. Drei Besuche auf der Burg hatte er nun schon hinter sich. Bei den ersten beiden Malen wurde er von Stephan von Tiers noch ziemlich höflich empfangen, aber beim dritten Male sagte er unverblümt, dass jeder, der ihm und damit Gott nicht folge, ein Ketzer sei und wurde nicht mehr ganz so höflich vor die Tür gesetzt. Allerdings drohte er beim Verlassen der Burg, seinen Bischof zu informieren.

„Wir können doch nicht riskieren, dass wir auf diese Weise Aufsehen erregen !" meinte Stephans Frau ängstlich zu ihrem Mann. „Was willst du tun, wenn er wirklich dem Bischof Bescheid gibt ?"

Stephan von Tiers war hin- und hergerissen. „Du hast natürlich völlig recht," sagte er sorgenvoll, „wenn ich könnte, wie ich wollte, dann .... Mein Gott, wenn mir dieser Kerl vor zwanzig Jahren begegnet wäre, dann hätte er das Maul keine dreimal aufgerissen !"

Verbittert schüttelte er den Kopf. „Müssen wir wieder mit dem Verstecken anfangen ? Wahrscheinlich bleibt uns nichts anderes übrig, als diesmal statt uns selbst unsere Gesinnung zu verbergen. Wenn ich mir vorstelle, bei diesem Widerling von Pfarrer in die Beichte zu gehen ! Wenn ich ihm die Wahrheit beichte, muss ich ihn anschließend umbringen, um meine Familie zu schützen."

Erschrocken legte ihm seine Frau die Hand auf den Arm. „Sag so was nicht laut ! Es muss doch noch eine andere Möglichkeit geben, irgendetwas, wie wir diesen Pfarrer aus dem Spiel bringen." Sie dachte kurz nach und fügte dann hinzu : „Man müsste ihn austauschen können. Wir bräuchten wieder so einen Pfarrer wie den alten."

Liebevoll sah der Burgherr nun seine Frau an, umfasste und drückte sie.

„Deine Lösungen wären immer die praktischsten. Ich schleiche mich gern in der Nacht ins Dorf und packe ihn ein, und vielleicht finde ich auch woanders einen besseren, dann wäre ein Austausch rentabel. Aber ich fürchte, dieser engstirnige Gotteskrieger würde zurückfinden und dann setzt er seinen Feldzug gegen uns garantiert fort. Dann ist es doch gescheiter, ich ..... Meinst du nicht, dass ich ihn nicht doch verschwinden lassen sollte ?"

Sie schlug ihm leicht mit der faust vor die Brust. „Untersteh' dich ! Die Zeiten sind für dich vorbei ! Aber richtig ist schon : Könnten wir nicht einen Burgseelsorger besorgen, eben einen, wie wir ihn brauchen ?"

Er dachte laut nach. „Das könnte das Problem vielleicht nicht ganz lösen, aber auf alle Fälle mildern. Wenn auf der Burg ein Seelsorger wäre, wäre der Dorfpfarrer nicht mehr zuständig für uns und damit nicht mehr lästig und auch kaum mehr gefährlich. Doch wie kriegen wir einen passenden ?"

„Zwanzig Jahre ist nun alles gut gegangen," meinte sie ernst und sah ihm in die Augen, „meinst du nicht, dass ein Kontakt nach dieser langen Zeit nicht doch ziemlich ungefährlich wäre, wenn wir vorsichtig sind ? *Sie* könnten uns doch einen passenden Geistlichen schicken, oder ?"

Die Antwort blieb eine Zeit lang aus. Stephan von Tiers, der nicht immer so geheißen hatte, überlegte und drückte dann seine Frau ganz fest an sich. „Kontakt nur im alleräußersten Notfall, hat es vor zwanzig Jahren geheißen. Ich weiß nicht, wie sie es sehen werden, aber für uns ist dies der Notfall. Wir haben keine Wahl..... Hoffentlich ist dort noch alles so, wie es war und ich erreiche die Richtigen."

Sie schmiegte sich an ihn und flüsterte : „Ihr wart alle vom selben Schlag. Die sind gewiss alle noch wie du."

Sie küssten sich, und er beschloss bei sich, den Kontakt auf die Weise aufzunehmen, die vor langer, langer Zeit vereinbart worden war. Vereinbart nur für den Notfall.

tegernsee und herzogliche residenz

Die Ausbildung war knochenhart geworden. Raimund und Stephan gehörten unter allen Rekruten zu den Ausdauerndsten, zu denen, die am beweglichsten und einsatzfreudigsten waren, und dennoch gab es am Abend keine Stelle an ihrem Körper, die nicht schmerzte. Die Anforderungen wechselten so rasch, dass man kaum Zeit hatte, sich darauf einzustellen. Gleichzeitig wurden ihnen Denkaufgaben gestellt, die sie trotz körperlicher Ermüdung blitzschnell und vor allem zufriedenstellend zu lösen hatten.

Mit der Zeit, fast ohne, dass sie sich dessen bewusst wurden, reagierten sie in Gefahrensituationen überlegen zu müssen. Kein langwieriges Einschätzen einer Lage beeinträchtigte ihr handeln, kein Zögern behinderte eine rasche Aktion. Geist und Körper arbeiteten in einer solchen Einheit und Übereinstimmung, die ab jetzt für jeden potentiellen Gegner höchste Gefahr darstellen würde. Zusätzlich dazu war nun jeder Zweiertrupp so aufeinander eingespielt, dass er auch bei einer größeren Anzahl von Gegnern größtmögliche Aussicht auf ein Durchsetzen besaß. Und das Duo ‚der Schwarze und der Weiße' konnte darüber hinaus noch mit der ungeheuren Gefährlichkeit aufwarten, dass hier vier gleichwertige Hände kämpften.

Zusammen mit den am Anfang der Ausbildung erlernten Fähigkeiten - beobachten, kommunizieren, sich bei Nacht bewegen und dergleichen mehr - bildeten nun die Rekruten nach Ende ihrer Ausbildungszeit ein enormes Kampfpotenzial in einem Tätigkeitsfeld von weitgefächerten Möglichkeiten für den herzoglichen geheimen Dienst.

Eine unangenehme, aber notwendige Rolle spielte zum Schluss der Ausbildung auch das an dem kleinen Galgen hängende Skelett. Die Rekruten erfuhren, welche Verletzung an welcher Stelle zu welchen Folgen führte. So lernten sie auch, welcher Schlag oder Stich zu einem blitzschnellen Tod und welcher Schlag oder Stich zu einer Lähmung oder vielleicht nur zu vorübergehender Bewusstlosigkeit führen würde.

Und wer von den Rekruten, so wie Stephan und Raimund, geglaubt oder gehofft hatte, dass nach Beendigung der Ausbildung zunächst einmal Ruhe einkehren würde, der wurde eines Besseren belehrt : Sofort anschließend erhielt jeder Zweiertrupp seinen ersten wirklich selbständigen Auftrag. Für den Schwarzen und den Weißen, das sollte auch in Zukunft ihr Code-Name bleiben, hieß es, sich in der herzoglichen Residenz zu melden. Sie sollten für eine Reise den Schutz einer hochgestellten Persönlichkeit übernehmen.

Auf dem Ritt zur Residenz rätselten die beiden herum, um welche hochgestellte Persönlichkeit es sich handeln könnte, aber eine solche Überlegung war natürlich müßig; dieser Begriff schloss viel zu viele Personen ein.

„Aber," sagte Raimund zufrieden zu Stephan, „auf alle Fälle bietet uns dieser Auftrag Gelegenheit, uns mit Onkel Max zu unterhalten."

18

Was sich allerdings, kaum dass sie in der Residenz eintrafen, als Irrtum herausstellte. Sie hatten sich noch nicht mal ganz fertig bei der Wache gemeldet, da wurden sie schon von einem älteren Feldwebel arg angeraunzt.

„Geruhen die Herren endlich einzutreffen?" schrie er sie an. „Glaubt ihr, ich lasse mich wegen euch vom Bischof dreimal blöd anreden? Seit über einer Stunde steht die Kutsche abreisebereit im Hof, aber die Herren vom Geleitschutz sind wohl etwas Besonderes, die haben es nicht eilig!"

Ohne auch nur absitzen zu können, mussten sie im Hof Aufstellung hinter einer der dort stehenden Kutschen vornehmen. Kurz danach kam ein vornehm gekleideter Geistlicher, wohl der vom Feldwebel genannte Bischof, mit einigen Begleitern aus einem der großen Torbögen der Häuser und alle stiegen ohne großes Getue in die Kutsche. Der Kutscher gab Raimund und Stephan das Zeichen, dass er losfahre, und sie ritten hinter der Kutsche drein.

Eigentlich ärgerte sich Stephan, dass sie nicht einmal Gelegenheit bekommen hatten, sich zu stärken, aber er grinste Raimund zu und sagte: „Ein toller Auftrag! Unser Schützling hat uns überhaupt nicht angeschaut, und wir wissen weder, wovor wir ihn zu schützen haben noch, wohin die Reise geht. Ein toller Auftrag."

Raimund stimmte ihm zu. „Wäre etwas erträglicher gewesen mit einer Brotzeit im Magen, aber was soll's. Dann grinste auch er über das ganze Gesicht und meinte: „So ein Bischof rumpelt bestimmt nicht stundenlang durch die Gegend. Der wird schon bald Pause machen und das sicher auch nicht nur in einer kleinen Spelunke.

Die ganze Reisegesellschaft verließ den Bereich der Residenz und die Geschwindigkeit wurde etwas erhöht.

tegernsee

„Damit hätte ich nie mehr im Leben gerechnet!" sagte Marinus, einer der Stellvertreter, kopfschüttelnd zu Arnhard von Glonn, dem Kommandanten des geheimen Dienstes. „Nicht nach dieser Zeit. Nicht nach zwanzig Jahren."

Arnhard sah ihn überlegend an, ihm war nicht sonderlich wohl bei dieser Erinnerung, nein, sie tat sogar weh. „Nein, nach so langer Zeit hat keiner mehr damit gerechnet." Dann riss er sich zusammen. „Doch das sind alte Wunden, heute ist heute. Ich habe bereits zwei

Mann losgeschickt nach Ettal. Sebastianus, meine ich, ist der geeignetste. Mit dem wird er sicher zufrieden sein."

„Ja, Sebastianus," bestätigte Marinus. „Doch wie wirst du verfahren ? Der weiß ja auch nichts anderes, als dass er tot ist."

Arnhard nickte. „Ja, der weiß wie alle anderen nur von seinem Tod. Aber du musst bedenken, jeder, den wir hinschicken würden, würde sich Gedanken machen. Doch dieser Mönch ist was Besonderes, er war ja eigentlich der erste, den ....."

Er brach ab, und Marinus wusste warum. Die Wahrheit wussten außer dem Herzog nur noch fünf Männer. Sebastianus würde der sechste werden.

„Ich verstehe dich schon," lächelte Marinus, „aber sag mir : Wenn er hier ist, wie sagst du es ihm ?"

Auch Arnhard lächelte vorsichtig. „Ich bin mir noch nicht sicher, wie ich es mache. Aber eines steht fest. Nur Georg und du, ihr beide kommt allein in Frage, ihn hinzubringen."

Marinus starrte ihn an. Er schluckte, fuhr sich mit der Zunge über die Lippen und räusperte sich dann. „Verstehe. Das kann ja niemand sonst tun, das wäre zu riskant. Aber das wir kein leichter Auftrag. So nahe an ihn herankommen und trotzdem keinen Kontakt."

„Werd' mir nicht sentimental !" warnte ihn Arnhard. „Leichte Aufträge sind ja wohl auch nicht unser täglich Brot. Ihr liefert den Mönch in der Nähe ab und vergesst danach alles wieder. Verstanden ?"

Marinus nickte nur. Er hatte genau verstanden. Er war sich nur nicht ganz sicher, für wen es schwieriger war, für Georg und ihn, wenn sie in die Nähe kommen würden oder für Arnhard, der hier bleiben musste.

auf dem weg nach augsburg

Raimund hatte recht gehabt. Schon nach einer Stunde wurde in einem größeren Gut Rast gemacht. Rast gemacht, das bedeutete in diesem Falle, dass die Kutsche in den Hof einfuhr, und sich weder der Bischof noch irgendjemand seiner Begleitung um Stephan und Raimund kümmerte, sie ansprach oder sich auch nur nach ihnen umsah. Zwei Diener waren auf die Kutsche zugeeilt, hielten die Tür auf, verneigten sich tief und begleiteten die Reisegesellschaft ins Haus.

Während sie unschlüssig von ihren Pferden abstiegen, sprang auch der Kutscher vom Kutschbock und kam grinsend auf sie zu.

„Na, Leute," rief er, „ihr macht zum ersten Mal bei unserm Herrn Dienst ?"

„Zum ersten Mal," bestätigte Raimund, „und hoffentlich zum letzten Mal. Kümmert sich hier keiner um uns ? Nicht nur hohe Herrschaften brauchen ab und zu was zum Essen."

„Alles, was in meiner Kutsche sitzt, ist sich viel zu fein, um mit Knechten und sonstigem Geschwerl persönlich zu reden," feixte der Kutscher, „bei uns heißt es : Selbst ist der Mann ! Los, kommt mit in die Küche ! Aber flott, wenn ich bitten darf, bei unserem Herrn weiß man nie, wann er wieder auftaucht. Und dann heißt es Aufbruch ohne Rücksicht auf Verluste. Wehe, du sitzt gerade auf dem Lokus ! Dann kannst du mitten unterm Scheißen aufspringen und ohne Hose losrennen !"

„Na wunderbar," brummelte Stephan, „dann bring uns mal im Eiltempo zur Küche. So wie du klingst, kennst du dich ja hier aus."

„Darauf kannst du einen lassen !" rief der Kutscher fröhlich. „Und ich kann auch noch dazusagen, dass die Küche hier mit allerhand Leckerbissen aufwarten kann."

„Wenigstens ein Gutes an diesem Auftrag," murmelte Raimund und beschleunigte seinen Schritt, denn der Kutscher legte sogleich ein anständiges Tempo zum nächsten Haus vor.

*

Erst nach über einer Stunde ging es weiter, Zeit genug, sich den Bauch vollzuschlagen und sich etwas auszuruhen. Bei der Abfahrt spielte sich die gleiche Prozedur ab wie bei der Ankunft. Weder Bischof noch Begleitung verschwendeten auch nur einen Blick an das ‚Personal', man stieg ein und los gings.

In der ersten Hälfte der Grundausbildung hatten die Rekruten - zunächst zu ihrer Belustigung - eine ganz besondere Sprache gelernt, nämlich eine Sprache, die mit den Fingern geredet wird. Beide, Raimund und Stephan, hatten von Anfang an eingesehen, dass man diese Fingersprache bis zur Perfektion einüben sollte, da ein solches Kommunizieren, ohne dass ein Außenstehender etwas davon merkt, einen ungeheuren Vorteil bedeuten dürfte. Und so hatten sie sich schon in der Küche, wo genügend Mägde und Knechte umherschwirrten, auf diese Weise unterhalten und taten dies nun beim Ritt wieder.

Es wurde die nächste Zeit ein ziemlich eintöniger Ritt. Um von dieser Eintönigkeit nicht zu geringerer Aufmerksamkeit verleitet zu werden, hatten Stephan und Raimund ausgemacht, öfter Position zu wechseln und auch den Abstand zur Kutsche nie gleich beizubehalten. So ritten sie, von den Insassen der Kutsche unbemerkt, abwechselnd einmal links, dann der andere rechts etwas weiter in ein Feld hinaus, stets natürlich ohne den Augenkontakt zu verlieren, dann wieder blieb der eine hinten und der andere wechselte in weitem Bogen vor die Kutsche. Kam jemand in Sichtnähe, dann schlossen beide sofort dicht zur Kutsche auf.

Als sie aus einem Wäldchen herauskamen und vor ihnen weites Feld rechts und links der Straße lag, sahen sie schon von weitem zwei Gestalten, die heftig winkten. Als sie näher herankamen, erkannten Raimund und Stephan zwei Mönche, die mit dem Winken nicht aufhörten. Nein, es waren nicht nur zwei, diese zwei, die man schon von weitem gesehen hatte, standen dicht an der Straße, aber auf der Straße selbst lag noch ein dritter Mönch, der sich nicht regte.

Der Kutscher beugte sich zum vorderen Fenster hinunter und rief etwas in die Kutsche, und offenbar hatte er danach Anweisung zum halten bekommen. Er brachte die Kutsche direkt neben den winkenden Mönchen zum Halten und auch Stephan und Raimund blieben stehen, der eine ganz dicht an der Kutsche, der andere im Feld neben der Straße.

Als sich der Kopf eines Begleiters aus dem großen Seitenfenster schob, rief einer der Mönche : „Unser Abt ist zusammengebrochen ! Wenn wir ihn anheben wollen, schreit er vor Schmerzen auf ! Könnt ihr uns nicht helfen ?"

„Abt ?" tönte eine volle Stimme aus der Kutsche. „Was für ein Abt ? Doch nicht unser Mitbruder Emmeran aus Kloster Friedberg ?"

Dann ging die Tür auf und der Bischof beugte sich hinaus. In diesem Moment sprang der Mönch, der vorher geredet hatte, mit einem Satz vor und riss den Bischof herunter. Er umschlang ihn und drückte ihm ein Messer an die Kehle, so hastig, dass er dem Bischof den hals verletzte. Aus dem kleinen Schnitt kullerten einige Tropfen Blut hervor und der Bischof erstarrte zu einer Salzsäule.

„Ihr macht alle, was ich sage !" schrie nun der Mönch. „Alle ! Sonst schneid ich dem hier die Kehle durch ! Habt ihr verstanden ? Los, alle raus aus der Kutsche und lasst eure Waffen drinnen liegen !"

Verstört kam einer nach dem anderen aus der Kutsche und gleich der Vorderste sagte ängstlich : „Von uns hat niemand Waffen, wir sind alle Geistliche."

Der Mönch, der den Bischof hielt, musterte sie von oben nach unten. „Ihr wollt Pfaffen sein ? In solcher Luxuskleidung ? Los," wies er den zweiten und den dritten Mönch, der inzwischen lebendig und munter da stand, an, „untersucht sie !"

Dann wandte er sich zu Stephan und Raimund. „Aber eure Waffen sind deutlich zu sehen. Ihr seid Knechte und keine Pfaffen. Legt sofort die Schwerter ab !" Er unterstrich seine Forderung, indem er mit dem Messer noch etwas kräftiger gegen den Hals des Bischofs drückte. Dieser ächzte auf.

Stephan und Raimund sahen sich an, nahmen das Schwertgehänge ab und warfen es ins Feld. Während der Mönch, der der Wortführer war, zufrieden grinste, gab er einem der anderen ein Zeichen, die Schwerter zu holen. Dass inzwischen Stephan und Raimund miteinander sprachen, konnte niemand bemerken, denn sie sprachen nicht mit dem Mund, sondern mit den Fingern.

Nun wurden sie aufgefordert, ihre Pferde stehen zu lassen und sich zu den anderen Männern aus der Kutsche zu stellen, und langsam gingen sie dort hin. Als sie auf gleicher Höhe mit dem Wortführer waren, knickte Stephan mit dem Fuß um und schien in Richtung der beiden anderen Mönche zu stolpern.

Der winzige Augenblick, in dem der Wortführer zu Stephan hinsah, genügte für Raimund. Keiner der auf die Szene starrenden Geistlichen hatte gesehen, woher er den Dolch hatte, mit dem er in einer blitzschnellen Bewegung den Mönch erstach.

Überhaupt nichts mitbekommen hatte der Bischof, dieser spürte nur, wie sich die Umklammerung löste und der Mönch, der ihn gerade noch bedroht hatte, von ihm weg zu Boden fiel.

Inzwischen war auch Raimund nicht mehr bei ihm. In einer rasanten Drehung wirbelte er hinter Stephan her und griff ebenso einen Mönch an wie dieser. Bevor auch nur einer aus der Begleitung des Bischofs aufschreien konnte, lagen alle Mönche regungslos am Boden, und Stephan und Raimund standen über ihnen.

„Das sind gar keine Mönche," meinte Raimund und man merkte ihm nicht die geringste Anspannung an, „alle drei haben keine Tonsur. Das waren nur verkleidete Wegelagerer."

„Stimmt," pflichtete ihm Stephan bei, „allerdings hatten sie sich einen ganz schön raffinierten Trick ausgedacht."

Beide wandten sich nun zum Bischof und Raimund fragte : „Seid Ihr in Ordnung, Herr ? Ich meine, außer diesem Kratzer am Hals ?"

Der Bischof, der sich bis jetzt noch geduckt gehalten hatte, als ob er immer noch das Messer am Hals hätte, richtete sich auf und starrte Raimund zunächst mit offenem Mund an. Dann sah er sich rundum, sah auf das ängstliche Häuflein seiner Begleitung, sah auf die toten Wegelagerer und wieder auf Raimund. Dann ging sein Mund zu und wieder auf. Sein Gesicht wurde rot vor Zorn.

Seine sowieso schon volle Stimme klang wie die Posaunen des Jüngsten Gerichtes. „ICH BIN BISCHOF ! DU HAST MICH MIT

EMINENZ ANZUREDEN ! ICH BIN NICHT EINER DEINER FELDWEBEL ! ICH BIN BISCHOF !"

Er schnaufte tief durch, wies mit der linken Hand seine Begleiter an einzusteigen und schüttelte die rechte als Faust gegen Raimund und Stephan.

„Ihr habt meinen Schutz vernachlässigt ! Das wird euch teuer zu stehen kommen ! Eure Aufgabe ist es, mein Leben zu schützen, und was ist das Ergebnis ?" er zeigte auf seinen Hals. „Du wagst es, Kratzer zu sagen ? Um ein Haar hätte man mir die Kehle durchgeschnitten, weil ihr faulen Kriegsknechte nicht rechtzeitig für meinen Schutz sorgt ! Ich werde dafür sorgen, dass man euch bestraft, darauf könnt ihr euch verlassen !"

Raimund und Stephan rührten keine Miene, als der Bischof sich umdrehte und in die Kutsche stieg. Sie holten ihre Schwertgehänge und schnallten sie sich um. Als sie auf die Pferde stiegen, sahen sie, wie sich vorne der Kutscher zu ihnen umdrehte, grinste und anerkennend den Daumen nach oben in die Luft stieß.

Tegernsee

„Gut," sagte Arnhard von Glonn, der Kommandant des herzoglichen geheimen Dienstes, zu dem kleinen dicken Mönch, als sie sich begrüßt und hingesetzt hatten, „es freut mich, Pater Sebastianus, dass wir uns einmal persönlich kennen lernen. Ihr wisst es vielleicht nicht, aber Ihr seid wohl unser ältester kirchlicher Kontaktmann."

Er stutzte und verbesserte sich dann lächelnd : „Ich meine natürlich nicht von Eurem Alter her, sondern von der Zeit, in der wir zusammenarbeiten."

„Na ja," antwortete schnaufend der Mönch, „es wird schon beides stimmen, ich bin ja nun wirklich nicht mehr der Jüngste. Und gerade deswegen frage ich mich natürlich, was mir die Ehre verschafft, dass ausgerechnet der Oberste mir eine besondere Aufgabe erklären will."

Gespannt sah er Arnhard an. Der nickte. „Die beiden, die Euch empfangen haben, sind meine Stellvertreter. Nur wir drei wissen, was wir mit Euch vorhaben. Und ich muss gleich dazusetzen, alles, was notwendig ist, kann ich Euch jetzt noch nicht darlegen. Das erfahrt Ihr alles am Zielort."

„Aha," meinte der Mönch, „dann harrt meiner noch eine Reise." Er wies auf seine Leibesfülle hin und setzte hinzu : „So ganz leicht ist

es für meinen einzigen Besitz, den ich dauernd mit mir herum-
schleppe, nicht, zu reisen. Aber," er entschuldigte sich, „aber da ich
meine neue Aufgabe von Euch persönlich erfahre, muss es ja wohl
etwas sehr Wichtiges sein. Dann werde ich Euch nicht noch einmal
unterbrechen."

„Nein, nein," wehrte Arnhard ab, „unterbrecht mich, wann immer Ihr
wollt. Aber dass Eure neue Aufgabe äußerst wichtig ist, das ist das
eine. Das andere ist, dass außer uns niemand auch nur ein Ster-
benswörtchen erfahren darf, und das dritte, dass Ihr, was Ihr auch an
Überraschungen erleben werdet, die Nerven behalten müsst."

Er sah den Mönch an, und dieser nickte.

„Ich möchte Eure Aufgabe mal mit einem Beispiel beschreiben, zu-
gegeben mit einem harten Beispiel. Aber es kommt der Aufgabe
recht nahe. Stellt Euch einen Mann vor, den Ihr sehr gern habt, den
Ihr schätzt und, wenn er Hilfe braucht, unterstützt. Nun wird dieser
Mann hingerichtet, warum auch immer, vielleicht wurde ihm ein
Verbrechen zur Last gelegt, auf alle Fälle ist dies nun mal so geschehen. Dann kommt Ihr - sagen wir einfach mal - nach Jahrzehnten in eine abgelegene Gegend und findet heraus, dass dieser
Mann nicht nur lebt, sondern dort der Gutsherr ist. Und es stellt sich
heraus, Vergangenheit hin oder her, Verbrechen hin oder her, es
stellt sich heraus, er braucht Euch dringend. Die Frage ist, wie werdet Ihr Euch verhalten ?"

Arnhard machte eine kurze Pause und fuhr dann fort. „Rein recht-
mäßig ist er ein verurteilter Verbrecher. Wendet Ihr Euch entsetzt
von ihm ab und meldet Ihr ihn bei den zuständigen Behörden ? Und
wenn Ihr trotz aller Überraschung oder folgender Unbill zu ihm haltet
und ihn nicht verratet, kann denn ein Mönch, ein Geistlicher, kann
der das auf sein Gewissen nehmen, vor der ganzen Welt zu lügen,
um diesen Mann zu schützen ?"

Der kleine, dicke Mönch sah ihn eine Zeit lang mit klugen Augen an.
Dann nickte er drei-, viermal überlegend mit dem Kopf.

Schließlich sagte er : „Ich verstehe vollkommen. Ich kann mir zwar
im Moment noch nicht vorstellen, um wen es sich handeln könnte,
aber glaubt mir, ich verstehe vollkommen. Und weil ich mir sicher
bin, dass Ihr nicht vorhabt, mich zu einem Verbrechen anzustiften,
gehe ich davon aus, dass diese Aufgabe nur ein Geistlicher wie ich
lösen kann. Dann beantworte ich Eure Frage folgendermaßen : Ich
beurteile einen Menschen nicht nach seinem Ruf oder nach dem,
was man sich von ihm erzählt. Und ich beurteile einen Menschen
auch nicht nach einem Urteil, das andere, aus welchen Gründen
auch immer, über ihn gefällt haben. Und was ich im Leben noch nie
war und auch nie sein werde, das ist ein Denunziant. Nein, ich kann

mir nicht vorstellen, dass der Mann aus Eurem Beispiel von mir etwas zu befürchten hat."

Er wehrte kurz ab, als Arnhard etwas sagen wollte, und fuhr fort : „Und wenn dieser Mann mit mir ganz sicher gehen will, dann kann er mir seine Lage, seine Beweggründe, seine Ängste ja im Rahmen der Beichte mitteilen. Für mich ist das Beichtgeheimnis ein verschlossener Schrank, zu dem niemand außer mir selbst den Schlüssel besitzt. Und auch niemals bekommen wird !"

„Ihr habt keine Ahnung, was das für uns bedeutet !" freute sich Arnhard. „Uns brennt die Zeit nämlich unter den Nägeln. Ist es zuviel verlangt, wenn Ihr zusammen mit Georg und Marinus heute noch aufbrecht ?"

Mit einem Seufzer sah der Mönch auf seinen Bauch. „Nach einer kräftigen Mahlzeit werde ich meinen einzigen Besitz schon dazu überreden können." Dann sah er auf. „Und wohin geht die Reise ?"

Arnhard lächelte, hob aber die Schultern. „Bitte fragt nicht. Sollte irgendetwas, was wir nicht glauben, aber sollte irgendetwas auf der Reise schief gehen, dann wisst Ihr nichts und kommt nicht Gefahr. Auf alle Fälle geht es Richtung Süden."

Der Mönch Sebastianus gab sich erfreut. „Hörst du ?" sagte er zu seinem Bauch. „Es geht nach Süden zu Sonne und Wein."

Er nickte Arnhard zu und erhob sich ächzend. „Dann brauche ich nicht lange betteln, da macht mein Bauch mit. Wir können heute noch abreisen."

Augsburg

Ohne weiteren Ärger oder Verzögerung waren sie in Augsburg angekommen. Wie sie es schon erwartet hatten, wurden Stephan und Raimund weder verabschiedet noch schenkte man den beiden irgendeine Beachtung. Allerdings hörten sie auf diese Weise auch keine weitere Beschimpfung oder Drohung von Seiten des Bischofs. Hätte ihnen nicht der Kutscher gezeigt, wo sie ihre Pferde fressen und trinken lassen konnten, dann hätten sie sich in der Stadt nach einem Mietstall durchfragen müssen. Nur für sie selbst könne er nichts tun, bedauerte er, denn hier wage er es nicht, jemanden mit in die Küche zu nehmen.

Und so saßen sie jetzt vor dem Heimritt in einer kleinen Wirtschaft am Rande der Stadt, um sich zu stärken.

Raimund schluckte hinunter und meinte : „Glaubst du, dass es das war, wovor uns unsere Väter warnen wollten ? Diese Art von Mönchen, verkleidete Wegelagerer ?"

Stephan sah ihn erstaunt an. „Das fragst du doch nicht im Ernst ? Woher sollten sie ausgerechnet so was befürchten ? Also mein Vater hat, wenigstens soweit ich mich zurückerinnern kann, nichts in dieser Art erlebt. Und wenn vorher, dann läge es ja schon über zwanzig Jahre zurück. Aus welchem Grund gäbe es dann was zu verheimlichen ? Warum müsste er mich heute warnen ?"

Er schüttelte den Kopf. „Also nein, das kommt mir dann doch zu weit hergeholt vor."

Raimund bestätigte. „Mein Vater hat auch nie irgend so was erzählt, also sicher auch nie erlebt."

Er überlegte. „Also wahrscheinlich haben sie schon richtige, echte Mönche gemeint. Ich bin nur gespannt, w......"

Es gelang ihm nicht, fertig zu reden. Es krachte laut, die zerbrochenen Teile eines Fensterladens kamen durch das zur Straße hin offene Fenster geregnet und der Wirt schrie laut auf. Die Tür flog an die Wand und vier nicht sehr vertrauenswürdig aussehende Männer traten ein.

Der vorderste sah sich kurz um und ging, als er den Wirt sah, auf ihn zu. Die anderen drei gingen zu den drei Tischen, an denen Gäste saßen.

„Für heute ist geschlossen, los, raus mit euch !" knurrte der, der an Raimunds und Stephans Tisch gekommen war. Es war ein vierschrötiger Geselle, der nicht so aussah, als ob er lange bitten würde. Die Gäste an den anderen Tischen sprangen schon hoch und beeilten sich, aus dem Raum zu kommen.

„Ach, geschlossen ?" fragte Raimund höflich und wehrte ab. „Nein, nein, wir essen erst fertig, bevor wir gehen."

Der Vierschrötige sah ihn verblüfft an und spannte deutlich seine Muskeln.

„Moment," Stephan hob die rechte Hand und zeigte auf die Brust des Mannes, „hast du dich heute bei der Morgensuppe voll gekleckert ?"

Unwillkürlich senkte der Vierschrötige den Kopf und sah auf sein Wams. Im selben Moment bekam er Stephans Handkante in einem kurzen, heftigen Schlag an den Hals, dass er röchelnd zusammenbrach.

„Ach," nörgelte Raimund und nickte mit dem Kopf zu den Spießgesellen des Bewusstlosen, die jetzt herüberkamen, „schau nur, was du angerichtet hast. Jetzt kann ich wegen dir nicht in Ruhe aufessen."

„Entschuldige bitte, ich bring das in Ordnung," antwortete ihm Stephan, dann drehte er sich um und hielt den Herbeigeeilten die offene Hand als Stoppzeichen hin. „Moment, Herrschaften, habt ihr so lange Zeit, bis wir fertig sind mit dem Essen ?"

Die beiden blieben tatsächlich unschlüssig stehen und sahen zum vierten Mann, der vom Wirt kam.

Der sah von dem am Boden Liegenden auf zu Raimund und Stephan. „Oh, zwei Klugscheißer ! Ich ....."

Bevor er weiterreden konnte, fiel ihm Raimund ins Wort und sagte mit bescheidenen Miene : „Nein, nicht *zwei* Klugscheißer ! Mein Kumpel," er wies auf Stephan, „mein Kumpel ist bei weitem nicht so intelligent, wie er aussieht. Der Klügere bin schon ich."

Stephans offene Hand wanderte nun von den beiden, die bis jetzt noch nichts gesagt hatten, zum Vierten, als ob er jetzt diesen aufhalten müsste und gleichzeitig sagte er, während er mit der linken Hand auf Raimund zeigte : „Glaub' dem da kein Wort ! Der will mich nur ärgern. Ich bin nämlich genauso intelligent wie der, wenn nicht sogar noch ...."

Nun fiel ihm der andere ins Wort. „Schluss mit dem Gewäsch ! Ihr wollt wohl Ärger ?"

Verwundert schüttelte Raimund den Kopf und sagte naiv : „Nein, nein, keineswegs, wir wollen nur in Ruhe essen. Nehmt euren Schnarchsack da," er zeigte auf den Bewusstlosen, „nehmt den mit, so appetitlich sieht der ja nun nicht aus. Wenn hier solcher Dreck herumliegt, dann schmeckt einem ja das Essen nicht mehr."

Mit einem Wutschrei stürzte sich der Mann nach vorn, um auf Raimund einzuschlagen, bekam aber, kaum dass er neben Stephan war, von diesem den Fuß in die Seite gerammt, dass er ächzend zusammenknickte. Und jetzt sprang auch Raimund auf, gab ihm einen zusätzlichen wuchtigen Schlag auf den Kopf und stieß ihn dann mit dem Stiefel beiseite.

Bis jetzt hatten die beiden anderen nicht reagiert, sie schienen weder die Hellsten noch die Schnellsten zu sein. Als Stephan und Raimund auf sie zugingen, stolperten sie ein paar Schritte rückwärts, wandten sich dann um und rannten zur offenen Tür hinaus.

„Da sieht man's mal wieder," brummelte Raimund und gab dem am Boden Liegenden, der wohl der Anführer der vier war, nochmals einen Tritt, „manche verlieren sofort den Mut, wenn der Kommandant außer Gefecht ist."

„Und was noch viel schlimmer ist," meinte Stephan, der sich gerade wieder hinsetzte, „inzwischen ist natürlich mein Essen kalt. Brr, pfui Teufel, kalte Bratensoße !"

Er winkte dem Wirt. Dieser kam zögernd herbei.

„He, Wirt", sagte Stephan in energischem Ton, „ist das bei dir immer so, dass die Gäste erst arbeiten müssen, bevor sie in Ruhe ihre Mahlzeit essen dürfen ? Und was sollen wir jetzt mit kalter Soße ?"
Der Wirt starrte Stephan an, dann wanderte sein Blick zu den am Boden Liegenden, dann zu Raimund.
„Ach ja," sagte ihm Raimund, „mein Vorschlag : Wir räumen dir den Unrat hier schnell noch weg, von mir aus schmeißen wir sie auf die Straße. Aber du machst uns inzwischen noch etwas Warmes, ja ? Es darf nur nicht zu lange dauern, wir müssen nämlich bald weiter."
Kein Wort war vom Wirt zu hören. Er nickte und verschwand in der Küche.
„Du mit deinen blöden Vorschlägen !" nörgelte nun Stephan. „Jetzt müssen wir noch mehr arbeiten. Und von den beiden da," er zeigte auf die zwei bewusstlosen, „von den beiden sieht der eine fetter und schwerer aus als der andere."
„Na gut, na gut," grinste Raimund, „dann nehm ich halt den schwierigeren Teil." Er packte den ersten an den Schultern und Stephan nahm die Füße. Sie schleiften die zwei wie Kartoffelsäcke zur Tür hinaus und legten sie auf der Gasse ab.
Dann aßen sie in Ruhe, was ihnen der Wirt noch hergerichtet hatte, bezahlten und machten sich fertig zur Heimreise. Heim - das bedeutete in diesem Falle Tegernsee.

an unbekanntem ort

„Erlaubt Ihr mir, Eminenz," fragte amüsiert der eine hohe Geistliche den zweiten, der wie er in einem gemütlichen Sessel saß, „erlaubt Ihr mir, Euch auf einen Widerspruch in Eurer Rede hinzuweisen ?"
„Selbstverständlich," erwiderte die scharf klingende Stimme des zweiten, „Widersprüche und Fehler müssen rechtzeitig ausgeräumt werden. Wobei ich Euch im Vorhinein danke, dass Ihr gewartet habt, bis wir allein sind. Und wo habe ich mir selber widersprochen ?"
„Nun, in Euren Anweisungen. Ihr beliebtet - wie Ihr es schon öfter getan habt - den Berichterstatter zu ermahnen, nur die Fakten zu berichten und keinerlei Wertung vorzunehmen, denn das wäre allein Eure Sache. Als er aber im Verlauf seines Berichtes das merkwürdige Verschwinden eines älteren Mönches aus Kloster Ettal erwähnte, habt Ihr ihn angefaucht, er solle Euch mit unwichtigem Getratsche in Ruhe lassen."

Unwillig sah ihn der zweite an. „Na und ? Wo ist denn da ein Widerspruch ? Haben wir Zeit dazu, uns mit solchen Kleinigkeiten, die uns höchstwahrscheinlich nicht einmal etwas angehen, zu befassen ?"

Der erste hohe Geistliche schüttelte den Kopf. „Andere Menschen werden im Alter geduldiger, bei Euch ist es umgekehrt. Aber nun, der Widerspruch liegt darin : Einmal verlangt Ihr, Euch nur Fakten zu liefern und dann stellt Ihr den zwar berechtigten Anspruch, dass nur *Ihr* Wertungen zu treffen habt, aber das Problem dabei ist, wenn ich selber bei den Fakten, die ich abzuliefern habe, nicht eine erste Wertung treffen darf, dann muss ich folgerichtig doch alles, auch das, was im ersten Moment unwichtig erscheinen mag, vorbringen. Also muss ich als Berichterstatter entweder werten und aussieben, oder ich muss eben alles abliefern, auch womöglich ‚Getratsche'."

Der zweite hohe Geistliche starrte ihn wiederum unwillig an. „Ihr seid heute sehr spitzfindig. Es schadet einem Untergebenen überhaupt nichts, wenn er einmal zurechtgewiesen wird. Demut fragt nicht danach, ob sie zu recht verlangt wird."

Der erste gluckste kichernd. „Das lässt sich gut sagen, wenn man in der höheren Position sitzt." Er wurde wieder ernst und fuhr fort : „Und ich weiß nicht, ich habe kein so gutes Gefühl, wenn eine Laus, die uns im Pelz sitzt, verschwindet und ich nicht weiß wohin."

Als er bemerkte, dass sein Gegenüber nicht verstand, setzte er hinzu : „Könnt Ihr Euch nicht erinnern an Pater Sebastianus im Kloster Ettal ? Wir hatten ihn vor einigen Jahren bei der Ernennung eines Priors übergangen, weil wir ihn im Verdacht hatten, dass er Kontakt hätte zum herzoglichen geheimen Dienst."

Nun sah ihn der andere entsetzt an. „Der ist das ? Der ist verschwunden ? Warum hat dann Augustinus nicht diesen Namen genannt ?"

„Weil Ihr ihn sogleich angefahren habt, er solle Euch mit Getratsche verschonen." Und er kicherte wieder gluckend. „Aber Ihr habt ja mich. Und ich kann sogar noch Konkreteres sagen."

Die Gesichtszüge des zweiten hohen Geistlichen wurden hart. „Warum redet Ihr dann so lang außen herum ? Da wisst Ihr zum ersten Male etwas eher als ich und kaut es genießerisch eine Zeit lang durch !"

Doch der andere war nicht beleidigt. „Wir besitzen ja auch bei anderen Pelzen Läuse," meinte er fröhlich kichernd, „und unser Mann im geheimen Dienst hat Pater Sebastianus gesehen, und zwar bei der Ankunft in Tegernsee. Nur leider konnte er, als Sebastianus Tegernsee wieder in einer Kutsche verließ, wegen seines Dienstes ihn weder verfolgen noch irgendeine Botschaft absetzen."

30

„Dann wissen wir also nicht, warum man Pater Sebastianus nach Tegernsee gerufen hat und auch nicht, wo er sich nun befindet ?"

„Leider nein, aber die Reise mit der Kutsche lässt wohl darauf schließen, dass es keinesfalls wieder zurück nach Ettal ging - und dort ist er ja auch nicht wieder aufgetaucht - sondern eher weiter weg. Aber wohin ?" Er zuckte mit den Schultern.

Eine Weile war es still. Dann ergriff der zweite noch einmal das Wort.

„Da wird was Wichtiges ausgebrütet. Wir geben an alle unsere Leute auf dem Land die Beschreibung von Pater Sebastianus durch. Irgendwo und irgendwann muss er ja mal gesehen werden."

Der erste sah seinen Gegenüber an. „Und dann ? Soll zugegriffen werden ?"

Der zweite schüttelte den Kopf. „Keine frühe Aktion ! Nein, wenn er lokalisiert ist, dann heißt es erst einmal beobachten. Ihn selbst beobachten, seine Umgegend beobachten, alle, die mit ihm umgehen und alles, was um ihn herum geschieht."

Er sah den ersten Geistlichen streng an. „Und jegliche Wertung verbleibt bei mir ! Nur Fakten abliefern !"

Der zweite kicherte wieder glucksend und nickte.

burg tiers

Zu seinem Leidwesen hatte die - für ihn ungewohnte, äußerst bequeme - Fahrt mit der Kutsche nicht allzu lange gedauert. Selbstverständlich sah Pater Sebastianus ein, dass eine wichtige Mission nicht den geringsten Gefahren ausgesetzt werden durfte, aber das reiten auf einem Pferd war nun doch wesentlich beschwerlicher.

Nach der Abreise von Tegernsee hatten sie an der ersten Raststation bis in die Nacht gewartet. Still und leise tauschten sie mit einigen Angehörigen des geheimen Dienstes die Kutsche gegen drei Pferde, dann fuhr die Kutsche im Dunkeln los. Für den unwahrscheinlichen Fall, dass sie bisher verfolgt worden wären, würden nun etwaige Verfolger so rasch nicht erkennen können, dass andere Leute in der Kutsche saßen. Bis es dann soweit käme, hätte man die Verfolger auf solch entfernten Weg gelockt, dass ein Zurückkehren zur Raststation und ein erneutes Suchen nach ihrer, Georgs, Marinus und seiner, nichts mehr bringen würde.

Eine Stunde nach der Kutsche brachen sie alle drei auf, es ging zunächst nach Westen und dann in einem Bogen nach Süden und nun den Inn entlang. Was der sich bedauernde Sebastianus nicht wusste, war, dass in weitem Abstand hinter ihnen ein Fünf-Mann-Trupp nachfolgte und die Sicherheit der drei überwachte.

Ein zweites Mal wurde Halt gemacht in einem abseits gelegenen Bauernhaus. Der Besitzer war es offenbar gewohnt, dass hier Leute des Herzogs übernachteten. Er stellte keine Fragen, kümmerte sich um die Pferde und hatte für jeden sogar ein Proviantpaket bereit, als sie beim Morgengrauen wieder aufbrachen.

Ähnlich ging es bei jeder Übernachtung, denn die Reise führte über Pässe und durch Täler, ging weit in den Süden. Pater Sebastianus sah Berge und nochmals Berge.

Die trotz allem für den unteren Teil seines Rückens unangenehme Reise endete schließlich am Anfang eines lieblichen Tales. Es war nicht gleich von der Hauptstraße aus zu erreichen gewesen, sondern man musste ein letztes Mal über einen Pass nach oben und dann wieder nach unten reiten. Doch sah man das Tal vor sich, hatte man den Eindruck, eines der schönen, friedlichen Fleckchen dieser Erde gefunden zu haben. Zwar etwas einsam, aber eben friedlich und schön. Von weitem sah man Dorf und Burg dieses Tales.

Georg gab das Zeichen zum Halten. „Wir sind am Ziel," sagte er und wies zur Burg. „Pater Sebastianus, dort findest du denjenigen, der dich braucht. Ab hier dürfen wir nicht mehr mitreiten."

Sebastianus lächelte verständnisvoll. „Es gibt schon genug Wirrwarr, wenn ich die geheimnisvolle Person wiedersehe, vermute ich. Euch soll das erspart bleiben."

„So kann man es auch nennen," lächelte Marinus wehmütig, „wer immer es ist, grüße ihn von uns. Und vergiss nicht," mahnte er ernst, „vergiss nicht vor lauter Wiedersehensfreude, wir warten hier. Wir ziehen erst ab, wenn wir am Turm das Zeichen deiner erfolgreichen Ankunft sehen."

*

Stephan von Tiers begutachtete die Dachreparatur im Pferdestall, als ein Knecht kam und hinaufrief : „Herr, ein Mönch steht am Tor. Er sagt, er muss zum Burgherrn !"

Behende wie ein Junger schwang sich Stephan von den Sparren zur Leiter und kletterte hinab. Dann ging er zum Tor. Das Wort Mönch rief - wie immer - einen eigenartigen Druck in der Magengegend hervor.

Ein bisschen blendete ihn das Licht der Sonne aus der Richtung des Tores, aber er konnte die beachtlichen Umrisse eines nicht allzu groß gewachsenen Menschen ausmachen.

Und dann standen sie beide wie angewurzelt da und starrten sich an.

„Sebastianus !" rief schließlich Stephan laut, und gleichzeitig rief dieser : „Du ? Du lebst ?"

Und dann fielen sie sich in die Arme. Als Sebastianus nochmals höchst erstaunt rief : „Du ? Du ...?" da hielt ihm Stephan mit der linken Hand den Mund zu, fasste ihn mit der rechten Hand am Ärmel und zog ihn Richtung Haupthaus.

„Moment," mahnte er ihn, „komm bitte erst herein ! Wir reden drinnen, nicht hier !"

Der kleine dicke Mönch hatte etwas Mühe, mit Stephans eiligen Schritten mitzuhalten. Zweimal stolperte er, da er kaum nach vorne, sondern in Stephans Gesicht sah, aber dieser hielt ihn jedes Mal aufrecht. Kaum waren sie in der Vorhalle, schloss Stephan die Tür hinter ihnen, sah sich um und flüsterte : „Sebastianus, du bist unsere Rettung ! Aber bitte verrede dich nicht ! Ich bin Stephan von Tiers, niemand anderes ! Auch meine Kinder wissen nichts anderes, also versprich dich auf keinen Fall !"

Der Mönch nickte ihm beruhigend zu. „Keine Angst," lächelte er, „ich bin genauso wie früher, klein, dick und rund aber verschwiegen. Deswegen hast du mich ja damals ...."

Er schwieg kurz und sah sich um. „Hübsch hast du's hier. Und auch die ganze Gegend gefällt mir." Dann wurde er leiser und flüsterte, genauso wie vorhin Stephan. „Und was dir oder euch hier Kummer macht, wirst du mir schon in einer ruhigen Minute sagen können."

„Heute Abend," versicherte Stephan sichtlich erleichtert, „gleich heute Abend. Je eher, desto besser. Sebastianus, dich schickt der Himmel."

„Ach ja," erinnerte sich der Mönch, „wo du gerade Himmel sagst. Georg und Marinus warten am Taleingang auf das Zeichen, dass ich gut angekommen bin : Die Fahne auf dem Turm zweimal herunterholen und neu aufziehen."

Stephan hielt einen Moment inne. „Georg und Marinus !" sagte er mit wehmütiger Stimme. „Zwei von den besten, sie waren von Anfang an dabei."

„Sie sind jetzt ..." wollte Sebastianus sagen, aber Stephan fiel ihm kopfschüttelnd ins Wort. „Nein, bitte erzähl mir nichts davon. Das ist Vergangenheit und geht mich ja gar nichts an. Stephan von Tiers hat diese Männer nie gekannt. Und jetzt komm mit, ich stelle dich meiner

Frau und meinen Töchtern vor. Der älteste, mein Sohn, ist leider nicht zuhause. Und danach muss ich rauf auf den Turm."

*

Am späten Abend saßen sie zu dritt in der Wohnstube. Die beiden Mädchen waren ins Bett geschickt worden, was sie verständlicherweise nicht gerade begeisterte, denn sie waren geradezu begierig darauf, mehr zu erfahren über diesen kugelrunden Mönch, der so lustig reden konnte und den der Vater offensichtlich von früher her sehr gut kannte.

Aber der Burgherr musste unbedingt mit dem Mönch alles abklären : Was ihn erwartete und was von ihm erwartet wurde, wie die Bekanntschaft anderen gegenüber zu erklären sei und dass eben die Vergangenheit nicht nur tabu sei, sondern ganz einfach nicht existiert habe.

Sebastianus war glänzender Laune. Nicht nur, dass es ihm hier von der ganzen Umgebung her gefiel; Christina, die Frau des Burgherren, erwies sich als blendender Gesprächspartner und Stephan von Tiers - noch hatte dieser Name den alten in seinem Gehirn nicht ganz verdrängt und er nahm sich vor, äußerst vorsichtig zu sein - war im ganzen Wesen noch so, wie er ihn in Erinnerung gehabt hatte.

Er hörte aufmerksam zu, als ihm Stephan erklärte, was damals geschehen war. Und dabei registrierte er sehr zufrieden, dass auch Christina bis ins Letzte Bescheid wusste, dass also Stephan eine Frau hatte, die zu ihm passte und neben seiner Liebe auch sein uneingeschränktes Vertrauen besaß.

„So," beendete Stephan seinen Bericht aus der Vergangenheit, „und nun zu unserer heutigen Zwangslage, aus der du uns mit deinem Erscheinen befreit hast."

Er holte nach dem langen reden einmal kräftig Luft und setzte noch hinzu : „Das hast du ja gemerkt, dass wir nicht die geringste Ahnung hatten, dass ausgerechnet du kommst. Einen Besseren hätten sie nirgends finden können, ich kann dir nicht sagen, wie ich mich freue."

„Nicht mein Verdienst," wehrte Sebastianus ab, „die Idee stammt von ...." Er brach ab und sagte : „Hoppla, fast verredet, soll nicht wieder vorkommen." Er grinste und fuhr fort : „Aber du brauchst dir keine Sorgen machen, ich habe mich schon soweit in Gewalt, dass ich nichts Verkehrtes sage."

Pater Sebastianus sah von Stephan auf Christina. „Ich werde auch nie wieder von früher reden. Nur eines müsst ihr mich sagen lassen,

34

denn ihr sollt schon wissen, was ich denke. Ich weiß nicht, wie viele Menschen es fertig gebracht hätten, sich einer solchen Tortur zu unterwerfen. Das muss höllisch gewesen sein, plötzlich alles aufzugeben und jemand anderes werden zu müssen."

Er schüttelte den Kopf. „Ich hätte es wohl nicht fertiggebracht. Ich bewundere euren Mut," er wandte sich an Christina, „besonders den deinen. Stephan kann sich glücklich schätzen, mit dir eine Familie zu besitzen in dieser wunderschönen Gegend."

Die Burgherrin lächelte ihn an und legte ihm die hand auf den Arm. „Als wir noch nicht vermählt waren, haben wir darüber diskutiert, ob es uns wohl im Leben gelingen wird, ehrlich und aufrecht zu bleiben. Das Missgeschick, das uns hierher geführt hat, hat aber gleichzeitig dafür gesorgt, dass wir es hier sein konnten."

Stephan räusperte sich. „Zumindest in einem gewissen Maße und bis heute."

Dann erklärte er seine Zwangslage mit dem übereifrigen, fanatischen Dorfpfarrer. Sebastianus hörte aufmerksam zu und nickte ab und zu wie bestätigend mit dem Kopf.

Als Stephan fertig war, meinte er seufzend : „Ja, solche Mitbrüder kenne ich zur Genüge. Solche Menschen sorgen immer und immer wieder dafür, dass Religion das Gegenteil ist von dem, was sie sein sollte. Statt Liebe zu predigen und natürlich auch vorzuleben, machen sie daraus eine intolerante Regelansammlung, die die Menschen piesackt und peinigt."

Übergangslos strahlte er über das ganze dicke Gesicht. „Aber gerade solche Hornochsen sorgen wiederum dafür, dass ich aus meinem langweiligen Klosterleben herausgerissen wurde und nun hier sein kann."

Er hob den Zeigefinger und meinte in belehrendem Ton : „Wir sehen und erleben, dass alles zwei Seiten hat. Aus Bösem kann auch Gutes erwachsen."

„Das lass aber keinen deiner Vorgesetzten hören !" lachte Stephan.

„Hört schon keiner von hier aus !" lachte Pater Sebastianus mit. „Und fast hätte ich's vergessen : Als ich auf eure Burg zuritt, da hab' ich ganze Hänge im Sonnenlicht gesehen, wo Wein angebaut wird. Trinken eure Bauern alles selber ?"

„Entschuldige," antwortete Stephan schuldbewusst, „ich war so froh, mit dir reden zu können, dass ich so unhöflich war und ganz vergessen habe, dir etwas anzubieten."

„Bleibt ihr zwei sitzen !" befahl Christina und erhob sich schnell. „Was unsere Bauern aus den Sonnenlichthängen ernten, wir dir gefallen, Vater Sebastianus. Ich bin gleich wieder da."

*

Gleich am nächsten Vormittag begab sich Pater Sebastianus ins Dorf, um den Gemeindepriester aufzusuchen. Der hohe Spitz des Kirchturmes wies ihm den Weg und mit sicherem Gespür fand er auf Anhieb die richtige Tür zur Wohnung des Seelsorgers.

Auf sein Klopfen hin wurde die Tür aufgerissen. Ein hageres Gesicht starrte ihn unwillig an, zwei durchdringende Augen musterten ihn. Dann sagte der junge Pfarrer mit bedauernder Stimme : „Tut mir leid, lieber Bruder, aber hier kannst du nicht unterkommen. Hier ist weder genug Platz noch Überfluss an Lebensmitteln."

Sebastianus schüttelte gutmütig den Kopf. „Danke, nein, das ist auch nicht notwendig. Gelobt sei Jesus Christus."

„In Ewigkeit, amen," vollendete der Pfarrer, sah ihn auffordernd an, machte aber die Tür keinen Breit weiter auf.

„Ich bin der alte und neue Seelsorger auf Burg Tiers," lächelte Sebastianus ihn entwaffnend an, „ich wollte mich nur meinem Mitbruder im Dorf vorstellen."

„Seelsorger auf der Burg ?" Der junge Pfarrer riss die Augen auf und wechselte vom Du zum Ihr. „Dann seid Ihr ein Pater ? Nun, dann kommt herein und setzt Euch."

Er öffnete die Tür nun ganz und wies mit einer einladenden Handbewegung nach innen. Sebastianus dankte, bekreuzigte sich, als er das Haus betrat und folgte dem Pfarrer ins einzige Zimmer. Auf einer alten, wackligen Holzbank nahmen beide Platz.

Der junge Pfarrer musterte ihn erneut. Sein Gesicht war nun völlig neutral, weder höflich noch abweisend.

„Ihr habt vorhin gesagt, Ihr seid der alte und der neue Seelsorger. Ich habe Euch hier noch nie gesehen und es hat mir auch niemand von Euch erzählt. Wie ist das zu verstehen ?"

Sebastianus hatte mit Stephan alles abgesprochen. „Nun, das ist ganz einfach. Der alte Seelsorger, das war ich in jungen Jahren."

Er lachte laut auf ob dieses Wortwitzes und sah zur Decke, als würde er sich an alte Zeiten erinnern. „Als der Vater des Burgherren damals starb, wurde ich ins Kloster zurückgerufen. Lange Jahre habe ich dort verbracht, doch jetzt, wo es eigentlich Zeit wäre, mich zur Ruhe zu setzen, wurde mir angeboten, doch noch eine Zeit als Seelsorger zu arbeiten. Na, und das war mir ein Wink des Himmels, denn wo wäre es denn schöner als hier. Und so habe ich ja eigentlich beides, meine Ruhe und gleichzeitig die Arbeit als Seelsorger."

„Ruhe ?" fragte der Pfarrer ungnädig. „Wie könnt Ihr Ruhe erwarten in einer Familie, die nicht zum Gottesdienst kommt, die noch nie hier gebeichtet hat ? Euch erwartet harte Arbeit, wenn Ihr es wirklich schaffen wollt, diese vom Wege abgekommenen Seelen zurück in den Schoß der Mutter Kirche zu führen !"

Sebastianus sah ihn an und sagte ergeben : „Mit Gottes Hilfe gelingt alles. Ich hoffe, Ihr unterstützt mich mit Euren Gebeten, und dann wird es keinen Grund zur Besorgnis geben."

Der Dorfpfarrer sah ihn mit Skepsis an, nickte dann und meinte : „Ich werde Euer Bemühen mit in meine Gebete einschließen. Doch ich kann nicht verhehlen, dass ich ein wachsames Auge haben werde auf alles, was in dieser Burg geschieht, denn allem Unchristlichen muss rechtzeitig Einhalt geboten werden."

Er stand auf und reichte Sebastianus die Hand. „Wenn Ihr mich und meinen Beistand braucht, wisst Ihr, wo Ihr mich findet."

Sebastianus dankte ihm und verabschiedete sich. Als er vor das Haus trat, sah er kurz zum Himmel auf, genoss den Sonnenschein, ging einige Schritte weiter und murmelte : „Oh Herr, musste das sein, dass du solch ein schönes Fleckchen Erde wie das hier mit Ungeziefer veredelt hast ?"

herzogliche residenz

Als sie den Auftrag zur Begleitung des Bischofs erhalten hatten, war keine Order gegeben worden für einen Zeitrahmen. Deshalb schlug Raimund vor, auf dem Heimweg noch einmal in die herzogliche Residenz vorbeizuschauen.

„Wer weiß," meinte er, „vielleicht haben wir Glück und erwischen Max. Du weißt schon, der Sohn des Herzogs, meines Patenonkels."

Stephan war nicht sofort dafür. „Ob wir nicht Ärger kriegen, wenn wir uns irgendwo aufhalten ?"

Raimund verneinte. „Wir machen doch keinen Umweg. Einmal übernachten müssen wir sowieso, und dann ist das doch vernünftiger, wir schlafen in der Kaserne des Dienstes. Dort aufzukreuzen ist ganz sicher nicht verkehrt, denn dann können wir gleich melden, wie es uns mit dem Herrn Bischof, oh Entschuldigung, wie es uns mit Seiner Eminenz ergangen ist. Und zu Max ist es von dort ein Katzensprung."

Dieser Gedankengang war richtig, gab Stephan zu.

Und so meldeten sie sich zur Übernachtung in der Kaserne. Ihren Bericht über die Geschehnisse und das Verhalten des Bischofs quittierte der diensthabende Offizier mit einem Grinsen.

„Da braucht ihr euch nichts denken," winkte er ab, „diesen Personenschutz haben wir auf Wunsch des Herzogs übernommen. Ob der Bischof zufrieden ist oder nicht, interessiert uns nicht die Bohne, solange unsere Leute erfolgreich arbeiten. Und das war ja euer er'ster Einsatz dieser Art ?"

Raimund bestätigte und bat darum, dass sie bis zum Zapfenstreich dienstfrei bekämen.

Der Offizier nickte. „Dem steht nichts im Wege. Aber keine Auffälligkeiten, keine Besäufnisse, keine Raufereien ! Hier wird sehr sauer reagiert, wenn unsere Leute in so etwas hineinschlittern."

„Da gibt es keine Gefahr," antwortete Raimund, „wir machen einen privaten Besuch."

Sie meldeten sich ab und gingen kurz noch einmal zum Stall, um nach ihren Pferden zu sehen. Dann brachten sie ihre Schwertgehänge in den Mannschaftsraum, verließen die Kaserne und gingen über die Straße hinüber zur Residenz.

*

Sie hatten Glück. Maximilian, kurz Max genannt, der Sohn des Herzogs, war eine Stunde vor ihnen mit seinem Leibwächter Haymo, einem altgedienten Aktiven aus dem geheimen Dienst, von einer Reise heimgekommen.

Stephan und Raimund wurden sofort hereingebeten. Stephan registrierte mit Erstaunen, dass das Arbeitszimmer des künftigen Herzogs spartanisch eingerichtet war, alles Notwendige schien vorhanden, auch sah der Raum angenehm eingerichtet aus, aber nirgendwo war eine Spur von Luxus.

Max begrüßte beide herzlich und bat sie sich zu setzen. Raimund stellte die beiden anderen vor und sie fanden sich beide auf Anhieb sympathisch. Stephan hatte sich einen künftigen Herzog anders vorgestellt, strenger, ernster und mehr auf Etikette bedacht, aber Max - so wollte er auch sofort genannt werden - war locker und fröhlich, nicht anders als Raimund und er.

„Tiers, Tiers ?" überlegte Max. „Ich kann mich nicht erinnern, dass ich diesen Namen schon jemals gehört habe." Er wandte sich an Stephan. „Ihr gehört zu unserem Herrschaftsgebiet ? Ganz unten im Süden ? Na, da müsste ich aber schon vorbeigekommen sein."

Stephan erklärte ihm, dass das Tal mit Burg Tiers etwas abseits lag von der großen Nord-Süd-Verkehrsader.

Max hörte ihm aufmerksam zu und schüttelte dann den Kopf. „Ja klar, in einem der Nebentäler war ich natürlich noch nicht. Mich wundert trotzdem, dass ich am Hof noch nie was von euch gehört habe.

Na, was soll's, wir wollen ja nicht den ganzen Abend so verplaudern. Wie geht's daheim, Raimund ?" Und gleichzeitig verbesserte er sich. „Quatsch, du warst ja jetzt ein halbes Jahr in Ausbildung. Da wirst du nicht viel Kontakt nach Fulinpach gehabt haben. Teufel eins auch, wie ich euch beneide. Wäre ich nicht der nächste da drüben," er zeigte mit dem Daumen über die Schulter in Richtung auf das Arbeitszimmer seines Vaters, „dann könnten mich keine zehn Pferde vom geheimen Dienst weg halten."

„Na ja," erwiderte Raimund, „deine Ausbildung durch Haymo wird der unseren nicht viel nachgestanden sein."

Max grinste bedauernd. „Das sicher nicht. Aber ihr könnt jetzt ausleben, was ihr gelernt habt, für mich steht an erster Linie die Hofetikette."

Sie tranken sich zu. Stephan fand zwar, dass der Wein daheim auf Tiers viel fruchtiger und ausgewogener schmeckte, gab darüber aber natürlich keinen Kommentar ab.

Sie unterhielten sich über dies und jenes, wobei Max stets auch Stephan mit ins Gespräch einbezog. Natürlich wollte er auch wissen, wie sich die beiden kennen gelernt hatten und lachte herzlich über ihre Spitznamen.

„Der Schwarze und der Weiße !" prustete er. „Wenn ihr vorhabt, im Dienst Karriere zu machen, dann werde ich es aber sehr schwer haben, mich zu entscheiden, wen ich nach Arnhard zum neuen Kommandanten berufe. Die Messlatte, die Raimund von Bogen vorgegeben hat, liegt sehr hoch."

Stephan erkundigte sich neugierig, von wem die Rede war.

„Raimund von Bogen hat vor ungefähr zwanzig Jahren den geheimen Dienst ins Leben gerufen," erklärte ihm Max. „Damals war Arnhard von Glonn sein Stellvertreter, und die beiden haben tolle Arbeit geleistet, wie Haymo heute noch schwärmt. Leider", er hob bedauernd die Schultern, „leider sterben immer die Besten zu früh. Raimund von Bogen, der eigentlich der letzte Graf von Bogen war, kam bei einem Angriff auf eine Burg, ich glaube, die hieß Altenwaldeck, um. Danach wurde Arnhard von meinem Vater zum nächsten Kommandanten ernannt."

Raimund bemühte sich, traurig zu schauen und schüttelte den Kopf. „Du meinst es nicht gut mit uns."

Überrascht sah Maximilian auf. „Wieso denn das ?"

„Na," grinste Raimund jetzt, „wenn immer die Besten zu früh sterben, dann sagst du uns also kein langes Leben voraus."

Max und Stephan lachten. „Wir könnten uns ja ab jetzt ein bisschen zurücknehmen," bot Stephan an.

„Gut, reden wir lieber nicht vom Sterben," lachte Max. „Bitte ein anderes Thema !"

„Wir müssen dich sowieso etwas Wichtiges fragen," meinte darauf Raimund und erzählte dem Herzogssohn von ihren eigentümlichen Gemeinsamkeiten, als letztes die eigenartigen Äußerungen beider Väter über Mönche.

„Und nun sind wir am Suchen : Was in aller Welt hat es mit diesen Mönchen, vor denen wir uns hüten sollen, auf sich ?" schloss Raimund.

Max sah von einem zum andern. „Also alle Gemeinsamkeiten können Zufälle sein. Ein äußerst komischer Zufall wären aber die fast identischen Warnsätze über Mönche."

Er schüttelte unangenehm berührt den Kopf. „Und was eure beiden Väter da gesagt haben, stößt mir doppelt unangenehm auf, denn es erinnert mich an meine Alpträume, die ich immer wieder mal habe."

Er setzte ab, überlegte und sagte dann : „Niemand außer meinen Eltern und Haymo weiß von dem Traum, der mich ab und zu heimsucht. Es geht um die Geschichte, die mir passiert ist als ich sechs Jahre alt war."

„Deine Entführung," nickte Raimund.

„Ja," sagte Max und ein Schatten flog über sein Gesicht, „meine Entführung. Sie ging damals dank der hervorragenden Arbeit der Männer Raimunds von Bogen an einem einzigen Tag zu Ende, ich wurde am selben Tag noch befreit. Und es gelang auch, diese Geschichte geheim zu halten. So hat niemand erfahren," seine Stimme wurde einen Deut lauter, „dass meine Entführer Mönche waren."

„Mönche ?" entfuhr es Stephan und Raimund gleichzeitig.

Max nickte. „Ja, es waren Mönche. Und da rührt mein Alptraum her. Sie hatten mir kleinen Knirps gedroht, mir die Ohren abzuschneiden, wenn ich schreien oder wegzulaufen versuchen würde."

Stephan und Raimund schwiegen und sahen ihn an.

„Mehr gibt es davon nicht zu erzählen, außer, dass einer der Männer, die damals bei der Rettungsaktion dabei waren, Haymo hieß und kurz danach mein Leibwächter wurde und es bis heute geblieben ist."

Raimund und Stephan sahen sich an und wussten, dass sie dasselbe dachten. „Was geschah mit den Mönchen ?"

„Sie sind damals alle entflohen," erwiderte Max, „man hatte zwar drei gefangen genommen, aber die sind bereits am nächsten Morgen aus dem Kerker entwischt."

„Also nach so einem Erlebnis würde ich als Vater meinen Sohn auch vor Mönchen warnen," meinte Stephan, „aber bei uns ? Mit uns beiden hat doch deine Entführung nichts zu tun. Oder hatte man damals auch andere Kinder bedroht?"

Max verneinte. „Das ist über zwanzig Jahre her, da war sicher noch keiner von euch beiden auf der Welt."

„Zwanzig Jahre?" rief Stephan überrascht aus. „Zwanzig Jahre? Jetzt wird's aber immer mysteriöser!"

„Warum?" wollte Max wissen.

„Zwanzig Jahre ist eine unserer sogenannten Gemeinsamkeiten," erklärte ihm Raimund. „Stephans Eltern kamen vor zwanzig Jahren auf Burg Tiers, und ich kam vor zwanzig Jahren, also ich mag das Wort ja überhaupt nicht, zu meinen Pflegeeltern."

Max pfiff durch die Zähne. „Das klingt wirklich eigenartig. Aber wir können auf Nummer sicher gehen. Ich frage Haymo, ob diese Mönche auch andere Familien bedroht hatten."

Er klingelte nach einem Diener und wies ihn an, den Leibwächter herzubitten.

Als Haymo eintrat, freute er sich über die Runde junger Männer, nahm sich auch einen Kelch Wein und setzte sich dazu. Max erklärte ihm, wovon sie gesprochen hatten und bat ihn um Information.

Mit einem Schlag wurde Haymos Gesicht verschlossen. Er schüttelte energisch den Kopf. „Nein, kein Wort hört ihr von mir zu diesem Thema. Das ist ein für alle Male abgeschlossen. Ich weiß nichts und ich kann nichts sagen."

Max war erstaunt. „Was heißt, ich weiß nichts? Zufällig war ich damals auch dabei. Ich weiß noch ganz genau, wie du mich kleinen Knirps damals gelobt hast, weil ich behauptet hatte, ich hätte keine Angst."

Ein Anflug von Lächeln kam in Haymos Gesicht. „Natürlich hast du Angst gehabt, und doch warst du tapferer als manches andere Kind. Aber," jetzt wurde seine Miene wieder verschlossen und er stand auf, „wie schon gesagt, das Thema ist längst abgeschlossen."

Er stellte seinen Kelch ab und verließ das Zimmer.

Die drei jungen Männer sahen sich an und wussten nicht, was sie davon halten sollten.

pater sebastianus

Pater Sebastianus war von seinem ganzen Wesen her eigentlich eine Frohnatur. Wäre seine Jugend anders verlaufen, dann besäße

41

er auch heute noch seinen Namen, den er als Neugeborenes von seinen Eltern bekommen hatte, nämlich Wernfried.

Er hatte eine unbeschwerte, fröhliche Kindheit verlebt. Sein Vater hatte einen kleinen Hof in Pacht gehabt, von dem die Familie einigermaßen satt wurde, da Wernfried das einzige Kind geblieben war.

In seiner Erinnerung war der Vater ein großer, breitschultriger Mann mit viel Witz und Humor gewesen; doch wenn er sich heute selbst anschaute, war ihm klar, dass der Vater sicherlich ein lustiger, aber doch wohl eher auch so ein zur Fülle neigender Mann wie er nun heute war, gewesen sein musste. Die Mutter war sehr gescheit gewesen und hatte ihm einiges beigebracht, so auch Lesen und Schreiben. Woher sie als Frau eines kleinen Bauern dies gekonnt hatte, war ihm ein Rätsel geblieben. Als Kind hatte es ihn nicht interessiert, und als Erwachsener hatte er sie nicht mehr fragen gekonnt.

Wenn er in Ruhezeiten mit sich allein war, dann dachte er heute noch gerne an all die Spiele und Streiche zurück, die der Vater mit ihm ausgeheckt hatte, und die - an nichts anderes konnte er sich erinnern - die Mutter stets toleriert hatte.

Er musste so zehn, elf Jahre alt gewesen sein, als beide Eltern schnell hintereinander verstarben. Wernfried fühlte sich von den Nachbarn verraten und hatte sich verzweifelt gewehrt, als sie ihn gleich am Tage nach dem Tod der Mutter in das nahegelegene Kloster gebracht hatten. Eine Zeit lang verdunkelte sich sein sonst so fröhliches Gemüt, da der Hass auf die Nachbarn in ihm schwelte.

Jedoch hatte er auch in dieser für ein Kind so üblen Zeit das Glück, zwei älteren Mönchen zugeteilt zu werden, die wohl geahnt hatten, was in ihm vorgeht, ihn sehr behutsam behandelten und ihn zu nichts zwangen. Wenn er heute an diese Zeit zurückdachte, dann war ihm klar, dass die Nachbarn nicht anders handeln konnten. Beim Tode des Pächters fiel der Hof an den Gutsherren zurück, und einen Waisen, einen zusätzlichen Esser aufzunehmen, das konnte man von niemandem verlangen. Von irgendwelchen Verwandten schien niemand gewusst zu haben.

Sein beiderseitiges Erbgut, die Klugheit von der Mutter und der Witz des Vaters, sorgte bald dafür, dass er sich mit seiner Lage abfand. Und die beiden gutmütigen, einfühlsamen Mönche traten an die Stelle von Vater und Mutter. Mehr und mehr verblassten die Gesichter der Eltern in der Erinnerung. Und als man im Kloster der Meinung war, dass er vermutlich volljährig sei und über sich selbst bestimmen dürfte, da nahm er das Angebot an, hier zu bleiben in seiner neuen Familie und wurde ebenfalls Mönch.

Mit seinen Lese- und Schreibfähigkeiten war er im Kloster bereits als Jugendlicher nutzbringend gewesen, und als Mönch wurde er bald zum Geistlichen geweiht, aus Bruder Sebastianus war Pater, also Vater Sebastianus geworden.

Es kam Pater Sebastianus sehr gelegen, als er mit der Aufgabe betraut wurde, sich um Besucher des Klosters zu kümmern. So hatte er immer wieder Kontakt mit der Welt außerhalb der Klostermauern und verlor nichts von seiner Lustigkeit und seinem Witz. Allerdings brachte es ihm auch oft genug einen Rüffel ein, denn sein Abt war das genaue Gegenteil, ein geistig Kleinkarierter, der kaum über den Rand seines Gebetbuches hinwegsehen konnte.

Und dann passierte etwas Schreckliches im Kloster. Zwei hochgestellte Besucher, geistliche, die zuvor bei der Heiligen Inquisition gearbeitet hatten, waren in der Nacht ermordet worden. Und - das war die Spitze des Schrecklichen - sie waren vor ihrem Tode gefoltert worden. Innerhalb des geheiligten Bezirkes eines Klosters !

Ein paar Tage später tauchte ein junger Ritter auf, der als herzoglicher Beauftragter diese Morde untersuchen sollte. Wie alle anderen Besucher betreute ihn Pater Sebastianus und zeigte ihm die Räume. Sie waren sich beide sympathisch und verstanden sich sehr gut.

Wie weit und ob überhaupt der junge Ritter diese Morde aufklären konnte, erfuhr Pater Sebastianus damals nicht. Für seinen Abt waren es ja keine Morde, sondern Untaten des Teufels gewesen.

Doch er traf wieder mit diesem Ritter zusammen. Ungefähr ein halbes Jahr nach seinem ersten Besuch kam dieser nämlich wieder und sorgte dafür, dass sie beide außerhalb der Klostermauern zusammentreffen und reden konnten. Was der junge Ritter ihm erzählte und von ihm wollte, war für den Mönch zunächst ein Blick in eine völlig fremde Welt.

Er erfuhr von Organisationen, die im Geheimen arbeiteten, von weiteren Morden, von Bedrohungen und erklärte sich bereit, diesem jungen Ritter ab jetzt Informationen zu liefern aus seinem Umkreis, die interessant sein könnten. Mit anderen Worten, Pater Sebastianus ließ sich auf etwas ein, das man am besten umschreiben konnte mit Anwerbung.

So mancher Hinweis, so manche Beobachtung, die im herzoglichen geheimen Dienst als wertvoll eingestuft wurde, kam von ihm.

Und als ihm berichtet wurde, dass dieser junge Ritter im Kampf für den Herzog ums Leben gekommen war, da trauerte er lange Zeit dieser Freundschaft nach.

Am meisten hatte ihn entsetzt zu hören, dass die Gegner in diesem Kampf Mönche eines anderen geheimen Dienstes gewesen waren.

burg tiers

Mit Pater Sebastianus war auf Burg Tiers sehr viel Fröhlichkeit eingekehrt. Er sprühte geradezu vor Witz und Humor, denn er fühlte sich so wohl wie noch nie in seinem Leben. Und das war kein Wunder, denn er war so gut wie in die Familie aufgenommen worden, und zum ersten Male wieder seit dem Tode seiner Eltern vor langer, langer Zeit erlebte er ein echtes Familienleben außerhalb von Klostermauern.

Mit Vorliebe heckte er mit den beiden Töchtern Streiche aus, die die Mägde und Knechte zur Verzweiflung brachten.

Jeden Abend saß man zusammen, ließ sich von Sebastianus zum Lachen bringen, wenn er Geschichten aus dem Kloster erzählte oder seinen hochwürdigen Abt nachmachte und besprach und diskutierte allerlei.

„Moment," sagte er im Verlauf einer solchen Diskussion und kratzte sich am fast kahlen Kopf," das musst du mir bitte noch einmal erklären, Christina."

„Ha", feixte Stephan, der Burgherr, „du weißt also keine Antwort und willst Zeit gewinnen zum Überlegen."

Sebastianus grinste auch. „Man könnte aber auch sagen, nur Hohlköpfe und Esel stürzen sich in eine Diskussion, ohne über Gesagtes nachzudenken."

Christina lächelte. „Und hohl ist Vater Sebastianus' Kopf sicher nicht, und von Esel wird sich niemand zu reden getraun. Also, wie gesagt, es geht darum, ob Gott, da er doch allmächtig ist, nicht schon bei der Schöpfung der Welt gewusst haben muss, was einmal alles passieren wird auf Erden. Deswegen ist die Frage vieler Menschen falsch, die in Verzweiflung oder Not wissen wollen, warum Gott eben diese Verzweiflung und Not zulässt. In Wirklichkeit muss er diese Verzweiflung und Not schon bei der Schöpfung mit geplant haben. Alles, was uns von einem freien Willen gelehrt wird, ist absurd, denn der allmächtige Gott hat ja schon bei der Schöpfung gewusst, welchen Weg jedes Menschenkind einschlagen wird. Und dann ist doch jede Drohung an die Sünder ebenfalls unsinnig, denn die Taten dieser Leute und die Folgen der Taten sind dem Gott ja längst bekannt. Er hat sie ja schon bei der Schöpfung gewusst. Sie sind sein vorgeplantes Werk. Ob Gut oder Böse, das hat er so geschaffen."

Pater Sebastianus sah Christina mit seinen klugen Augen an, sagte zunächst nichts und wiegte dann den Kopf. Dann drohte er ihr schelmisch mit dem Finger.

„Und führe mich nicht in Versuchung ! Der einzige Schluss, den ich aus deiner Argumentation ziehen kann, ist, dass du mir damit zu verstehen geben willst, dass durch diesen Teufelskreis von Schöpfung und Wissen die Existenz Gottes angezweifelt wird."

Christina nickte überrascht, und Stephan sagte zu ihr : „Ich hab' dir ja gesagt, Sebastianus hat nicht nur viel Platz für Essen und Trinken in seinem Bauch, sondern auch eine ganz gehörige Menge Hirn im Kopf."

Nun drohte Sebastianus ihm mit dem Zeigefinger der rechten Hand und wies gleichzeitig mit der linken Hand aus seinen Bauch.

„Werd' nicht zu frech !" Er wandte sich wieder an Christina und meinte mit kläglicher Stimme : „Obwohl er wirklich recht hat. Ein bisschen was zu essen würde meinem Bauch nicht schlecht ankommen."

Christina lachte hell auf. „Und das Abendbrot ist ja auch schon eine geschlagene Stunde her !" Sie stand auf. „Dann diskutiert kurz ohne mich weiter, ich hole eine Kleinigkeit."

„Also dann", meinte Sebastianus mit zufriedenem Gesicht, „was hältst du, Stephan, von diesem Argument : Vielleicht wissen wir Menschen nicht alles, was in dieser Welt vorgeht. Vielleicht ist dieser Gott nicht nur allmächtig, sondern denkt auch in Bahnen, die wir Menschen nicht nachvollziehen können ? Das wäre doch ebenfalls logisch, zu erkennen, dass ein Mensch niemals die Fähigkeit haben kann, ein Wesen wie einen Gott tatsächlich zu begreifen. Und wenn man dies zugibt, wie kann man sich dann ein Urteil über dieses Wesen Gott erlauben ?"

Stephan nickte. „Ich verstehe, was du meinst. Und damit kommen wir wieder zurück zu dem Gesetz der Kirche, das uns befiehlt, zu glauben. Zu glauben, weil wir nicht wirklich wissen."

„Ganz richtig", bestätigte Pater Sebastianus und nahm sich eine dicke Scheibe Brot von dem Teller, den Christina gerade auf den Tisch gestellt hatte, „ganz richtig ausgedrückt. Besser hätte ich es als Geistlicher auch nicht in Worte fassen können."

„Und mit diesem Argument ‚glauben' wird dann jede weitere Diskussion überflüssig ?" fragte Stephan.

„Nein !" sagte Christina ganz entschieden. „Ich habe zwar jetzt nicht alles gehört, aber ich habe schon noch Argumente, die gegen ein reines ‚Glauben' sprechen."

Sebastianus kaute genüsslich und sah sie fragend an.

„Nun", meinte sie, „die Kirche lehrt ja, zu beten. Zu beten und zu bitten, zum Beispiel Gott darum zu bitten, den rechten Weg zu zeigen. Gott zu bitten, in der Not zu helfen. Gott zu bitten, ein Kind heil wieder heimkommen zu lassen. Doch egal, was nach dem

Gebet passiert, Gott hat es schon bei seiner Schöpfung gewusst. Umgekehrt ist es völlig überflüssig, einen Menschen zu mahnen, dass Gott ihn dereinst strafen werde, wenn er Unrechtes tut. Auch das hat Gott schon zu beginn gewusst. Mir kommt es wie eine Ausrede vor, zu sagen, man muss eben glauben, weil man nicht alles von Gott weiß. Wenn es einen Gott gibt, dann hat er ja mir diese Fähigkeit des Nachdenkens und Urteilens selbst gegeben. Und laut Kirche heißt es, ich kann logisch denken, darf aber den logischen Schluss nicht ziehen."

„Und dein logischer Schluss heißt, es gibt keinen Gott," sagte Sebastianus nachdenklich.

Christina sah ihn fest an. „Ja, so heißt mein logischer Schluss, wenn ich ehrlich sein soll. Und auch wenn man diesen Schluss zieht, ändert sich nichts an Gut und Böse, ändert sich nichts daran, dass der Mensch danach streben soll, das Böse zu bekämpfen und das Gute zu bewahren. Beides kann er auch mustergültig ohne einen Glauben."

„Der Unterschied ist allerdings dann, dass kein Mächtiger mehr von der Angst der Menschen profitieren kann," setzte Stephan hinzu.

„Eine verflixt schwierige Diskussion !" seufzte Pater Sebastianus. „Und ich muss zugeben, dass ihr mich jetzt ziemlich in die Enge getrieben habt. Ich muss mir die ganze Geschichte in Ruhe überlegen, dann können wir weiterdiskutieren."

Dann grinste er. „Allerdings kann ich aus eurer Argumentation bereits einen durchaus auch logischen Schluss heute schon ziehen."

Die beiden, Burgherr und Burgherrin, sahen ihn interessiert an.

Er grinste abermals. „Nun, wenn ihr recht habt, dann muss ich ja meine Kutte ausziehen. Und dann steht ihr wieder mit diesem Ziegenpriester aus dem Dorf da !"

„Das ja nicht !" wehrte Stephan lachend ab. „Logische Schlüsse hin oder her, du musst uns als Seelsorger erhalten bleiben. Denk mal lieber gut nach, vielleicht findest du ja gute Argumente."

Er schenkte die Weinkelche noch einmal voll. „Lieber zwinge ich meine Frau dazu an Gott zu glauben, als dass wir uns noch einmal in Bedrängnis bringen lassen von so einem, wie du so schön sagst, Ziegenpriester !"

Sie lachten alle drei und hoben die Kelche.

herzogliche residenz

Die Nacht hatten Raimund und Stephan in der Kaserne verbracht. Wie es üblich war, nahmen sie vor dem Frühstück an den Übungseinheiten teil und lockerten Muskeln und Sehnen auf. Danach sahen sie nach ihren Pferden und machten sich fertig zum Abritt.

Als sie sich beim diensthabenden Offizier abmelden wollten, fragte dieser : „Ihr reitet von hier direkt zum Tegernsee ? Ja ? Gut, das trifft sich wirklich gut. Da wäre auf dem Weg ein kleiner Auftrag zu erledigen, und wenn ihr das schnell mit übernehmt, dann brauche ich nicht von hier zwei Männer extra losjagen. In Ordnung ?"

Sie bestätigten und bekamen den Befehl, sich im Arbeitszimmer des Herzogs zu melden.

„Oha, bei deinem Paten !" sagte Stephan zu Raimund, als sie die Kaserne verließen. „Ein kleiner Auftrag ?Und den bekommen wir vom Herzog geschildert ? Da bin ich ja mal gespannt."

Im Flur vor dem herzoglichen Arbeitszimmer wurden sie angehalten und angewiesen, zu warten. Es herrschte an diesem Vormittag ein reges Kommen und Gehen in diesem Flur.

„Das hier ist das Zimmer von Onkel Maximilian," erklärte Raimund, „und dort drüben, wo nur ganz selten jemand reingeht, da sitzt einer seiner wichtigsten Leute, Robert von Valley, der Geheimschreiber. Es gibt wohl kaum etwas in Onkel Maximilians Herrschaftsgebiet, in dem er nicht seine Nase drin hat."

Bevor Stephan etwas antworten konnte, wurden sie in das Arbeitszimmer befohlen.

Zwei Männer standen an der Wand vor einer Art Landkarte, drei weitere saßen an einem großen runden Tisch, und an einem wuchtigen, aber keineswegs luxuriösen Schreibtisch saß ein kräftiger Mann in den Fünfzigern mit einem sehr energischen Gesicht, wohl der Herzog.

Als sie im Zimmer waren, blieben sie im Türbereich stehen. Zunächst kümmerte sich keiner um sie, man war in eine rege Diskussion vertieft. Dann blickte der Herzog auf, sah erstaunt Raimund an und erhob sich.

„Nanu, Raimund, was führt dich denn zu mir ?" fragte er und umarmte seinen Patensohn.

Raimund blieb etwas förmlich stehen und antwortete kurz : „Wir sind herbefohlen worden."

„Ja ?" fragte der Herzog und sah den Mann an, der am Tisch in der Mitte saß.

Der stand auf, kam zu den dreien her und nickte : „Für die Geschichte mit den Zigeunern habe ich um zwei Mann aus dem geheimen Dienst gebeten."

„Verstehe", sagte knapp der Herzog, wandte sich zu Raimund und lachte, „das ist ja ein ulkiger Zufall ! Mein Patensohn schaut selber wie ein Zigeuner aus, dann ist er also sicher der richtige Mann !"

Nun sahen alle her und lachten.

„Und nachdem beim Dienst ja jetzt in Zweiergruppen gearbeitet wird, nehme ich an, dass ihr beide euch gut zusammengefunden habt. Wie heißt denn dein Kollege ?" fragte Herzog Maximilian mit gewinnendem Lächeln.

Raimund stellte vor : „Das ist Stephan von Tiers, mein bester Freund. Wir werden ..... „

Mit einem Schlag war es totenstill im Raum. Das Lächeln des Herzogs war aus seinem Gesicht verschwunden, er schaute tief betroffen.

Etwas unsicher wegen dieser plötzlichen Stille sprach Raimund weiter : „.....wir werden im Dienst der Schwarze und der Weiße genannt."

Stephan fühlte es förmlich auf der Haut, wie nicht nur der Herzog, sondern auch die anderen Männer ihn von oben bis unten musterten.

Kurz drehte sich der Herzog um zu einem der Männer, die vor der Landkarte standen, und sagte zu ihm : „Das Leben schlägt manchmal Kapriolen, dass einem Angst und Bange werden kann." Der Angesprochene nickte ernst und starrte Stephan an.

Doch genauso plötzlich, wie es vorhin verschwunden war, war das Lächeln wieder im Gesicht des Herzogs, als er sich wieder zu Stephan und Raimund wandte.

„Ich muss mich bei euch beiden entschuldigen. Ich bin sehr unhöflich, aber das war ganz gewiss nicht meine Absicht."

Er nahm die beiden am Arm und brachte sie zum Tisch, damit sie Platz nähmen. „Also der Schwarze und der Weiße, das finde ich sehr zutreffend. Bitte setzt euch hin, dann können wir euch erklären, was wir von euch wollen."

Als sie saßen, sah Stephan aus den Augenwinkeln, dass der Herzog wieder den Mann an der Landkarte ansah und wie dieser den Kopf schüttelte und die Achseln hochzog, so als ob er damit sagen wollte, er wisse auch nicht, was los sei.

Der Mann in der Mitte begann zu erklären : „Wir wissen nicht, von wo aus sie ursprünglich kamen, aber auf alle Fälle ist eine Sippe Zigeuner in dieser Gegend vorbeigezogen und dann das Mangfalltal entlang. Dass es immer wieder Ärger gibt mit den Zigeunern, ist ja

nichts Neues oder Besonderes. Jeder Diebstahl wird ihnen ange-hängt, mancher zu recht, mancher zu Unrecht. Nun haben wir aber gestern einen Bericht bekommen, dass bereits in zwei Dörfern Jagd auf diese Sippe gemacht worden ist. Wenn man dem Bericht glau-ben kann, sind auch schon zwei Zigeuner ums Leben gekommen."
Er machte eine Pause und sah den Herzog an. Der nickte und sprach weiter. „Raimund, du weißt, dass ich diese Art von Justiz gar nicht liebe. Nicht nur, dass dies den einfachen Leuten nicht zusteht, nein, es entgleitet ihnen auch viel zu schnell. Ich dulde keine Menschenjagd."
Der Mann am Tisch sprach weiter. „Unsere Politik, alles Unan-genehme möglichst ohne großes Aufsehen zu erledigen, hat sich bewährt. Wir schicken also nicht einen Trupp Büttel oder Soldaten ins Mangfalltal, um für Ordnung zu sorgen, sondern zwei unauffällige Männer des geheimen Dienstes."
„Und da trifft es sich ja mir dir besonders gut, Raimund," warf der Herzog ein, „im Mangfalltal kennst du dich ja aus. Ihr bekommt von mir den Befehl, in dieser Geschichte für Ruhe zu sorgen. Gleichzeitig habt ihr beide die Befugnis, vor Ort selbst zu entscheiden, was und in welchem Aufwand etwas zu geschehen hat."
Er sah Stephan und Raimund ernst an. „Jedes Menschenleben, das gerettet werden kann, ist wertvoll, auch das eines Zigeuners. Allerdings betone ich als euer oberster Vorgesetzter noch einmal : Ihr könnt vor Ort selbst über jede notwendige Maßnahme entscheiden. Über jede ! Haben wir uns verstanden ?"
Stephan und Raimund nickten und erhoben sich, als sie sahen, dass auch der Herzog aufstand.
Er drückte beiden zur Verabschiedung die Hand, wobei es Stephan so vorkam, als ob er seine Hand länger hielt als die von Raimund, und sagte leise : „Passt auf euch auf ! Ich wünsche, dass in jeder Situation der Schwarze auf den Weißen aufpasst und der Weiße auf den Schwarzen !"
Beide nickten nochmals und verließen den Raum.

tiers

Und wieder hatte Pater Sebastianus eine Diskussion zu bestehen. Diesmal allerdings eine, die ihm zuwider war und bei der es von Anfang an klar gewesen war, dass sie zu keinem guten Ergebnis führen konnte.

Ein Bauernbub hatte ihm die Nachricht gebracht, der Dorfpfarrer bitte ihn für den Nachmittag um Besuch.

Und nun saß er diesem jungen übereifrigen Seelsorger gegenüber. Er war überraschend freundlich empfangen worden und es stand sogar ein Krug Wein auf dem Tisch. Dass aber diese Freundlichkeit bestand haben könnte, bezweifelte Sebastianus von Anfang an. Die üblichen Floskeln und Fragen nach dem Wohlbefinden hatten nicht so geklungen, als ob sie ehrlich gemeint gewesen waren.

„Dann feiert Ihr jetzt regelmäßig Gottesdienst mit den Burgleuten ?" fragte der Dorfpfarrer, während er den Wein so nachschenkte, dass der kleine Kelch nur halb voll wurde.

„Gewiss, gewiss," bestätigte Pater Sebastianus, „das ist ja wohl meine Aufgabe. Ich bin zwar schon um einiges älter als Ihr, aber mein Hirn arbeitet schon noch ordentlich. Wir leben auf der Burg so, wie es sich für anständige Christenmenschen gehört."

„Daran habe ich auch nicht gezweifelt," sagte der Dorfpfarrer eilfertig und setzte gleich mit etwas lauernder Miene hinzu : „Dann seht Ihr die Burgleute ja wohl auch sicher regelmäßig in Eurem Beichtstuhl ?"

Pater Sebastianus trank erst einen Schluck und meinte dann kurz und knapp : „Aber sicher."

Die Augen seines Gegenübers leuchteten auf. „Dann wisst Ihr ja mehr von den Burgleuten, als ich erfahren konnte. Ihr wisst also, was der Burgherr denkt."

Sebastianus wurde abweisend. „Darüber brauchen wir nicht zu reden, das ist Beichtgeheimnis."

„Nun, wir sind doch als Diener der Kirche hier unter uns," ließ der Dorfpfarrer nicht locker, „das Beichtgeheimnis gilt sicher gegenüber Weltlichen, aber wir beide stehen doch im Dienste der Kirche."

„Dann reden wir von verschiedenen Kirchen," lehnte Sebastianus kategorisch ab, „für mich war das Beichtgeheimnis immer ein Geheimnis, das ich mit niemandem teile außer mit Gott, und der kennt es sowieso."

„Wollt Ihr damit sagen, dass Ihr Euch auch beim Bischof weigern würdet, ihm ein Beichtgeheimnis anzuvertrauen ? Einem Mann, der in unserer Kirche weit über Euch steht ?"

Pater Sebastianus stellte den Weinkelch recht unsanft auf den Tisch. „Ich begreife nicht, was Ihr von mir wollt. Soll da heißen, dass Ihr es so macht ? Ihr plaudert beim Bischof Beichtgeheimnisse aus ?"

Der junge Pfarrer starrte ihn böse an.

„Ausplaudern ? Das nennt Ihr ausplaudern, wenn ein Diener Gottes einem anderen Diener Gottes vertraut ? Wie soll unsere heilige Kirche Bestand haben, wenn wir nicht einmal untereinander so viel Vertrauen haben ?"

50

Sein Tonfall wurde heftiger. „Wie soll unser Bischof im Umgang mit den Adeligen Entscheidungen treffen, wenn er nichts von derem Denken weiß ? Wisst Ihr nicht, wie sehr Ihr der Kirche schadet, wenn Ihr wichtige Informationen für Euch behaltet ?"

Auch er stellte seinen Weinkelch so heftig auf den Tisch, dass der Wein herausschwappte. Vielleicht lag es natürlich auch daran, dass er bei sich selbst voll eingeschenkt hatte.

Pater Sebastianus sah ihn eine Zeit lang wortlos an. Dann zeigte er mit dem Zeigefinger nach oben. „Wenn unser Herrgott es will, dass der Bischof Geheimnisse aus dem Beichtstuhl erfahren soll, dann wird er schon einen anderen Weg wissen als den, den Ihr mir vorschlagt. Ich bin und bleibe der Überzeugung, dass das Beichtgeheimnis unverletzlich ist."

„Albernes Gewäsch !" knurrte ihn der Dorfpfarrer mit vor Erregung hochrotem Kopf an. „Allemal albernes Gewäsch, das gut dafür ist, unwissende und ungebildete Dorfbewohner in den Bahnen unserer Kirche zu halten. Ihr seid jedoch wie ich ein Teil der Kirche, und teil hin oder her, im Gesamten unserer Kirche bleibt das Beichtgeheimnis ja doch unverletzlich ! Niemand von uns gibt es nach draußen weiter, aber ob es bloß Ihr oder auch noch der Bischof kennt, das spielt innerhalb unserer Gesamtheit doch keine Rolle ! Im Gegenteil, wenn Ihr euch weigert, dem Bischof notwendige Informationen zu geben, dann stellt Ihr als Priester Euch ja außerhalb der Heiligen Kirche !"

Pater Sebastianus schüttelte den Kopf. „Diese Anschauungsweise kann ich gerade als Beichtvater nicht teilen. Wer bei mir beichtet, muss damit rechnen, dass ich dem Bischof mitteile, was er gesagt hat ? Da müsste ....."

„Unsinn," fiel ihm der junge Seelsorger ins Wort, „hört Ihr mir denn nicht richtig zu ? Es erfährt doch niemand, wie die Kirche mit der Beichte umgeht ! Nichts dringt nach außen ! Ich glaube, Ihr nehmt Euch zu wichtig und vergesst dabei Euren Gehorsam. Das Beichtgeheimnis bleibt innerhalb der Kirche und vor allem, der Bischof kann manchen Nutzen für die Kirche daraus ziehen !"

Während dieser Worte hatte er den Ärmel von Sebastianus gepackt, wohl um die Dringlichkeit seiner Worte zu unterstreichen. Doch der machte sich frei und stand auf.

„Es tut mir leid," sagte er und wandte sich zur Tür, „über dieses Thema lasse ich nicht mit mir verhandeln. Und ich glaube, dass die Zahl der Geistlichen, die meinen Standpunkt vertreten, größer ist als die Zahl derer, die so handeln, wie Ihr es wohl tut und von mir fordert. Für mich ist das Beichtgeheimnis dann verletzt, wenn ich etwas weitererzähle, egal, ob an Bischof oder König. Gelobt sei Jesus Christus !"

„In Ewigkeit. Amen !" knirschte der junge Pfarrer leise.

Er sah dem Pater nach, wie er den Weg nach oben zur Burg nahm und sprach vor sich hin : „Alter Narr ! Wir werden sehen, wer von uns beiden den richtigen Standpunkt hat."

das wappen

Als Raimund und Stephan in den Gang hinaustraten, wurden sie von einem herzoglichen Diener erwartet. Er bat sie, mit ihm zur Küche zu gehen; sie sollten vor der Abreise ein kräftiges Mahl zu sich nehmen und auch jeder ein Paket Proviant für unterwegs erhalten.

„Das lob' ich mir," grinste Raimund, „mit vollem Bauch in den Kampf."

Der Diener führte sie nicht direkt in die Küche, sondern in einen besonderen Raum daneben mit etlichen Tischen und Bänken. Sie saßen kaum, da wurde auch schon aufgetragen. Der Diener setzte sich mit etwas Abstand neben sie, aß selber aber nichts.

Während des Essens sprachen sie kaum, sondern sahen meist zu den jungen Mägden, die mit Tabletts oder Krügen durch den Raum eilten. Dann stieß Raimund Stephan mit dem Ellbogen an und deutete zur mittleren der drei Türen.

„Schau mal, da oben !"

Stephan sah zur Tür, über der ein vergrautes herzogliches Wappen hing, dessen hölzerner Rahmen schon vor langem gesprungen war. Während er weiterkaute, fragte er : „Was ist an dem alten Ding Besonderes ?"

Raimund wies mit der Hand darauf. „Fällt dir nichts daran auf ? Da fehlt doch ein Teil ! Die weiß-blauen Rauten sind da nicht drauf. Erinnerst du dich nicht an das Wappen vom Kasernentor ?"

Nicht besonders interessiert gab Stephan Antwort : „Ja, du hast recht. Eigenartig. Da fehlt ein Teil."

„Das Wappen über dieser Tür ist schon uralt," mischte sich der Diener ins Gespräch, „es hängt dort oben noch aus der Zeit, als die weiß-blauen Rauten noch nicht im herzoglichen Wappen drin waren."

„Ach," fragte Raimund, „das ist erst später dazugekommen ? Wieso denn das ?"

Der Diener zuckte die Achseln. „Ich weiß es nicht genau, das hat mit einer Familie zu tun, die für den Herzog irgendetwas Besonderes geleistet hat. Dieses weiß-blau kommt nicht von der herzoglichen Familie selbst. Auf Befehl des Herrn Herzogs wurde es erst vor zwanzig Jahren ins Wappen eingefügt."

Stephan und Raimund sahen sich erschrocken an. Vor zwanzig Jahren ?

„Jetzt sind wir bei Merkwürdigkeit Nummer acht. Und es sieht so aus, als würde es wirklich passen : Vor zwanzig Jahren !" Raimund vergaß vor Erregung weiter zu essen.

„Nein, jetzt muss ich dich mal korrigieren," erwiderte Stephan, „das wäre dann Merkwürdigkeit Nummer neun. Nummer acht war für mich das Verhalten des Herzogs, als du mich vorgestellt hast. Erinnerst du dich ? Sein Lachen war wie weggewischt, als er meinen Namen hörte. Und das, obwohl sein eigener Sohn noch nie was von Tiers gehört hat."

„Ich weiß nicht," meinte Raimund, „ob du dir da nicht was einbildest ? Weißt du, so fürsorglich, wie Onkel Maximilian am Schluss geredet hat, so redet er eigentlich immer mit mir, so wegen aufpassen und so."

Stephan schob den Teller von sich. „Na ja, egal. Ist auch genug gerätselt, wir müssen los."

Raimund stimmte zu. „Unterwegs können wir noch genug reden. Dann stürzen wir uns mal in unsere Aufgabe."

„Ja, genau," grinste Stephan, „schauen wir uns mal um nach weiteren Zigeunern."

„Nach weiteren ?" Raimund stand auf. „Wo haben wir denn schon welche ?"

Stephan grinste wieder. „Bist du vergesslich ? Du selbst ! Hat doch sogar dein Patenonkel betont !"

in der kaserne

Als sie die Residenz verlassen hatten und in die Kaserne zurückkehrten, um ihre Pferde aus dem Stall zu holen, wartete dort ein ungeduldiger Max.

„Zum Kuckuck, wo steckt ihr zwei denn die ganze Zeit ?" fragte er sie. „Ich dachte, ihr müsst heute nach Tegernsee zurück ?"

Raimund grinste ihn an. „Beschwer' dich bei deinem Vater. Nix mit Tegernsee. Wir haben einen neuen Auftrag, es geht die Mangfall entlang."

„An der Mangfall entlang ?" fragte Max erfreut. „Das passt ja noch besser als Tegernsee !"

„Wieso ?" entgegnete Raimund. „Willst du denn mit uns ? Wir haben aber einen Auftrag zu erledigen, und ob du ....."

Max fiel ihm ins Wort. „Ich habe auch einen Auftrag. Ich muss nach Glonn zu eurem Kommandanten Arnhard. Ihr beide wärt mir als Eskorte lieber als irgendjemand sonst. Und wenn ihr sowieso die Mangfall entlang müsst, könntet ihr mich ja ein großes Stück begleiten."

„Da wird nichts draus !" meldete sich eine Stimme von hinten. Haymo, Max's Leibwächter, war in den Stall gekommen. Sie drehten sich zu ihm um.

„Was steht denn dem entgegen ?" wollte Max wissen.

Haymo schüttelte den Kopf. „Erstens sind zwei Mann zu wenig, wie du genau weißt, und zweitens haben die beiden bereits einen Auftrag. Zwei Aufträge zu mischen ist im Dienst nicht üblich."

Max sah ihn kurz verärgert an, dann lachte er. „Sehr ihr ? Seit zwanzig Jahren lässt diese schwerttragende Amme nicht mal einen Floh an meine kostbare Haut. Also gut, Haymo, dann eben mit fünf Mann, wie immer. Aber es steht doch Raimunds und Stephans Auftrag nicht im Wege, wenn *wir* sie ein Stück begleiten ? Oder ?"

Der Leibwächter seufzte. „Seit zwanzig Jahren warte ich vergeblich darauf, dass dieser Kerl *einmal* seinen Kopf nicht durchsetzt. Na gut, von mir aus machen's wir umgekehrt. Statt dass sie *uns* begleiten, was sie nicht dürfen wegen ihrem Auftrag, begleiten wir sie, was dir als Herzogsohn niemand verbieten kann."

Max grinste zufrieden. „Dann kann's losgehen ! Holst du die fünf Leute, Haymo ?"

„Stehen schon draußen parat !" antwortete dieser. „Ihr seid auch reisebereit ?" fragte er Stephan und Raimund. Beide nickten.

„Dann auf zum Halali !" forderte Max vergnügt.

an unbekanntem ort

Eine fast fiebrige Erwartung lag auf den Gesichtern der Anwesenden. Es war absolut ungewöhnlich, dass ein solches Treffen außerhalb der regelmäßigen Termine einberufen worden war. Zum einen eben, was den mehr als kurzfristigen Zeitpunkt betraf, und zum andern, dass außer den beiden Eminenzen alle drei Gruppenführer anwesend waren sowie ein hagerer älterer, aber sehr drahtig wirkender Mönch, der den Gruppenführern unbekannt war. Noch nie hatten diese erlebt, dass ein Außenstehender auch nur in die Nähe eines Treffens gekommen wäre.

Doch alle drei hatten sich natürlich in jeder Hinsicht in Gewalt, keiner würde Fragen stellen oder reden, bevor er nicht dazu aufgefordert worden wäre. Und alle drei kamen in ihren stillen Überlegungen zu dem Schluss, dass es sich eben wohl kaum um einen wirklich Außenstehenden handeln könne, wohl eher um einen früheren Aktiven. Doch was konnte passiert sein, dass man einen solchen - war er nicht über siebzig ? - noch einmal in aktuelle Geschehnisse eingebunden hatte ?

Die beiden Eminenzen beendeten ihre geflüsterte Unterhaltung, wobei der eine, dessen Gesichtszüge genauso scharf waren wie sein Tonfall, mit der rechten Faust in die linke Handfläche schlug. Der andere kicherte und schien höchst zufrieden zu sein.

„Gott lässt sich manchmal Zeit", wandte sich nun Eminenz Nummer eins an die drei Gruppenführer, „er lässt sich manchmal sehr, sehr lange Zeit. Oft bringt er uns dazu, ungeduldig zu werden. Doch letztendlich gibt er uns unsere Feinde immer in unsere Hände."

Seine Augen glitzerten, als er sich zu dem alten Mönch drehte.

„Schön, dass Ihr die weite Reise noch einmal unternommen habt, Franziskus, denn wir brauchen Euch. Damit wir keine Fehler machen, wenn wir einen alten Fall endlich, endlich abschließen. Und wir wollen sicher gehen, deshalb bedürfen wir Eurer Kenntnisse und," die weiteren Worte betonte er mit einem eigenartigen Lächeln, „wir bedürfen Eures Rates."

Der alte Mönch verneigte sich, erwiderte aber nichts. Er selbst wusste, dass diese Anspielung ein Kompliment war, wohl das höchste, das der Redner zu vergeben hatte.

Die drei Gruppenführer sahen den Alten überrascht an. Auch sie hatten oft genug erfahren, dass Eminenz sich jegliche Schlussfolgerung und Ratschlag verbat.

Eminenz zwei kicherte wieder. Der Redner beachtete ihn nicht und sah wieder die drei Gruppenführer an. „Wieder einmal hat es sich erwiesen, was Kleinigkeiten wert sein können." Er sah jedem einzelnen ins Gesicht, so dass sich jeder unwillkürlich fragte, ob er einen Fehler gemacht oder etwas übersehen hätte. Nein, dachte dann jeder, dazu würde sein Gesichtsausdruck nicht passen.

„Wir, deren Aufgabe es ist, zum Schutze unserer Heiligen Kirche zu wirken und dafür auf jede Kleinigkeit achten, beobachten und sammeln, haben mit Gottes Hilfe," er bekreuzigte sich und alle machten es ihm nach, wobei Eminenz zwei wiederum kicherte, „wir haben mit Gottes Hilfe eine zunächst unwichtig aussehende, kleine Angelegenheit gelöst."

Er machte eine bedeutsame Pause. Als er fortfuhr, strahlte sein Gesicht vor Zufriedenheit.

„Zunächst unwichtig, muss ich betonen. Doch Gott gefiel es, uns durch diese Kleinigkeit den Schlüssel in die Hände zu geben für die Lösung eines Falles, der weit, weit zurückliegt."

Er rieb sich die Hände. „Wir haben nunmehr die Möglichkeit, eine Geschichte abzuschließen, die uns seit zwanzig Jahren als Misserfolg wurmt."

Wieder waren die Gruppenführer überrascht. Keiner von ihnen hatte diesen Rang länger als fünf, sechs Jahre inne, aber nie hatten sie es in dieser Zeit erlebt, dass man sich mit alten Fällen befasste. Und völlig unverständlich war für sie die Tatsache, dass Eminenz zugab, dass es so etwas wie einen Misserfolg jemals gegeben hat. Einen Misserfolg in einer Organisation, die nur Erfolge akzeptierte.

Eminenz zwei kicherte wieder und zog aller Augen auf sich.

„Nun," sagte er mit seiner weichen, überfreundlichen Stimme, „ich muss für unsere jungen Mitbrüder ein wenig weiter ausholen. Ihr wisst alle, dass es dem herzoglichen geheimen Dienst immer wieder mal gelingt, Leute aus den Reihen der Kirche anzuwerben. Solche Leute lassen wir, wenn wir über sie Bescheid wissen, nur im Notfalle auffliegen, denn ein erkannter Schädling verliert seine Gefährlichkeit. Natürlich sorgen wir dann dafür, dass solche Läuse in unserem Pelz möglichst nicht mehr an Wichtiges herankommen. Manchmal," er kicherte, „manchmal füttern wir die Läuse mit falschen Informationen, das erwies sich als sehr brauchbar. Stets aber halten wir erkannte Läuse unter Beobachtung und verfolgen Weg und Wirkung falscher Informationen."

Er kicherte wieder. „Ein köstliches Spiel. Immer wieder erstaunlich, wie leichtgläubig manche Menschen sind und wie leicht man sie beeinflussen kann."

Auf ein kurzes Knurren von Eminenz eins hin kicherte er wieder und fuhr fort. „Eine solche Laus in unserem Pelz verließ vor einiger Zeit ihren angestammten Platz und wurde vom herzoglichen Dienst an einen uns unbekannten Ort verfrachtet. Hatten sie etwas vor ? Wir ließen es nicht unbeachtet. Dank eines dieser jungen, übereifrigen Priesterlein, die sich überschlagen, um ihren Vorgesetzten zu gefallen und denen Gott sei Dank," er kicherte abermals, was ihm jetzt einen strengen Blick von Eminenz eins eintrug, „denen das Denun-zieren im Blut zu liegen scheint, haben wir die verlorene Laus wiedergefunden."

„Und dabei," fiel nun Eminenz eins ein, „und dabei haben wir uns selbstverständlich auch dafür interessiert, was denn dieser verlorene Sohn der Kirche dort sollte, wo ihn der geheime Dienst des Herzogs hingesetzt hatte. Sollte er nur aus unserem Blickfeld verschwinden? Und jetzt kommt Franziskus ins Spiel."

Er wandte sich dem alten Mönch zu, der bisher keine Miene verzogen hatte.

„Denn nach allem, was wir herausgefunden haben, sieht es so aus, als wenn unser verlorener Sohn an seinem neuen Aufenthaltsort mit jemandem beisammen ist, der vor zwanzig Jahren für Franziskus und natürlich für uns alle ein Problem war, an dem wir uns die Zähne ausgebissen haben. Jemand, der uns damals nach Strich und Faden zum Narren gehalten hat."

Seine Augen glühten nun förmlich, als er alle ansah.

„Jemand, der eigentlich gar nicht mehr lebt."

auf burg tiers

Zur gleichen Zeit war der verlorene Sohn, Pater Sebastianus, wieder einmal in eine heftige Diskussion verstrickt.

„Du möchtest also wissen", sagte er langsam, als ob er gleichsam überlegen müsste, zu Christina, „ob ich an einen Teufel als gegenspieler Gottes glaube." Sie nickte und er fuhr fort. „Dann hast du vermutlich vor, mir zu beweisen, dass es völlig unmöglich ist, dass es einen gibt."

Christina lachte hell auf. „Mittlerweile kennst du meine Gedanken-gänge. Ja, natürlich habe ich das vor, und es ist auch ausge-sprochen leicht. Alle Kirchenlehrer, die das Böse in einem Teufel personifizieren, behaupten damit in einem Atemzug, dass ihr Gott nur einen Bruchteil an Macht besitzt. Er hat einen Gegenspieler und wird mit diesem nicht fertig? Das ist doch ein typisches Menschenbild. Man soll an einen Gott glauben, der alles, wirklich alles geschaffen hat und schreibt diesem Gott gleichzeitig so wenig Macht zu, dass er mit dem Bösen, hier genannt Teufel, nicht fertig wird. Da solches wieder einmal in sich selbst unlogisch ist, ist der einzig wirklich logische Schluss : Es gibt keinen Teufel."

Sebastianus brummte : „Er wurde nur erfunden, um die Menschen einzuschüchtern, denn Furcht erzeugt brave Untertanen."
Als er sah, dass Christina eine Augenbraue hochzog, lachte er und setzte hinzu : „Ich habe nur hinzugefügt, was du noch sagen wolltest."
Er räusperte sich. „Also hier sind sich ja nicht einmal alle Kirchenlehrer einig. Allerdings überwiegt in den meisten Anhandlungen die Meinung, dass der Teufel existent ist, und nichts anderes gilt für die Christen laut Rom."
Er räusperte sich nochmals. „Ich persönlich pflichte dir bei. Ja, doch, ich wäre sehr zufrieden bei dem Gedanken zu wissen, dass es diese Ungestalt nicht gibt. Keine Frage. Doch ich muss ehrlich sagen, ganz so einfach kann ich der Argumentation, dass es keinen Gott gibt, nicht folgen."
Christina sah ihn an und meinte : „Das heißt, du findest den Schluss, den ich als logisch ziehe, nicht richtig. Oder aber," sie lächelte ihn entwaffnend an, „oder aber du traust dich nicht, diesen Schluss ebenso logisch nachzuvollziehen."
Sebastianus hob mahnend den Zeigefinger. „Stecke mich nicht vorschnell in eine bestimmte Schublade ! Hast du in Betracht gezogen, dass Gott alles so geplant und gewollt hat ? Dass sich Menschen wie du über seine Existenz ruhig ihre Gedanken machen, ihre Meinung fassen sollen ? Dass er sich mehr dabei gedacht hat als logische Schlüsse ?"
Christina winkte ab. „Im Grunde verstehe ich, was du meinst. Die Gedanken Gottes sind nun mal zu hoch, als dass sie ein Mensch versteht, das meinst du, und deshalb kann man sich nicht hundertprozentig festlegen. Aber das läuft ja wieder hinaus auf das Glauben."
Zum ersten Male heute mischte sich der Burgherr in die Diskussion.
„Denn wenn ich an Gott nur glauben soll, warum nur hat er mir dann dieses logische Denken gegeben ? Dieses Denken, das mich von anderen Lebewesen unterscheidet. Du willst mir doch nicht sagen, dass du daran glaubst, dass der Mensch das Denken bekommen hat, um es dann nicht ausnützen zu dürfen ?"
„Geschlagen !" resignierte Sebastianus.
„Wie bitte ?" fragten Christina und Stephan wie aus einem Mund.
Und Stephan setzte erstaunt hinzu : „Was soll das denn bedeuten ?"

Pater Sebastianus grinste. „Du als Ritter wirst doch wissen, was geschlagen bedeutet ! Ich komme nicht gegen eure Argumente an, bin also geschlagen."

„Und das bedeute," rief Christina, „dass ich Recht habe ?"

Sebastianus' Augen blinkten freundlich auf. „Wenn es dich freut, ja. Aber geschlagen heißt ja noch nicht, dass die ganze Schlacht schon beendet ist. Morgen ist auch noch ein Tag. Übermorgen finde ich vielleicht bessere Argumente. Mal sehen. Auf alle Fälle kann man recht haben und trotzdem arme alte unbedarfte argumentationslose hungrige und durstige Mönchlein trotzdem bei ihrem unlogischen Glauben lassen."

„Solange sie damit kein Unheil anrichten," feixte Stephan.

Und Christina fügte eilends hinzu, während sie aufstand : „Da besteht eigentlich keine Gefahr. Noch dicker kann ja sein Bauch nicht werden."

Während sie zur Tür lief, sahen sich Stephan und Sebastianus an. Beide grinsten bis über beide Ohren und Sebastianus brummelte : „Hat die eine Ahnung. Ich habe noch genug Platz in meinen bescheidenen Rundungen."

Stephan nickte ernsthaft. „Vor allem für den guten Wein, den es bei uns gibt. Meinst du nicht, dass du dafür vielleicht sogar deinen Glauben verraten könntest ?"

Sebastianus sah ihn in gespieltem Schrecken an und ächzte : „Et ne nos inducas in tentationem ! Auf mich allein bezogen : Führe mich nicht in Versuchung !"

Dann grinste er wieder. „Sonst schaffst du es womöglich auf solch perfide Weise !"

im mangfalltal

Zwei der als Leibwache eingeteilten Männer ritten in Sichtweite voraus, die restlichen drei in nur wenig Abstand hinter ihnen. Haymo blieb wie immer dicht bei Max, im Moment eine Pferdelänge voraus, da Stephan und Raimund links und rechts neben diesem ritten, um sich unterhalten zu können. Natürlich sprachen sie wieder über ihre ‚Merkwürdigkeiten'. Raimund erzählte Max von dem Wappen, auf dem das Weiß-Blau gefehlt hatte.

„Das haben wir erfahren, dass diese Farben ungefähr seit zwanzig Jahren im Wappen sind," sagte Raimund, „und nachdem sich bei uns ja so einige Merkwürdigkeiten um die Zahl ‚zwanzig Jahre‘ drehen, würde uns interessieren, was der Grund für diese Wappenänderung war."

„Nun," antwortete Max, „darauf kann ich euch Auskunft geben. Weiß-blau waren die Farben der Grafen von Bogen. Und die haben sich stets treu an der Seite der Herzöge gehalten. Der letzte Graf war dieser Raimund von Bogen, der unseren geheimen Dienst aufgebaut hat, und der im Dienst umkam."

„Aber," wandte Stephan ein, „es gab und gibt doch sicher mehr Familien, die loyal und treu sind und waren. Man kann doch nicht jedes Familienwappen deswegen übernehmen ?"

„Nein, natürlich nicht," antwortete Max lachend, „aber ohne den geheimen Dienst wäre ich wahrscheinlich heute nicht hier."

„Deine Entführung !" warf Raimund ein.

„Ja, und Raimund von Bogen war zu der Zeit eben Kommandant des geheimen Dienstes."

Jetzt ließ Stephan aber nicht locker. „Ich kann mir vorstellen, dass dein Vater damals für deine Rettung alles zu geben bereit war, und doch verstehe ich nicht, dass eine Wappenübernahme die Belohnung darstellte. Sie nutzte doch niemandem mehr, wenn dieser Raimund von Bogen eh der letzte Graf war."

„Also muss noch mehr im Spiel gewesen sein !" stimmte Raimund dem zu.

„Von mehr weiß ich nichts," sagte Max nachdenklich, „von meiner Warte aus gesehen kam mir meine Rettung natürlich immer als das Wichtigste vor. Aber irgendwie habt ihr doch Recht. Haymo, du weißt sicher mehr."

Der Angesprochene brummte etwas, was sie nicht verstanden, vor sich hin. Daraufhin rief Max nach vorn : „He, Haymo, brummel nichts in deinen nicht vorhandenen Bart ! Das wird doch kein Geheimnis sein ?"

Haymo drehte sich halb im Sattel um und sagte zu den dreien : „Raimund von Bogen wäre eigentlich nicht Graf geworden, da er ältere Brüder hatte. Aber damals ist die gesamte Familie derer von Bogen umgekommen, und er war damit der letzte Graf. Leider überlebte er auch nicht lange."

„Er starb bei einem Überfall auf einen Stützpunkt des geheimen Dienstes," bestätigte Max.

Jetzt redeten Raimund und Stephan fast gleichzeitig.

Raimund fragte : „Wie kam die gesamte Familie um ?" und Stephan : „Ein Überfall in Friedenszeiten ? In einem Stützpunkt sind doch mindestens fünfzig Mann ?"

Eine Zeit sagte der Leibwächter gar nichts. Dann schaute er finster über die Schulter. „Es gibt Sachen aus der Vergangenheit, die lässt man auch dort. Es ist niemandem gedient, wenn man in alten Dingen herumrührt."

Max lachte laut auf. „Das war jetzt aber nicht sehr geschickt, Haymo. Jetzt müssen Stephan und Raimund ja wirklich denken, vor ihnen wird ein Geheimnis verborgen. Also der Reihe nach : Was ist mit der gesamten Familie von Bogen passiert, wenn alle offensichtlich innerhalb eines kurzen Zeitraumes starben ?"

„Ich kann es nicht genau sagen," brummte Haymo. „Soviel ich damals mitbekommen habe, kam der eine Bruder mit Frau und Kindern bei einem Brand um. Unsere Leute stellten fest, dass erstens der Brand mit Pechfackeln gelegt worden war und dass zweitens einige Leichen so aussahen, als ob sie gefesselt waren."

„Weiter !" forderte Max, als Haymo verstummte.

„Ein zweiter Bruder ist auf einer Landstraße überfallen und getötet worden. Und der dritte Bruder wurde mitsamt seiner Familie vergiftet. Da war auch der alte Graf dabei, also der Vater der Brüder."

Es dauerte eine Zeit, bis die drei das Gehörte verdaut hatten. Dann sagte Raimund, und er sprach den anderen beiden aus der Seele : „Ganz schön heftig !"

„Und vor allem," fügte Max hinzu, „vor allem klingt das Ganze ja so, als wenn es jemand darauf angelegt hatte, die ganze Familie auszurotten. Sag, Haymo, hat man jemals herausgefunden, wer es war ?"

Der schüttelte grimmig den Kopf. „Ja und nein. Die Täter selbst haben wir nie erwischt, aber wir wussten damals, dass eine Geheimorganisation dahintersteckte."

„Eine Geheimorganisation ?" rief Max stirnrunzelnd. „Aber davon hab' ich doch noch nie gehört ! Müsste ich da nicht irgendwie Bescheid wissen ?"

Der Leibwächter hielt sein Pferd an. „Das ist es, was ich vorhin meinte. Wenn ich jetzt weitererzähle, dann bekomme ich anständig Ärger mit deinem Vater."

Doch Max ließ sich jetzt nicht mehr abwimmeln. „Das ist keine Antwort auf meine Frage. Wieso weiß ich nichts über eine solche Organisation ?"

Nun seufzte Haymo tief. „In Gottes Namen, du wirst sowieso keine Ruhe geben. Wen interessiert schließlich, ob ich meine Rübe verliere oder zumindest aus dem Dienst geworfen werde."

„Mich," meinte Max in ruhigem, aber festen Ton, „mich interessiert das sehr. Doch soweit wird es niemals kommen, das weißt du genau. Also rede weiter !"

Haymo seufzte noch einmal, diesmal ergeben.

„Du weißt nichts von dieser Geheimorganisation, weil sie seit zwanzig Jahren nichts mehr unternommen hat." Er verbesserte sich. „Also ich meine damit, sie trat seit damals nicht mehr in Erscheinung. Vielleicht wissen unsere Kommandanten mehr, aber in meinen Kreisen weiß niemand mehr von Aktivitäten."

Er gab seinem Pferd einen Klaps und ritt wieder los.

„Einen Moment !" rief Stephan. „Mir fehlt noch was ! Was war mit dem Überfall ? Ein Kampf mitten im Frieden ?"

„Das war eben die letzte uns bekannte Aktivität dieser Organisation. Sie überfielen Burg Altenwaldeck, wo Raimund von Bogen sich mit einigen Leuten aufhielt. Damals hatte unser Dienst noch nicht so viele Leute. Der Gegner wurde zwar niedergekämpft, aber Raimund von Bogen war unter den Toten."

Raimund staunte. „Altenwaldeck ? Das ist ja bei unserem Nachbarsdorf. Aber das muss ja ein furchtbarer Kampf gewesen sein. Von der Burg sieht man ja kaum noch mehr als Reste der Grundmauern."

„Nein," schüttelte Haymo den Kopf, „nach dem Überfall gab der Dienst die Burg auf. Die wurde nicht beim Kampf zerstört. Die wird wohl verfallen sein."

Max, Raimund und Stephan, der noch murmelte : „Bis auf die Grundmauern ? In nur zwanzig Jahren ?", waren beeindruckt. Eine ganze Zeit lang ritten sie schweigend nebeneinander her.

Dann fiel Stephan etwas ein. „Und das mit deiner Entführung, als du ein Kind warst," fragte er Max, „kann das womöglich auch dieser Geheimorganisation zugerechnet werden ?"

Max verneinte. „Nein, sicher nicht. Da kann ich mich leider noch zu gut daran erinnern, weil ich immer wieder davon träume. Nein, das bei mir waren Mönche."

„Mönche ?" riefen Raimund und Stephan gleichzeitig.

Haymo riss sein Pferd an den Zügeln, machte abermals Halt und drehte sich um.

„So," sagte er mit grimmigem Blick, „jetzt sind wir soweit. Wenn das dein Vater erfährt ! Freilich waren es Mönche, die Max damals entführt hatten. Ich weiß es, denn ich habe mit ihnen gekämpft. Jawohl, gekämpft ist das richtige Wort, denn diese Mönche waren genauso kampfgeschult wie wir. Und diese Geheimorganisation, die die Familie von Bogen auf dem Gewissen hat, das waren auch solche Kampfmönche. Und auch den Überfall auf Burg Altenwaldeck führten Kampfmönche durch, mit anderen Worten, Raimund von Bogen wurde wie seine ganze Familie von Mönchen getötet."

Stephan und Raimund sahen sich an. Und wieder stellten sie beide wie aus einem Mund die selbe Frage. „Und das war vor zwanzig Jahren ?"

„Ja, verflucht noch mal, das war vor zwanzig Jahren. Und wir haben diesen Raimund von Bogen alle gemocht, alle, denn er war ein verflucht guter Mann. Er war genau wie wir alle vom herzoglichen geheimen Dienst. Und er war, verflucht noch mal, er war zu jung zum Sterben !"

Und der Leibwächter gab seinem Pferd die Sporen und ritt in etwas zu scharfem Tempo weiter. Dass die Erinnerung einige Tränen aus seinen Augen forderten, brauchte keiner von den Jungen zu sehen.

*

Kurze Zeit später kamen sie zu dem ersten Ort, von dem über Misshandlungen an Zigeunern berichtet worden war. Haymo bestand darauf, mit seinen Leuten und Max außerhalb zu warten, und so machten sich Raimund und Stephan allein auf Erkundigungstour in den Ort. Sie erfuhren ziemlich rasch alles Nötige beim Pfarrer. Dieser war ein älterer Herr, dem zwar die Anwesenheit der Zigeunersippe höchst unangenehm gewesen war, der aber entsetzt davon berichtete, wie die Männer aus dem Ort die Zigeuner mit Stockschlägen verjagt hatten. Vor allem hatten ihm die Kinder leid getan, aber er war eben zu alt, um sich einer wütenden Menge entgegenzusetzen. Das Ganze war so an die zwei Wochen her.

Sie wollten gerade vom Pfarrhaus wegreiten, da fiel Stephan noch etwas ein. Rasch saß er ab und bat den Pfarrer noch um Auskunft, wie denn die Zigeuner unterwegs gewesen waren. Der Pfarrer meinte, er hätte weder Karren noch Tiere gesehen, also waren sie wohl nur zu Fuß gewesen.

Sie berichteten Haymo, was sie in Erfahrung gebracht hatten. Haymo schüttelte den Kopf und sagte, dass seiner Meinung nach Zigeuner meistens die Karren irgendwo abseits stehen ließen, wenn sie in die Dörfer hineingingen. Man könne sich also nicht unbedingt auf die Aussage des Pfarrers verlassen.

Es ging durch etliche Dörfer und Ansiedlungen hindurch, ohne dass sie eine Spur der Zigeuner fanden.

Dann, nach längerem Ritt, kamen sie zu einem sehr kleinen Dorf, das wegen zweier Dinge trotz der geringen Anzahl an Häusern einen wichtigen Punkt im Mangfalltal darstellte. Zum einen war hier eine mächtige Mühle, deren riesige hölzerne Räder durch das Wasser der Mangfall getrieben wurden, und zum andern gab es hier eine stabile, auch für schwer beladene Kutschen und Karren befahrbare Brücke über den Fluss.

Hier wollten sie sich trennen. Von hier zog ein Weg nach Norden in Richtung Glonn, dem Max mit seinen Begleitern zu folgen hatte;

Stephan und Raimund würden weiter an der Mangfall entlang ziehen.

„Wir warten besser noch ab, bis die zwei hier fertig sind," meinte Haymo zu Max. „Mit dem Müller und seinen Gesellen ist nicht gut Kirschen essen. Vielleicht brauchen Raimund und Stephan uns."
„So schlimm könnte es werden?" fragte Max amüsiert.
Haymo nickte. „Sie heißen hier die Brucker Bullen. Der Müller hat zwar nicht viel im Hirn, aber der hat eine solche Kraft, dass ich bezweifle, dass selbst so gut ausgebildete Männer wie Raimund und Stephan lange gegen ihn durchhalten. Und er nimmt als Gesellen stets nur ebensolche Rammböcke wie er selber einer ist."
Er wies die fünf Leibwächter an, abzusitzen und erklärte ihnen, was sie zu tun hätten. Die fünf nickten stumm und gingen hinter Stephan und Raimund her.
Auf einem hölzernen Vorbau wuchteten zwei Gestalten, gegen die Raimund mehr als mager aussah, riesige Säcke auf einen Karren. Bei jedem darauf landenden Sack ächzte dieser, als würde er den Druck spüren und sich deswegen beschweren.
„Hallo, Leute," rief Raimund, „könnt ihr einen Moment aufhören? Ich muss euch was fragen!"
Die zwei Kolosse hielten inne und starrten ihn an.
„No a Zigeuner!" zischte der eine und blies mit diesen Worten eine weiße Mehlwolke von seinem Gesicht. Dann schossen seine Arme nach vorn. Raimund reagierte zwar blitzschnell, konnte aber nicht verhindern, dass ihn zwei Pranken wie ein Schraubstock zusammenpressten, hochhoben und an die Wand warfen.
Mehr passierte allerdings nicht, denn im nächsten Moment hatte jeder der zwei Kolosse zwei Schwertspitzen an der Kehle.
Haymo sprang auf den Vorbau. Auch er hatte sein Schwert gezogen und schlug damit gegen einen breiten Metallstab, der neben der Tür hing. Ein eigenartiger Ton, der den Ohren weh tat, schallerte durch die Mühle. Kurz darauf kam ein dritter Koloss, nur noch breiter als die beiden Gesellen, zur Tür hinaus, blieb stehen, sah sich um und schob die Ärmel nach oben.
„Halt, Müller!" rief Haymo. „Keine Rauferei! Wir sind Männer des Herzogs und wollen nur eine Auskunft von dir!"
Der Müller ließ die Arme sinken, sah Haymo an, dann zu seinen Gesellen und dann wieder zu Haymo.
Schließlich nickte er. „Um was geht's?"
Haymo winkte Stephan, der sprang mit einem Satz neben ihn und sagte zum Müller: „Wir sind auf der Suche nach den Zigeunern, die hier vorbeigekommen sind."

64

Wieder dauerte es etwas, bis der Müller reagierte. Dann zogen sich seine Mundwinkel bis zu den Ohren. „Jaha, Zigeuner," lachte er, „de Zigeuner ! Geh, Bene und Niko, Zigeuner ! Ha ha !"
Auch seine Gesellen lachten jetzt, trotz der Schwertspitzen an ihren Kehlen, laut mit. Der eine wies mit dem Daumen über die Schulter in Richtung Mangfall.
„Leider ham mir nur drei erwischt," brummte er mit kräftigem Bass, „und de drei liegn da in der Mangfall. Die ham nimmer viel Luft kriegt, wie's mir kopfüber neigsteckt ham."
Alle drei, Müller und Gesellen, lachten lauthals, dass wieder Mehlstaubwolken herumflogen. Inzwischen hatte sich Raimund aufgerappelt und stand nun neben Stephan und Haymo.
Sofort verschwand das Lachen aus dem Gesicht des Müllers. Er starrte Raimund an, überlegte und knurrte dann : „Aber - ihr habt's ja auch einen erwischt !"
„Nix da, nix da," wehrte Haymo ab, „das ist kein Zigeuner, das ist einer meiner Männer. Oder hast du schon einmal einen Zigeuner gesehen, der so gekleidet ist und ein Schwert trägt ?"
Das Gesicht des Müllers verriet, wie stark seine Gehirnzellen beansprucht waren. Schließlich entschied er sich für die Worte : „Na, Zigeuner mit Schwert, na, des gibt's ned. Und jetzt müss ma wieder arbeitn."
Haymo nickte seinen Leuten zu, die Schwerter verschwanden aus der Nähe der kehlen und alle gingen zu ihren Pferden. Als sie aufgesessen waren und losritten, arbeiteten die beiden Kolosse auf dem Vorbau wieder wie vorher.
„Und, du Zigeuner," fragte Stephan mitfühlend, „hast du noch alle Knochen an der richtigen Stelle ?"
Raimund nickte. „Danke der Nachfrage. Die machen wirklich kurzen Prozess. Soll mir eine Lehre sein, nie mehr an solche Riesen zu nahe heranzukommen. Bloß gut, dass die nicht alle Zigeuner erwischt haben, sonst wäre unser Auftrag hier zu Ende."
„Aber unser gemeinsamer Ritt ist hier zu Ende," mischte sich jetzt Max ein. „Ich hoffe bloß, dass ihr von jetzt ab allein zurecht kommt."
Raimund und Stephan grinsten sich an.
„Auch eine Niederlage kann von Nutzen sein," sagte Raimund, „die nächste Zeit bin ich vorsichtiger, das könnt ihr glauben."
„Und überall im Mangfallgebiet wird es ja hoffentlich nicht solche Bullen geben," fügte Stephan hinzu, „mit normalen Durch-schnittsmenschen sollten Angehörige des Dienstes ja dann doch einigermaßen zurecht kommen."

Sie verabschiedeten sich voneinander. Max, Haymo und die weiteren Leibwächter ritten nach Norden, und Raimund und Stephan weiter entlang der Mangfall nach Osten.

in glonn

Am nächsten Tag hatten die Knechte und Mägde auf Burg Glonn einiges zum Reden. Hohe Herrschaften waren da, selbstverständlich auch der Burgherr. Wer die hohen Herrschaften waren, erfuhr zwar niemand, aber fast jeder davon war mit etlichen Kriegsknechten gekommen. Der Stall war übervoll mit fremden Pferden, und die Kriegsknechte lungerten nicht irgendwo herum, spielten Karten oder faulenzten, sondern schienen sich abgesprochen zu haben und waren stets auf Wache in Bewegung und ein Großteil war immer in Bereitschaft.

Das Arbeitszimmer des Burgherren war nicht allzu groß und auch nicht besonders gemütlich eingerichtet, aber es bot noch Platz genug für die Anwesenden : Maximilian, künftiger Herzog, der Hausherr Arnhard von Glonn, Kommandant des geheimen Dienstes, seine beiden Stellvertreter Marinus und Georg - wobei nur Georg von Giesing ein Adeliger war, Marinus stammte aus einer Apothekerfamilie - , der herzogliche Geheimschreiber Robert von Valley und der wichtigste Berater des derzeitigen Herzogs, Georg von Fulinpach.

Als Hausherr stand Arnhard das erste Wort zu, er fasste sich aber knapp und begnügte sich mit einer allgemeinen Begrüßung; dann gab er das Wort an den Geheimschreiber weiter.

Robert von Valley war ein Mann des Hintergrundes. Nur die wenigsten im größeren Umkreis des Herzogs wussten über seine Funktion Bescheid, man sah ihn allgemein nur als Höfling mit bescheidener Ratgeberaufgabe an. Und er war auch von seinem Wesen her so, bescheiden in seinem Auftreten, niemals im Vordergrund, aber immer in Kenntnis aller Zusammenhänge, vor allem aber in jedweder Situation absolut zuverlässig und keinen, auch nicht den geringsten Schritt, abweichend von des Herzogs Vorgabe oder Linie. Seit der herzogliche geheime Dienst existierte, hielt er engen Kontakt zu Arnhard von Glonn und bekam so die aktuellsten Informationen.

Er wandte sich als erstes an Max. „Wir dürfen dir zunächst einmal alle zu deiner Verlobung gratulieren, Max, bevor wir uns mit ernsten

Dingen befassen. Deine Zukunftspläne sollen so in Erfüllung gehen, wie du es dir vorstellst, und mit der Wahl dieser Prinzessin hast du ja wieder einmal das Talent deiner Familie bewiesen, Politik und Liebe unter einen Hut zu bringen."

Während die anderen als Zeichen der Zustimmung auf den Tisch klopften, bedankte sich Max und lächelte. „Also für mich ist auch die Verlobung schon ernst genug gewesen. Danke euch."

Auch der Geheimschreiber lächelte kurz und fuhr fort : „Nachdem du nun deine ersten Erfahrungen auf dem diplomatischen Parkett gesammelt hast in den letzten Jahren, wünscht dein Vater, dass du verschiedene Aufgabenbereiche nun in völlig alleiniger Verantwortung übernimmst, damit er mehr Luft hat für politisches Arbeiten.

Das Erste, was er nun ab heute an dich abgibt, ist auch gleich von entscheidender Bedeutung für unsere Zukunft : Du bist ab nun zuständig für den herzoglichen geheimen Dienst."

Max hatte das diplomatische Geschick seines Vaters geerbt; obwohl er mit dem Gesagten in keiner Weise gerechnet hatte, wirkte er nicht nur gelassen, sondern so, als wenn er den Lauf der Dinge so erwartet hätte. Er nickte, wandte sich zu Arnhard, Georg und Marinus und sagte lächelnd : „Dann auf gute Zusammenarbeit. Bisher habe ich ja nur von der ausgezeichneten Arbeit des Dienstes profitieren können, wenn ich mal zum Beispiel an meine Leibwächter denke, und da freut es mich, wenn ich in Zukunft selber auch etwas dazu tun kann."

„Dann rein ins Geschäft !" forderte Arnhard. „Einer unserer Vorzüge ist und soll bleiben, dass wir niemals Zeit vertrödeln."

Er trug einige Berichte vor, die im Zusammenhang standen mit kleineren politischen Ereignissen, und sie legten gemeinsam eine Strategie fest, mit der sich Angehörige des Dienstes den Folgen dieser Ereignisse annehmen sollten. Dann folgten personelle Dinge, wobei Max anerkennend feststellte, dass sich die drei Kommandanten auch bei relativ unwichtig scheinenden Personalangelegenheiten genauestens hatten informieren lassen und auch auf unterster Ebene an Entscheidungen mitwirkten. Dass sich höhere Ränge nicht absonderten, sondern den Überblick auf allen Ebenen bewahren wollten, beeindruckte ihn sehr. Als drittes ging es um heikle Berichte von Gewährsleuten, die in allen möglichen fremden Organisationen arbeiteten. Der herzogliche geheime Dienst hatte Leute in den Ständen, in verschiedenen Höfen und Behörden und sogar - das hätte der Herzogsohn niemals für möglich gehalten - innerhalb der Kirche.

Zum Abschluss kamen sie, wie Arnhard von Glonn es ausdrückte, zum wichtigsten, einem sehr unangenehmen Punkt. Hier bat er

Georg von Giesing, es zu erklären, denn es betraf einen seiner Männer und vor allem, es betraf wahrscheinlich eine Geschichte, die zwanzig Jahre zurückliege.

„Ihr alle außer Max," begann Georg und sah zunächst in die Runde und dann Max ins Gesicht, „wisst, wie schwierig es ist, Kontakte innerhalb der Kirche für uns zu nutzen. Jede Fehleinschätzung, jedes Fehlverhalten kann für den Herzog eine Katastrophe heraufbeschwören. Deshalb versuchen wir, alles, was die Kirche betrifft, doppelt abzusichern."

Er machte eine kurze Pause und setzte wieder an. „Umgekehrt fürchten wir, dass auch wir in unseren Reihen Leute sitzen haben, die der Kirche Informationen über uns und unsere Aktivitäten zukommen lassen. Manches verhalten und manche Entscheidungen von ganz oben lassen diesen Schluss zu. Wobei wir uns natürlich ganz, ganz sicher sind, dass wir auf Führungsebene ausschließlich zuverlässige Leute haben. Aber Schaden anrichten kann leider auch ein Mann der alleruntersten Ebene, wenn er Informationen weitergibt."

Georg von Giesing sah noch einmal Max direkt an. „Du wirst es dir denken können, aber ich erkläre es dir hiermit auf alle Fälle : Erkannte Schädlinge werden natürlich nicht vor einem Gericht angeklagt. Hier haben wir die herzogliche Befugnis, zu verfahren, wie wir es für richtig halten, und das bedeutet für einen geheimen Dienst, diese Schädlinge werden eliminiert. Alles andere wäre zu risikoreich."

Max nickte nachdenklich.

„Und nun haben wir - durch Zufall, wie es meistens so geht - in dieser unteren Ebene eine Schädling entdeckt, einen Mann, der hauptsächlich Wachdienst in Tegernsee geschoben hat. Dieser Mann hat gesehen, wie ein Mönch eintraf und nach einer kurzen Besprechung mit Arnhard weiterreiste, und zwar in Marinus' und meiner Begleitung. Zum Glück für uns konnte er seinen Wachdienst nicht unterbrechen, er weiß also nicht, wohin wir geritten sind, aber immerhin hat er diese Geschichte seinem kirchlichen Kontaktmann gemeldet."

Jetzt ergriff Arnhard wieder das Wort. „Und wenn ich ein Aktiver der Kirche wäre, dann würde ich hier sofort etwas wittern. Und ich würde nicht ruhen, bis ich herausgefunden hätte, wer dieser Mönch ist und vor allem, wo er hingebracht wurde und zum dritten, zu welchem Zweck."

Georg beugte sich vor und sagte zu Max : „Und leider ist es Tatsache, dass die Kirche ebenfalls einen ähnlichen geheimen Dienst besitzt wie der Herzog, dein Vater."

68

Maxens Augen leuchteten in Verstehen auf. „ So eine Art Kampf-mönche ?"

Georg nickte. „Ja, so kann man es ausdrücken. Wobei uns gegenüber dieser kirchliche Dienst schon lange Zeit nicht mehr in Erscheinung getreten ist, was aber nicht heißt, dass es keine Aktivitäten von ihm gibt. Seit es uns gibt, seit zwanzig Jahren - und der kirchliche Dienst ist wohl um einiges älter - lauern wir darauf, jemanden in diesen Dienst einschleusen zu können. Aber das ist uns bis heute nicht gelungen, denn der Weg dorthin ist doppelt schwierig. Man muss ja erst innerhalb der Kirche sein, um herauszufinden, auf welche Weise man an diesen Dienst herankommt. Übertrieben ausgedrückt und doch wahr, man müsste also ein Kind zum Mönch oder Geistlichen erziehen oder werden lassen und dann auf die Suche durch die Wege der Kirche schicken. Wir können also nur auf zweitrangige Informanten zurückgreifen, also Mönche oder Pfarrer, die mit uns zusammenarbeiten und uns auch nur das berichten können, was sie von außen so sehen."

„Ich verstehe," sagte Max, „wenn also dieser ominöse kirchliche Dienst inzwischen herausgefunden hat, wo euer Mönch ist, besteht die Gefahr, dass er auch darüber Kenntnis erlangt hat, zu welchem Zweck wir ihn brauchen."

„Genau das ist das Problem," bestätigte Arnhard, „und dann droht eine der ältesten Aktionen von uns zu platzen. Es würde keine politische Katastrophe hervorrufen und auch keinen Schaden im herzoglichen Umfeld anrichten, aber für uns selbst wäre es eine Niederlage, die uns an die Nieren ginge."

„Ich weiß nicht warum," sinnierte Max laut, „aber ich habe irgendwie das Gefühl, dass es um etwas geht, das seinen Ursprung in der Zeit meiner Entführung hat."

Arnhard sah ihn überrascht an. „Du bist wie dein Vater, auch er tastet sich unheimlich schnell an den Kern einer Angelegenheit heran."

„Dann bin ich ja froh, dass ich nicht zu unfähig bin für diesen Posten," grinste Max, „aber mehr, das muss ich zugeben, kann ich mir beim besten Willen nicht zusammenreimen. Um wen oder was geht es denn ?"

Nun sahen alle auf Robert von Valley, den Geheimschreiber. Dieser strich sich einmal durchs schüttere Haar und nickte dann : „Ich werde dir alles erklären. Also vor zwanzig Jahren ....."

hofgericht aibling

Raimund und Stephan hatten ihren Weg verlassen, um etwas weiter südlich in einem Gutshof nahe des Dorfes Berbling zu übernachten. Dieser gehörte einer Kusine von Raimunds Mutter und sie wurden sehr freundlich aufgenommen. Vor allem die beiden Söhne, der eine acht und der andere zwölf Jahre alt, waren begeistert von seinem Kommen, denn sie wussten, dass Raimund seit einiger Zeit für den Herzog arbeitete.

Selbstverständlich erzählten sie den beiden Buben nichts vom geheimen Dienst, aber diese sogen begierig alles ein, was Stephan und Raimund über ritterliche Ausbildung und Übungen in der herzoglichen Kaserne berichteten.

Königlich amüsierten sie sich, als Stephan genauestens schilderte, wie Raimund in der Mühle an der Bruck für einen Zigeuner gehalten und an die Wand gepfeffert worden war. Raimund musste zeigen, welche Knochen fast gebrochen gewesen wären und wo es ihm überall wehtat. Allerdings machte er zum Vergnügen der Buben anschließend eine Salto aus dem Stand, um zu demonstrieren, dass Männer des Herzogs solche Lappalien ruck-zuck verschmerzten.

Als sie am nächsten Morgen wieder aufbrachen, waren die Buben schwer enttäuscht und hingen noch eine Zeitlang wie Kletten an Stephan und Raimund, bis Raimund endlich lachend versprach, beim Herzog ein gutes Wort für sie einzulegen für eine Aufnahme zur Grundausbildung, wenn sie das entsprechende Alter erreicht hätten.

Ihr nächstes Ziel war eine etwas größere Ansiedlung, die nicht nur das Marktrecht besaß und somit Anziehungspunkt für das gesamte Umland war, sondern auch den Sitz eines herzoglichen Hofgerichtes beherbergte. Dort erhoffte sich Raimund die Suche nach den Zigeunern abkürzen zu können, denn wenn man etwas Zuverlässiges erfahren konnte, dann eben dort.

Es war von Berbling aus nicht weit bis zu dieser Ortschaft mit Namen Aibling, und da sich Raimund hier auskannte - schon als Bub war er öfter mit seinem Vater hier gewesen, denn ihr Heim, Gut Fulinpach, war nicht allzu weit weg - waren sie auch rasch am Hofgericht.

Man kannte Raimund hier von seinem Vater her und so brauchten sie sich nicht zu legitimieren und bekamen schnell Auskunft.

Der Stellvertreter des Hofpflegers, der sie empfangen hatte, meinte bedauernd : „Ja, leider haben wir das Diebsgesindel entwischen lassen. Keine Ahnung, wo die hin sind. Meine Leute haben lediglich zwei von ihren Kindern eingefangen. Wenigstens die sitzen hinter Schloss und Riegel."

Raimund und Stephan sahen sich an.

„Zwei Kinder ?" fragte Stephan erstaunt. „Wie alt denn ?"

Der Hofpfleger zuckte mit den Achseln. „Das Mädchen vielleicht vier oder fünf und der Junge so um die sechs, sieben."

Stephan war betroffen. „Ihr sperrt so kleine Kinder ein ?" fragte er ungläubig.

Als Antwort bekam er einen unwilligen Blick, dann ein Knurren : „Vier oder vierzig, Diebsgesindel bleibt Diebsgesindel !"

Stephan wollte auffahren, da legte ihm Raimund die Hand auf den Arm.

„Ist gut," sagte er, „komm, wir müssen weiter."

Er bedankte sich bei dem Hofpfleger für die Auskunft und schob Stephan gleichzeitig in Richtung Ausgang.

Draußen ließ dieser seiner Empörung Luft. „Sag mal, kleine Kinder einsperren ! Sind die hier nicht mehr ganz dicht ?"

„Mmmmh," war alles, was er an Antwort bekam.

Er stieß Raimund mit dem Ellbogen an. „Sonst hast du dazu nichts zu sagen ?"

Raimund wehrte ab. „Moment, wir reden gleich." Er wies mit der Hand zum Fuß des kleinen Hügels, auf dem die Hofburg stand. „Dort unten ist ein Gasthaus; komm, wir setzen uns dort hin, mir geht nämlich was durch den Kopf."

Stephan blieb stehen. „Und die Kinder ? Zigeuner oder nicht, es sind doch kleine Kinder !"

„Ja doch," winkte Raimund ab, „genau deswegen bin ich ja am Grübeln. Warte bis unten !"

Als sie kurze Zeit später jeder vor einem dampfenden Schweinebraten saßen, konnte Stephan nicht länger warten. Zwischen zwei Bissen stieß er ungeduldig hervor : „Jetzt red' doch endlich !"

Raimund schluckte hinunter und grinste : „Welche Aktionen machen wir zwei am liebsten ?"

Stephan hielt verblüfft inne. „Himmel und Hölle, was soll jetzt das wieder ?"

„Immer mit der Ruhe !" meinte Raimund gleichmütig. „Erst will ich wissen : Welche Aktionen machen wir zwei am liebsten und vor allem am geschicktesten ?"

„Aber das weißt du doch ganz genau ! Unsere Spezialität ist die Arbeit im Dunkeln."

„Ganz richtig, ganz richtig," bestätigte Raimund, „im Dunkeln sind wir zwei unschlagbar. Ich tu mir als Schwarzer zwar immer etwas leichter dabei als du als Weißer. Aber Spaß beiseite. Sag mir, ob meine Überlegung richtig ist."

Er aß wieder ein paar Bissen, grinste wegen Stephans offensichtlicher Ungeduld und sagte : „Ich kann mir nicht vorstellen, dass die Zigeuner ihre Kinder im Stich lassen. Gerade solche Außenseiter halten doch meist ganz eng zusammen."

Er sah Stephan an. „Kannst du mir folgen ?"

„Himmel und Hölle," entgegnete dieser nun aufgebracht, „ja, klar kann ich ! Aber komm in Dreiteufelsnamen doch endlich zur Sache !"

„Bin doch schon soweit," beruhigte ihn Raimund, „also meiner Meinung nach müssen die Zigeuner irgendwo in der Nähe sein. Die sind gewiss nicht weiter gezogen, denn ich glaube nicht, dass sie das ohne ihre Kinder tun."

Er schaute rundum, ob niemand zu nahe saß und zuhören konnte.

„Also holen wir zwei heute Nacht die beiden Kleinen aus dem Gefängnis. Das wird nicht einmal eine besondere Herausforderung für uns, weil sie bestimmt nicht bewacht werden. Und mit den beiden Kleinen suchen wir die Umgebung nach ihren Leuten ab. Ich wette, dass Zigeuner auch schon mit vier Jahren den Riecher für ihre eigenen Leute haben."

Einen Moment dachte Stephan über das Gehörte nach. Dann nickte er mit dem Kopf. „In Ordnung. Aber du musst bedenken, ein Mädchen mit vier Jahren wird zu Tode erschrecken, wenn mitten in der Nacht zwei Gestalten mit rußverschmierten Gesichtern auftauchen und sie mitnehmen wollen. Oder aber sie schreit vor Angst wie eine Verrückte."

„Aha," grinste Raimund, „da höre ich den Fachmann. Da haben deine jüngeren Schwestern ganz schön was mitgemacht mit dir früher. Aber keine Angst, da hab' ich mir auch was Passendes überlegt. Wir machen die Sache zu dritt ."

*

Und für diese Überlegung ritten sie noch einmal zum Gutshof nahe Berbling. Raimund schilderte der Kusine seiner Mutter seinen Plan, wobei er betonte, dass sie nichts Ungesetzliches tun würden, sondern im Gegenteil im Auftrag des Herzogs arbeiteten. Während die Buben natürlich sofort Feuer und Flamme waren, zusammen mit den beiden jungen Rittern einen echten Einsatz durchzuführen, fand die Mutter naturgemäß nicht allzu viel Gefallen daran.

Raimund und Stephan mussten sich ordentlich ins Zeug legen, um sie zu überzeugen, dass den Söhnen bei diesem Einsatz keinerlei Gefahr drohe. Raimund versprach hoch und heilig, dass er die beiden Buben niemals in eine Lage bringen werde, die er nicht verantworten könne. Zudem ginge es doch eben um kleine Kinder, die sich nicht selbst helfen und auch von keiner Seite Hilfe erwarten konnten.

Die Kusine seiner Mutter war trotz allem nicht ganz überzeugt und natürlich in Sorge um das Wohlergehen ihrer Söhne, aber sie gab letztendlich doch nach. Die Begeisterung ihrer beiden Buben war einfach zu groß.

Und so waren sie noch vor Einbruch der Dunkelheit wieder zurück im Markt Aibling. Sie nahmen in dem Gasthaus, das in direkter Nähe zur Hofburg lag und in dem sie heute schon gegessen hatten, zwei Zimmer, brachten die Pferde im Stall unter und ließen sich Abendessen auf das eine Zimmer bringen.

Die beiden Buben brachten zunächst vor Aufregung keinen Bissen hinunter, aber Stephan machte ihnen klar, dass ihre ‚Aktion' auf keinen Fall mit leerem Magen begonnen werde.

„Ein leerer Magen fängt irgendwann an zu knurren," belehrte er die beiden ernsthaft, „und wenn das im falschen Moment passiert, landen wir alle hinter Gittern."

Mit erschrockenen Augen sahen ihn die Buben an und aßen ihren Teller leer.

Dann setzten sie sich in Ruhe zusammen und besprachen, wie sie vorgehen wollten.

Simon, der ältere, war enttäuscht. Seine Aufgabe erschien ihm bei weitem nicht so wichtig und interessant wie die Aufgabe des kleinen Bruders Kilian. Während nämlich dieser die jungen Ritter begleiten durfte, sollte er hier die Stellung halten.

„Hör mal, Simon," lächelte Raimund, „es gibt keine unwichtigen Aufgaben, auch wenn es im ersten Moment so ausschaut. Nein," er schüttelte den Kopf, „deine Aufgabe hier ist erstens sehr wichtig und zweitens bist du der einzige, der sie erledigen kann."

„Was soll wichtig sein am herumsitzen, bis ihr wiederkommt?" maulte der Bub und zeigte auf den Bruder. „Der ist vier Jahre jünger als ich und darf mitkommen!"

Raimund sah Stephan kurz an und lächelte verständnisvoll. „Es muss jeder von uns die Aufgabe machen, die er kann. Die von Kilian kannst du nicht so gut erledigen wie er, und mit deiner Aufgabe käme er überhaupt nicht zurecht."

„Genauso ist es," bestätigte Stephan, „wir brauchen unbedingt den Jüngeren bei uns, weil wir verhindern wollen, dass das kleine Mädchen schreit und uns verrät. Wenn Kilian mit ihr redet, dann wird sie viel weniger Angst vor uns haben. Und du," er tippte Simon mit dem Zeigefinger auf die Brust, „du bist alt genug, um eine Aufgabe zu übernehmen, die eigentlich ein Ritter machen sollte. Du bist nämlich unsere Nachhut."

„Und was bedeutet das, Nachhut?" fragte Simon schon etwas weniger verärgert.

„Nun," erklärte ihm Stephan, „stell dir einmal vor, unsere Aktion geht schief. Man erwischt uns und sperrt uns ein. Wer soll uns denn dann retten?"

„Du meinst ich?" Simon trug seinen Kopf schon erheblich höher als vorher. „Aber wie denn?"

Stephan nickte bedeutsam mit dem Kopf. „Ja, das würde dann nicht ganz einfach werden. Aber meinst du, du könntest es in einem Notfall schaffen, dich nach hause durchzuschlagen und deiner Mutter den Auftrag geben, dass sie in Fulinpach Bescheid geben muss? Denn das ist die erste Aufgabe der Nachhut, für die Rettung der er'sten Mannschaft neue Leute herbeizuholen."

„Da brauchen wir doch nicht nach Fulinpach!" antwortete Simon stolz. „Da könnte ich mit unseren Knechten wieder hier herkommen und euch befreien."

Hinter ihm grinste Raimund. Stephan blieb ernst und gab Simon einen leichten Klaps auf die Schulter. „Das wäre natürlich das Schnellste und Beste für uns. Und jetzt siehst du, was ich gemeint habe, jeder hat seine Aufgabe. Und dein kleiner Bruder wäre wohl nicht so geeignet, die Nachhut zu machen."

Simon schüttelte gewichtig den Kopf und entschied: „Nein, die Nachhut mache ich!"

„Alles klar," meldete sich Raimund. „dann wollen wir die Geschichte mal anlaufen lassen."

*

Es war eine Nacht, die nicht besonders viel Mondlicht schenkte, doch die drei dunklen Gestalten, die gerade eben über die Mauer zum Innenhof gestiegen waren, bewegten sich lautlos und sicher, wobei die beiden größeren die dritte kleinere Gestalt leiteten.

Das Hofgericht selbst wurde nachts von zwei Knechten bewacht, die in einem abseits gelegenen Raum saßen und alle Stunde ihren Rundgang zu erledigen hatten. Nur wenn mehrere oder wichtige einzelne Gefangene eingesperrt waren, pflegte man die Wachmannschaft zu verdoppeln. Nachdem aber im Moment nur die beiden Zigeunerkinder in einer Zelle waren, führten die beiden Knechte ihren Dienst nur schlampig durch und schliefen die halbe Nacht.

Die drei Eindringlinge schlichen von Eck zu Eck, blieben immer wieder stehen und lauschten. Als sie an der Tür des kleinen Anbaus mit den Zellen angelangt waren, hielten sie einen Augenblick inne, dann der eine einen rußgeschwärzten Dolch, setzte ihn am Türschloss an und knackte es mit einem Ruck auf. Schnell öffnete der zweite die Tür, alle drei huschten hinein und schlossen die Tür wieder leise.

Obwohl es im Anbau noch dunkler war, bewegte sich die eine Gestalt sicher durch den Gang, blieb an jeder Zellentür stehen und spähte durch die Gitter. Bei der dritten Tür winkte sie die beiden anderen herbei. Die kleinere Gestalt blieb, der erste wandte sich wieder ab und stellte sich an das Fenster neben der Tür, von wo aus man den ziemlich kleinen Hof einigermaßen überblicken konnte.

Wieder wurde mit dem schwarzen Dolch das Schloss gesprengt, und die größere und die kleinere Gestalt traten in die Zelle ein. Dort war es einen Strich heller, denn das wenige Mondlicht schien genau durch das vergitterte Fenster herein.

Man erkannte zwei kleine Gestalten, die sich auf einem Strohsack zusammenkauerten. Das Geräusch des knackenden Schlosses musste sie geweckt haben, das Mädchen versteckte den Kopf an der Brust des Buben, und der hielt sie fest umarmt und schaute den hereintretenden Gestalten entgegen.

Kilian stellte sich ins fahle Mondlicht, wie ihm Stephan vorher zugeflüstert hatte, und sagte mit seiner hellen Kinderstimme : „Ihr braucht vor uns keine Angst haben ! Wir sind drei Ritter und wir holen euch hier raus !"

Stephan musste ob dieser Aussage in sich hineinlächeln, aber die Stimme hatte ihre Wirkung getan. Das Köpfchen des Mädchens wandte sich vorsichtig um, und zwei blinkende Äuglein besahen sich Kilian von oben bis unten. Dann sagte sie etwas in einer fremden Sprache zu dem Buben, an den sie sich nach wie vor klammerte. Auch er besah sich Kilian, dann Stephan, der in die Knie gegangen war und ihnen zulächelte. Jetzt war er doppelt froh, dass sie sich entschlossen hatten, auf rußgeschwärzte Gesichter zu verzichten.

„Nein, ihr braucht wirklich keine Angst haben !" sagte er lächelnd. „Wir sind extra hergekommen, um euch aus dem Gefängnis herauszuholen. Wir wollen mit euch zusammen eure Leute suchen."

„Ihr lügt nicht ?" fragte der Bub.

Kilian hob die rechte Hand und streckte drei Finger hoch. „Ich schwör', dass wir euch befreien wollen. Und dass wir euch zu euren Leuten zurückbringen."

„Wir," ergänzte Stephan, „das ist hier Kilian, das bin ich, Stephan, und im Gang passt unser dritter Mann, Raimund , auf. Wir sind also zu dritt."

Der Bub nickte und sagte etwas in der fremden Sprache zu dem Mädchen. Daraufhin geschah etwas Unerwartetes. Das kleine Mädchen stand auf, kam auf Stephan zu und nahm ihn an der Hand. Sie nickte mit dem Kopf und sagte zu ihm etwas wieder in dieser fremden Sprache. Auch der Bub war aufgestanden, kam zu Stephan und Kilian und übersetzte : „Sie sagt, wir kommen mit euch mit."

Stephan strich der Kleinen übers Haar und flüsterte dem Buben zu : „Sag ihr, dass wir ganz leise sein müssen. Es darf uns niemand hören. Wir haben es nicht weit bis zu unserem Versteck."

Wieder nickte der Bub und senkte nun auch seine Stimme, als er dem Mädchen übersetzte. Sie nickte ebenfalls zum Zeichen, dass sie verstanden hatte.

Im Gang machte ihnen Raimund ein Zeichen, dass alles in Ordnung sei. Sie verließen den Anbau, zogen die Tür hinter sich zu und schlichen zurück zur Mauer. Raimund kletterte als erster hinauf, zog Kilian hoch und ließ ihn an der Außenmauer hinunter. Dann gab ihm Stephan zunächst das Mädchen, danach den Buben hoch und Raimund gab sie an Kilian weiter.

In kürzester Zeitwaren sie am Gasthof. Raimund kletterte wieder als erster zum Fenster ihrer Kammer, das, kaum waren sie in der Nähe gewesen, schon von Simon geöffnet worden war, denn er hatte die ganze Zeit nur aus dem Fenster gesehen. Stephan hob einen nach dem anderen hoch und Raimund zog einen nach dem anderen in die Kammer.

„So," sagte Stephan aufatmend, als Simon die Läden wieder schloss, „jetzt seid ihr in Sicherheit. Heute Nacht passiert nichts mehr."

Er wies auf das Bett in der Ecke. „Ihr legt euch jetzt hin und schlaft euch in aller Ruhe aus. Kilian bleibt bei euch, Raimund, Simon und ich sind im Nebenzimmer. Im Morgengrauen machen wir uns auf die Socken."

Das kleine Mädchen sah ihn mit großen, dunklen Augen an, zupfte ihn am Ärmel und sagte etwas in ihrer fremden Sprache.

„Sie hat Hunger und Durst," übersetzte der Bub, der ebenfalls nicht gerade gut gefüttert aussah.

Bevor Stephan etwas antworten konnte, zeigte Simon stolz auf den Tisch. „Das hab' ich mir schon gedacht, dass die beiden im Gefängnis nicht viel gekriegt haben. Ich hab gleich, wie ihr los seid, beim Wirt unten was geholt."

„Das ist eine Nachhut," lobte Raimund, „wie sie besser nicht sein kann. Eine Nachhut mit Hirn ! Da hat ja gar nichts schief gehen können."

herzogliche residenz

Herzog Maximilian musterte seinen Sohn. Nach einer Weile des Schweigens meinte er : „Mein Sohn, das ist nicht der erste Konflikt, durch den du als künftiger Herzog hindurch musst, und das wird weder der letzte sein noch der schwerste. Da steht dir noch anderes bevor, das kann ich dir versprechen."

„Ich habe gewiss nicht vor, nach einem Ausweg zu suchen, Vater," antwortete Max, „aber Ihr habt doch wohl mehr Erfahrung als ich, und auf eine solche Erfahrung zurückzugreifen, müsste doch wohl legitim sein. Es handelt sich bei beiden um wirklich nahestehende Freunde, Raimund ja schon immer, aber auch Stephan ist für mich mittlerweile ein Freund, bei dem ich das Gefühl habe, ich kenne ihn schon viel länger, und den ich auch gerne als Freund behalten möchte. Gibt es denn wirklich nur die Möglichkeit, in Zukunft beide anzulügen ? Ich weiß jetzt, was sei beide gern wissen wollen, und muss ihnen gegenüber behaupten, ahnungslos zu sein."

Wieder gab es einen Moment des Schweigens, dann räumte der Herzog ein : „Freunde anzulügen ist wahrlich eine ungute Sache. Erfahren sie, dass man es getan hat, dann hat die Freundschaft einen nachhaltigen Knacks. Wenn man Pech hat, wird sie aufgekündigt. Aber wenn du mal Raimund nimmst : Er ist mein Patensohn und steht mir mindestens genauso nahe wie dir als Freund. Und doch verweigern wir, Georg als Vater und ich als Pate, ihm die Auskunft. Es geschieht doch zu seinem Schutz ! Hätte Georgs Frau nicht auf dem Sterbebett verraten, was wir nie verraten wollten, dann wäre Raimund als Raimund von Fulinpach in keiner Gefahr. Aber was würde ihm bevorstehen, wenn er die Wahrheit erführe und dann Nägel mit Köpfen machen wollte ?"

Sein Sohn wiegte den Kopf. „Vater, seid ehrlich mit Euch selber, hätte und würde ist nicht Eure Politik. Raimund hat es nun einmal von seiner Mutter erfahren, dass seine Wurzeln nicht in Fulinpach liegen. Dass er weitersuchen wird, ist unumstößliche Tatsache, du kennst ihn ja schließlich. Und was Stephan betrifft, auch er wird weiterforschen."

Er sah seinen Vater neugierig an. „Warum hat es eigentlich niemand verhindert, dass er ausgerechnet im geheimen Dienst gelandet ist ?"

Der Herzog seufzte. „So etwas kannst du im Leben nie verhindern. Außer mir wussten ja doch nur fünf Leute Bescheid, jetzt mit dir sechs, aber die Männer unseres geheimen Dienstes, die Anwärter suchen und auslesen, hatten natürlich keine Ahnung, was der Name Stephan von Tiers bedeutet. Und dass sich Raimund und Stephan dort zusammenfanden," er zuckte die Achseln, „na, das sind so Streiche des Schicksals, die uns zeigen, dass nicht alles, was man sich noch so gewissenhaft ausdenkt, in die geplante Richtung führt." Er legte seinem Sohn die Hand auf die Schulter. „Du wirst irgendwann in der Zukunft die Verantwortung tragen, die ich heute trage. Bedenke, dass Entscheidungen, die du heute triffst, in diese Zukunft hineinwirken. Wenn du dich entschließt, in deiner Eigenschaft als künftiger Herzog deine Freunde nicht aufzuklären über das, was du nun weißt, so steht dir immerhin eine Grundregel beiseite : Wer an höchster Position Verantwortung trägt, ist zwar in der Pflicht gegenüber seinen Untergebenen, muss ihnen aber keine Rechenschaft über sein Handeln ablegen."

„Auf alle Fälle," überlegte Max, „bedeuten deine Worte, dass ich selber entscheiden muss, was ich tue. Und mir scheint, dass die Überlegung vorläufig einmal richtig ist, dass ich - selbst wenn sie meine Freunde sind - Raimund und Stephan nicht mit Informationen meinerseits in eine Richtung schicke, die ich zum einen selbst noch nicht übersehen kann und die zum andern ihnen tatsächlich gefährlich werden kann."

Sein Vater lächelte. „Siehst du, du hast die Begründung für dein Handeln, falls du je eine brauchen solltest gegenüber deinen Freunden, schon gefunden. Im Moment kannst du genauso wenig wie irgendeiner von uns übersehen, was kommen kann. Und ich meine doch, dass die beiden Freund genug sind um dich zu verstehen."

Max nickte. „So schätze ich ja die beiden auch ein. Im übrigen bin ich auch der Meinung, so wie Arnhard es mir vorgeschlagen hat, dass die beiden möglichst bald in meinem Umfeld eingesetzt werden. Zum einen habe ich dann mit Haymo drei äußerst tüchtige und zuverlässige Leibwächter, zum zweiten kommen sie nicht so schnell mit etwas in Berührung, das für sie in die falsche Richtung laufen könnte, und zum dritten würden entweder Haymo oder ich davon etwas rechtzeitig merken."

„Völlig richtig," stimmte der Herzog zu, „an deiner Stelle würde ich es ebenso handhaben. Nur lass' ihnen jetzt noch etwas Freiraum, so drei, vier Aufträge noch, dass sie sich austoben können, bevor sie als Leibwächter doch relativ gebunden sind. Und Arnhard sollte diese Aufträge so aussuchen, dass die beiden..... Ach, was rede ich, da weiß Arnhard doch genauso Bescheid."

Es klopfte dreimal an der Tür, dann trat einer der Leibdiener ein. Auf den fragenden Blick des Herzogs hin sagte er : „Die Versammlung ist vollzählig, Herr."

Der Herzog nickte. „Danke, Siegmund, ich komme sofort."
Und zu seinem Sohn gewandt fragte er : „Möchtest du mit ? Könnte heute ganz interessant werden."
„Nein, Vater, heute nicht," lehnte Max ab, „ich möchte in die Kaserne des Dienstes. Ich habe mit Arnhard ausgemacht, dass er mir heute alle Unterführer vorstellt. Außerdem will ich einen Einblick bekommen in die aktuell laufenden Aktionen."
Sie verabschiedeten sich, der Herzog gab seinem Sohn einen liebevollen Klaps auf die Schulter und beide verließen den Raum durch zwei verschiedene Türen.

im ellenmoos

„Schluss und aus ! Endgültig !" entschied die Mutter. „Schluss mit dem Gequengel ! Ihr habt gestern bei einem Einsatz mitgemacht, Simon und Kilian, und das war mir eigentlich schon nicht recht. Ein zweites Mal erlaube ich es auf keinen Fall !"
Simon, der ältere Bub, war mit seinen Argumenten trotz Mutters konsequenter Ablehnung noch nicht am Ende. „Es ist ja gar kein zweites Mal, es ist ja noch derselbe Einsatz. Wir müssen doch noch die Zigeuner suchen."
„Nein, deine Mutter hat Recht," mischte sich Raimund ein, „diese Suche machen Stephan und ich allein. Da wissen wir nicht, was auf uns zukommt."
Sie hatten im allgemeinen Morgentrubel die beiden Zigeunerkinder unbemerkt aus dem Gasthaus schmuggeln können und waren unbehelligt nach Berbling gelangt. Hier erklärte sich die Kusine von Raimunds Mutter bereit, die beiden Kleinen sicher zu beherbergen, bis Raimund und Stephan von der Suche zurückkehrten, aber Kilian und Simon hatten natürlich Geschmack gefunden an der ganzen Sache und wären gern weiter mit geritten, was sich ihre Mutter aber kategorisch verbat.
„Es genügt völlig, wenn ihr hier als unsere Beauftragten auf die beiden aufpasst," besänftigte Stephan die beiden Buben. „Dass ihnen nichts geschieht, das ist eure Aufgabe. Denkt immer daran, dass niemand die beiden sehen darf und man soll auch nichts von ihnen hören. Wir verlassen uns auf euch."

Nun gaben zwar die beiden Buben maulend nach, dafür klammerte sich jetzt das kleine Zigeunermädchen an Stephan, als sie spürte, dass dieser aufbrechen wollte.

„Du hast eine Eroberung gemacht !" lachte Raimund.

„Ja, sieht so aus," lächelte Stephan und streichelte der Kleinen über das Haar."

Dann sagte er zu dem Zigeunerbuben : „Übersetz ihr doch bitte, dass wir ganz bestimmt wiederkommen. Wir müssen doch eure Leute suchen."

„Nicht unsere Leute, das ist unsere Sippe !" antwortete dieser ernsthaft, und dann sagte er etwas zu der Kleinen in der fremden Sprache. Das Mädchen schaute von Stephan zu dem Buben, dann wieder zu Stephan, schüttelte den Kopf und klammerte sich nur noch fester.

„Ich habe nicht nur eine Eroberung, sondern auch ein Problem," meinte dieser etwas hilflos lachend zu Raimund, „ich kann doch jetzt die Kleine nicht einfach wegschieben. Sie wird solange Angst haben und an mir hängen, bis sie wieder bei ihrer Familie ist."

Raimund schüttelte den Kopf. „Alles schön und gut, aber hier bleiben kannst du ja deswegen nicht. Und dass wir die Kinder doch lieber nicht mitnehmen, darüber waren wir uns ja heute Morgen einig."

Vier winzige, neugeborene Schweinchen lösten das Problem. Simon und Kilian brachten sie herbei, und im Nu drehte sich alles - auch für die kleine Zigeunerin - nur noch um die leise quieksenden Tierchen. Keinem der Kinder fiel auf, dass sich Raimund und Stephan stillschweigend auf den Weg gemacht hatten.

*

Im Galopp ging es zum Markt Aibling.

„Du kennst dich ja hier einigermaßen aus," sagte Stephan zu Raimund, „wenn du ein Zigeuner wärst, wo würdest du dich verstecken ?"

Dieser grinste. „Danke, dass du nicht gesagt hast, weil du einer *bist.* Allzu viele Möglichkeiten gibt es nicht. Wir wissen ja nicht, wie groß die Sippe ist, aber wenn sie nicht auffallen wollen, dann haben sie sich sicher irgendwo in den Wäldern versteckt."

Er runzelte die Stirn. „Und wenn sie darauf lauern, etwas von den eingesperrten Kindern zu erfahren, dann müssen sie eigentlich in der Nähe des Hofgerichtes bleiben, also im Norden."

„Aha," meinte Stephan, „dann also dorthin. Übrigens, weil du wie ein Zigeuner aussiehst : Ich bin blond, weil beide, meine Mutter und mein Vater auch blond sind. Dann muss doch bei dir jemand ..... Ach entschuldige, du kennst ja deine Eltern nicht."

„Doch, kenne ich schon," berichtigte ihn Raimund, „meine Eltern sind die Fulinpacher. Nur, da hast du recht, für mein Aussehen können sie nichts. Da sind die verantwortlich, die ich tatsächlich nicht kenne, meine Erzeuger. Eine oder einer von den beiden wird wohl so ein dunkler Typ wie ich gewesen sein."

Er feixte bis über beide Ohren. „Wenn einer von denen ein Zigeuner war, dann hab ich's doch weit gebracht. Vom Zigeunerkind bis zum Ritter !"

Und dann lachte er lauthals. „Und wenn wir jetzt die Zigeunersippe wirklich finden, dann halt du dich zurück und lass mich mit ihnen reden ! Ich schau für die nicht so erschreckend und fremdartig aus wie du Blondschopf !"

Ein kurzes Stück nördlich vom Markt gab es einen geschlossenen Waldgürtel, in dessen Mitte ein recht kleines Moorgebiet lag; Moos, wie es die Menschen hier nannten. Und weil es eben so klein war, wurde es scherzhaft das ‚Ellenmoos' genannt, nicht länger als eine Elle.

„Hier hätten die Zigeuner nicht nur eine gute Versteckmöglichkeit," sagte Raimund zu Stephan, „hier gibt es auch genug Wasser. Wenn man sich ab und zu einen Hasen fängt, kann man es hier bestimmt eine Weile aushalten."

Doch soweit kamen sie zunächst nicht. Schon vor dem Markt wurden sie von bewaffneten Knechten des Gerichtes aufgehalten, die die Straße kontrollierten. Einer beäugte Raimund sehr misstrauisch, bekam aber von seinem Nachbarn einen Rippenstoß.

„Das ist ein Fulinpacher !" flüsterte er ihm zu. Und dann bekamen Stephan und Raimund eine haarsträubende Geschichte zu hören, von Zigeunern, die die Wache heute Nacht verhext, Schlösser aufgebrochen und zwei bisher eingesperrte Kinder spurlos verschwinden hätten lassen.

„Das ist ja allerhand !" schüttelte Raimund den Kopf. „Was haben sie denn mit den Wachen gemacht ?"

„Sie haben sie verhext," erzählte der Knecht eifrig, „dass sie sich die ganze Nacht nicht bewegen konnten. Sie waren wie von unsichtbaren Fesseln gebunden und konnten nur hilflos zuschauen, wie schwarze Gestalten mit den Kindern verschwanden."

Raimund hatte Mühe, sich das Lachen zu verkneifen. „Die armen Kerle. Das muss ja furchtbar gewesen sein. Aber warum haben sie nicht um Hilfe geschrien ? Oder waren ihre Zungen etwa auch verzaubert ?"

Verblüfft starrte ihn der Knecht an, sagte aber nichts.

„Ja, und," setzte Raimund hinzu, „euren Mut muss ich dann aber auch gewaltig bewundern."

Wieder schaute der Knecht verblüfft, dann fragte er vorsichtig : „Wieso unseren Mut ? Wir waren doch gar nicht dabei heute Nacht."

„Nein, nein," erwiderte Raimund und schaute so ernst drein, wie er nur konnte, „ich meine jetzt und hier. Ihr müsst schon allerhand Mut haben. Denn was macht ihr denn, wenn die Zigeuner wirklich genau hier auftauchen würden ? Wie wehrt ihr euch dann gegen ihre Zauberei ?"

Erschrocken überlegte der Knecht. „Ja, also, dann," stammelte er, „die trauen sich doch nicht vor so vielen Leuten zu zaubern, oder ?"

Raimunds Miene blieb todernst. „Wer zaubern und hexen kann, dem ist es doch egal, wie viele Leute da sind. Nein, nein, es ist wirklich mutig von euch. Ich möchte nicht hier stehen und darauf warten, dass mich jemand verhext."

Er grüßte mit der Hand, gab seinem Pferd die Sporen, ebenso Stephan, und sie ließen bestürzt aussehende Gerichtsknechte zurück.

„Die armen Kerle," meinte nun Stephan, „die hast du jetzt ganz schön verunsichert. Die tun mir ja fast leid."

„Mir nicht !" schüttelte Raimund den Kopf. „Zaubern und hexen ! Wer so dumm ist, dass er an diesen Mist glaubt, soll sich nur auch davor fürchten !"

*

Sie hatten den Markt gerade hinter sich gelassen, da stellten sie fest - und irgendwie beunruhigte sie das - dass ziemlich viele Menschen auf und neben dem Weg waren. Bei einer Ansammlung von fast zehn Leuten bleiben sie stehen und fragten, ob etwas los sei. Eine jüngere Frau nickte eifrig.

„Ein Holzknecht hat die Zigeuner gesehen ! Draußen im Moos ! Es sind schon Gerichtsknechte unterwegs. Das wollen wir sehen, wenn das Diebespack hergebracht wird !" Und dabei zeigte sie einen nussgroßen Stein, den sie in der Hand hielt.

Raimund und Stephan sahen sich an und ritten los, so schnell sie konnten.

Der Weg, der am Waldrand begann, war recht schmal, sie kamen nicht besonders schnell voran. An manchen Stellen, an denen Tannen- oder Fichtenzweige in dichten Bündeln auf dem Boden lagen, mussten sie die Pferde langsam und besonders vorsichtig darübersteigen lassen, denn hier konnte man unmöglich sehen, was darunter war, gerader Boden oder womöglich ein Loch.

Doch bald hörten sie verzweifeltes Geschrei und ein paar Atemzüge später waren sie am Rande des kleinen Moores. Sie verharrten eine Moment und starrten auf die Szene, die sich ihren Augen bot.

Etwas abseits standen Knechte und hielten mit Schwertern einige Personen - sie konnten nicht genau sehen, wie viele, zwei oder drei oder vier - in Schach, und zwei Knechte waren dabei, eine Gestalt - man konnte schon nicht mehr erkennen, ob Frau oder Mann - im Moor unterzutauchen.

Als die Gestalt verzweifelt nach Luft schnappte, packte der eine Knecht sie bei den Haaren und rief : „Zum letzten Mal, wo habt ihr die Kinder versteckt ? Rede, oder du kommst nicht mehr hoch !"

Raimund und Stephan sprangen vom Pferd.

„Sofort aufhören !" schrie Raimund. „Zieht ihn sofort raus !"

Die Knechte fuhren erschrocken herum, aber als sie sahen, dass da nur zwei junge Männer gekommen waren, lachten sie abfällig.

„Mischt euch nicht ein, ihr zwei ! Das geht euch nichts an !" sagte einer von denen, die mit gezücktem Schwert dastanden. Und dann rief er den beiden am Moor zu : „Runter mit ihr, wenn sie nicht redet, runter !"

Er hatte noch nicht ganz ausgeredet, da waren Stephan und Raimund mit einem Satz bei den beiden Knechten am Moorrand und hielten ihnen die Schwerter an die Kehlen.

„Und jetzt langsam und deutlich zum Mitdenken !" sagte Raimund in gefährlich drohendem Ton. „Wir sind Männer des Herzogs und ihr habt uns zu gehorchen ! Ich schnaufe genau noch dreimal ein und aus, dann habt ihr sie herausgezogen ! Wenn nicht, stechen wir ohne weitere Warnung zu ! Eins ....."

Die beiden Knechte erstarrten und fassten vorsichtig die moorverschmierte Gestalt unter den Armen.

Die anderen, die abseits standen, wussten offensichtlich nicht, wie sie sich verhalten sollten. Ihre Schwerter zeigten zwar nicht mehr auf ihre Gefangenen, sondern jetzt in Richtung auf Raimund und Stephan, aber keiner von ihnen kam näher.

im pfarrhaus in tiers

Das Klopfen war laut und fordernd gewesen. Verärgert, weil es schon sehr spät und dunkel war, öffnete der junge Pfarrer die Tür einen Spalt.

„Was ist ?" fragte er und streckte die Kerze, die er in der Hand hielt, ein wenig vor, vorsichtig, dass sie nicht ausging, aber doch so, dass er erkennen konnte, wer da so ungestüm geklopft hatte. Es waren zwei Mönche.

Sein Gesicht verfinsterte sich noch mehr. „Es tut mir leid, Brüder, aber ich habe weder Schlafplätze noch Essen im Haus. Ich kann eich hier nicht aufnehmen."

Bevor er sich versah, wurde die Tür kräftig aufgedrückt und die beiden Mönche standen im Raum.

„Macht Euch keine Sorgen, junger Herr Pfarrer," sagte der eine bestimmt, „wir essen Euch nichts weg und wir bleiben auch nicht über Nacht."

Der andere Mönch schloss die Tür. „Nein," sagte dieser, „wir werden Euch nicht lange stören. Wir haben nur im Auftrag des Bischofs etwas mit Euch zu bereden."

„Im Auftrag des Bischofs ?" Die Miene des Pfarrers wurde freundlicher und dienstbeflissener. „Aber warum jetzt, fast mitten in der Nacht ?"

Auch die beiden Mönche lächelten jetzt freundlich. „Können wir uns nicht setzen ? Dann redet es sich angenehmer."

„Selbstverständlich, selbstverständlich," erwiderte der Pfarrer eifrig, „bitte setzt Euch dort an den Tisch." Und jetzt, da er wusste, dass diese Gäste nicht vorhatten über Nacht zu bleiben, wurde er sogar etwas freigiebiger. „Darf ich jedem einen Schluck Wein anbieten ?"

„Ja, danke," meinte der eine, „aber dann setzt Euch bitte mit her. Wir wollen möglichst bald wieder aufbrechen, denn," er hob wie mahnend den Zeigefinger, „unser Besuch bei Euch geht nur Euch, den Bischof und uns etwas an ! Sonst darf niemand etwas davon erfahren !"

„Gewiss, gewiss," beeilte sich der junge Pfarrer zu antworten, „selbstverständlich bleibt alles, was hier gesprochen wird, unter uns." Er stellte drei kleine Krüge mit Wein auf den Tisch und setzte sich.

„Also wir kommen im Auftrag des Bischofs," begann der erste Mönch, „es geht um die Bewohner von Burg Tiers. Ihr habt Euch ja über den neuen Seelsorger beim Bischof beschwert."

„Ja, und das mit Recht ! Er verweigert eine Zusammenarbeit mit mir. Ich habe nicht die geringste Ahnung, was die Familie des Burgherren bei ihm beichtet."

Beide Mönche nickten verständnisvoll mit dem Kopf. „So habt Ihr es ja dem Bischof geschildert. Und die restlichen Bewohner der Burg. Mägde und Knechte, wie steht es mit denen ? Die kommen doch sicher zu Euch in den Gottesdienst und zur regelmäßigen Beichte."

„Ja, gewiss, die kommen alle," bestätigte der Pfarrer, „die kommen alle ganz regelmäßig, und beim Beichten brauche ich auch nicht hinterherlaufen. Aber von der Familie des Burgherren erfahre ich von den Mägden und Knechten auch nicht viel, eben nur das, was sie so sehen oder erleben. Was gedacht wird, wissen die natürlich nicht."

Die beiden Mönche wechselten einen Blick, dann sagte der eine : „Das haben wir uns gedacht, dass aus den Bediensteten nicht viel herauszuholen ist. Wenn die Familie des Burgherren etwas zu verbergen hat, dann wird sie es ja auch vor dem Gesinde verbergen."

„Ob sie etwas zu verbergen haben, weiß ich nicht," meinte der Pfarrer eifrig, „aber das wird schon seinen unchristlichen Sinn haben, dass sie nie zu mir zur Beichte gekommen sind."

„Gut, erfahren werden wir also so nichts," fuhr der Mönch nun fort, „aber eines können wir mit Eurer Hilfe schon erreichen. Wenn Ihr ab jetzt bei jeder Gelegenheit, bei Messe oder Beichte, immer wieder unterschwellig Stimmung macht gegen den Burgherren, würde das dem Bischof sein Vorhaben erleichtern. Versteht Ihr, was ich damit meine ?"

Der Pfarrer lachte trocken. „Und ob ich das verstehe ! So etwas ist für mich ein Leichtes ! Aber warum zieht der Bischof nicht einfach diesen Querulant, der auf der Burg das Seelsorgeramt versieht, nicht einfach aus dem Verkehr ? Dann hätte doch die Familie auf der Burg langfristig keine andere Möglichkeit, als zu mir zur Beichte zu kommen."

„Ihr habt vollkommen Recht," antwortete der zweite Mönch, „aber bedenkt, dass nicht Ihr und nicht wir das Sagen haben, das hat allein der Bischof. Und er hat angeordnet, dass so verfahren wird, wie wir es Euch dargelegt haben. Sicher hat er wichtige Gründe dafür und plant so in die Zukunft, wie wir es nicht nachvollziehen können. Wir sind wie Ihr angewiesen, der Kirche gegenüber gehorsam zu sein."

„Selbstverständlich, selbstverständlich," murmelte der Pfarrer und bekreuzigte sich, „der hochwürdige Herr Bischof weiß das sicher besser."

Im nächsten Moment sah seine Miene sehr zufrieden aus. „Ich bin stolz, dass der Bischof mir solch einen Auftrag anvertraut. Sobald ich etwas erfahren habe, gebe ich dem Bischof Meldung."

Beide Mönche schüttelten verneinend den Kopf. „Das ist nicht nötig,“ sagte der eine mit fester Stimme, „wir sind angewiesen, Euch ab jetzt regelmäßig zu besuchen. Wisst Ihr Neues, ist es recht, wenn nicht, macht es nichts. Wir haben Zeit. Und denkt bitte daran, wir kommen stets im Dunkeln, uns soll niemand von den Dorfbewohnern sehen, dann macht sich niemand unnötige Gedanken.“

„Ja, und vor allem der Burgherr darf nichts davon merken !“ meinte eifrig der Pfarrer.

„Nein,“ erwiderte der zweite Mönch und sah sich gelangweilt im Raum um, „nein, ganz im Gegenteil. Das würde überhaupt nicht stören, wenn der etwas davon mitbekommen sollte. Das würde ihn bloß verunsichern, und jemand, der verunsichert ist, tritt selten besonders fest auf.“

Der junge Pfarrer riss die Augen auf und dachte über das Gehörte nach. Doch bevor er etwas sagen konnte, standen seine beiden Gäste auf, gingen zur Tür und verabschiedeten sich kurz und knapp. Die Tür fiel hinter ihnen zu, und der Pfarrer ließ sich noch einmal auf der Bank nieder, nippte an seinem Wein und überdachte, was hier besprochen worden war.

am ellenmoos

Es hatte die beiden Gerichtsknechte allergrößte Mühe gekostet, den Körper gänzlich aus dem Moor herauszuziehen, immer wieder wollte er, nass und voll von glitschigem Moor, entgleiten. Schließlich lag er vor den heftig schnaufenden Knechten und Stephan und Raimund. Aber wer immer es war, es war zu spät, die Gestalt gab kein Lebenszeichen mehr von sich.

Raimund kniete nieder und wollte mit einem Grasbüschel das Gesicht freiwischen, da hörte er Stephans Warnschrei. Mit einem Satz warf er sich beiseite und rollte sich ab, um sofort danach wieder kampfbereit auf den Beinen zu stehen. Blitzschnell übersah er die Lage. Nur noch ein Knecht bewachte die Gefangenen, die anderen stürmten heran, auch die beiden vor ihnen hatten Stephan bereits angegriffen.

Doch nun erlebten die einfachen Gerichtsknechte, was während der Ausbildung schon Aufsehen erregt hatte : Einmal das Schwert in der rechten Hand, kurz darauf in der linken, so wirbelten beide, Raimund

und Stephan, durch die Angreifer. Kam der erste Schlag mit der rechten Hand und bereitete sich also einer der Gegner zur Verteidigung auf den nächsten solchen Schlag vor, so erhielt er einen Schwertstreich, der völlig unerwartet von der linken Seite kam, und dann wieder umgekehrt.

Nach kürzester Zeit war nur noch der Knecht übrig, der am Kampf nicht teilgenommen hatte. Auch von den Gefangenen war nur noch eine Person da, die der Knecht mit der linken Hand festhielt. Die anderen mussten die Gelegenheit zur Flucht genutzt haben. Er sah ungläubig zu Stephan und Raimund, als sie näherkamen und drohte mit dem Schwert. Dann überlegte er es sich offenbar anders, ließ das Schwert sinken und rannte in den Wald.

Stephan starrte die Gefangene an. Es war ein junges Mädchen, vielleicht siebzehn, das schönste Mädchen, das er je gesehen hatte. Sie hatte lange, genauso pechschwarze Haare wie Raimund, aber ein völlig anders geschnittenes Gesicht.

Langsam ging sie an den beiden vorbei zu der am Boden liegenden Gestalt aus dem Moor. Mit ihrer Schürze wischte sie das Gesicht sauber. In einer Sprache, die Stephan und Raimund nicht kannten, die aber so klang wie die Worte des kleinen Zigeunermädchens, redete sie auf die Tote ein und wiegte dabei den Oberkörper hin und her.

Nach einer Weile, in der die beiden stumm zugeschaut hatten, sah sie zu ihnen auf. „Sie hatte so viel Angst um ihre Tochter, die im Gefängnis eingesperrt ist. Jetzt wird sie sie nie wiedersehen." Ihre Stimme klang nicht anklagend, es war nur eine traurige Feststellung.

Stephan trat etwas näher zu ihr hin. „Sie wird es nie erfahren," sagte er leise, „ aber ihre Tochter ist nicht mehr eingesperrt. Wir haben sie befreit."

Das Mädchen sah ihn überrascht an. „Wieso ?" fragte sie. „Wieso befreit ihr ein Zigeunermädchen und wieso kommt ihr uns hier zu Hilfe ?"

Jetzt war auch Raimund herangetreten. „Wir sind Männer des Herzogs. Aber jetzt ist keine Zeit für Gespräche, ich glaube, es ist besser, wenn wir von hier verschwinden."

„Ja," nickte Stephan und berührte das Mädchen vorsichtig an der Schulter, „Raimund hat recht. Wir können später genug reden. Außerdem haben wir der Kleinen und dem Buben versprochen, dass wir sie zu eurer Sippe bringen. Sie werden sich bestimmt freuen, wenn wir dich mitbringen."

Sie sah ihm ins Gesicht, als müsse sie darin etwas lesen. Ihr Blick tat ihm gut, machte ihn aber gleichzeitig verlegen. Da lächelte sie kurz und sagte leise : „Dann helft mir bitte noch einmal. Wir dürfen sie hier nicht liegen lassen, wir begraben sie im Moor."

Als sich Raimund und Stephan nicht sofort bewegten, setzte sie hinzu : „Wir können gleich von hier weg, aber erst müssen wir meine Schwester ins Moor rollen. Sie darf hier nicht liegen bleiben, sie hat genug gelitten."

Stephan sah unschlüssig Raimund an, doch der nickte energisch. „Das ist doch in Ordnung. Ein anständiges Begräbnis wird sie von niemandem erhalten, also warum nicht im Moor. Hier ist sie gestorben, und hier wird sie begraben."

Zu dritt, weil das Mädchen unbedingt mithelfen wollte, hoben sie die Tote hoch und ließen sie an der Stelle, an der die Knechte sie untergetaucht hatten, im Moor versinken. Dann säuberten sie sich mit Grasbüscheln und eilten zu den Pferden.

„Sie kann bei mir mit aufsitzen," sagte Stephan rasch zu Raimund. Der nickte nur lächelnd und half dem Mädchen aufs Pferd. So rasch es ging, ritten sie durch den Wald zurück Richtung Aibling.

Schon kurz nach verlassen des Waldes kamen ihnen die ersten Schaulustigen, die auf den Abtransport der gefangenen Zigeuner warteten, entgegen. An den ersten ritten sie vorbei, doch dann gellte der Schrei einer Frau : „Der hat ja eine Zigeunerin ! Der hat eine ! Nieder mit der Diebin !"

Und kaum war der erste Stein geflogen, kamen mehr von allen Seiten. Stephan und Raimund gaben ihren Pferden die Sporen, die Menschen spritzten auseinander, doch ein Stein musste getroffen haben. Stephan spürte, wie der Kopf des Mädchens an seine Brust sank, und als er sie mit der linken Hand fester halten wollte, fühlte er Blut hinunterrinnen.

Jetzt kannte er kein Halten mehr. Ohne Rücksicht preschte er vorwärts, bis er außerhalb jeder Wurfweite war.

„Noch nicht stehen bleiben !" rief ihm Raimund im Vorrüberreiten zu. „Dort vorne links, der Weg führt an Aibling vorbei !"

Stephan ritt ihm nach, wobei er seine ganze Kraft aufwenden musste, um gleichzeitig die Zügel und das wohl ohnmächtige Mädchen zu halten.

Zu ihrem Glück war dieser Weg wie ausgestorben, in Windeseile ritten sie bis zur Mangfall und donnerten über die Brücke.

Raimund kam noch einmal auf gleiche Höhe und rief ihm zu : „Wir reiten querfeldein, dann sind wir rasch in Berbling !"

Stephan nickte, biss die Zähne zusammen und trieb sein Pferd an.

nadelstiche

Der Knecht Johannes war arbeitsam und zuverlässig, das wusste der Burgherr Staphan von Tiers, und er kannte ihn nur als sehr schweigsamen Mann. Stundenlang konnte man neben ihm arbeiten und hörte nichts anderes als ein Ja oder Nein als Antwort. Umso hellhöriger wurde Stephan, als er neben Johannes in den Dachsparren saß und die letzten Sturmschäden begutachtete, und sich dieser drei-, viermal räusperte, als ob er etwas sagen wollte.

„Hast du was auf dem Herzen, Johannes ?" fragte er schließlich. „Wir sind hier oben völlig allein, wenn du mit mir was zu besprechen hast, dann los, es hört uns keiner."

Johannes räusperte sich noch einmal. „Ja, Herr. Mir geht was gegen den Strich, aber ich will mich nicht in Eure Angelegenheiten mischen."

Stephan musste lächeln. Das musste wohl etwas sehr Wichtiges sein, wenn sich dieser sonst so ruhige Mann zu einer so langen Rede aufschwang.

„Raus damit. Sag einfach, was du sagen willst. Ich verspreche dir, es bleibt unter uns, und selbst, wenn du etwas zu kritisieren hast, glaube ich, dass du der Mann dazu bist, dem so etwas zusteht."

Der Knecht nickte. „Ja Herr, danke. Aber ich habe nichts zu kritisieren, also eigentlich schon, aber nicht an Euch."

Er holte tief Luft. „Mir gefällt nicht, was der Pfarrer im Dorf unten über Euch sagt."

Stephan sah auf. „Er redet über mich ? Wann denn ? In der Kirche ?"

Wieder nickte Johannes. „Also er redet nicht direkt über Euch, Herr, er nennt keine Namen. Aber jeder, der den Gottesdienst verfolgt, merkt, dass Ihr, der Burgherr, gemeint seid. Also er lässt Euch und Eure Familie unchristlich aussehen. Immer wieder macht er Bemerkungen über unchristliches Tun, und jeder hört, dass er die Burgfamilie meint."

Nun schüttelte er ganz energisch den Kopf. „Und das ist nicht gut. Ich weiß, dass Ihr nicht unchristlich seid, und ich weiß nicht, warum der Pfarrer es so auf Euch abgesehen hat. Aber nicht alle denken wie ich. Wer Euch nur aus der ferne kennt, der glaubt dem Pfarrer schnell."

Stephan wurde nachdenklich. Das klang nicht gut. Dann legte er Johannes seineHand auf die Schulter und sagte leise : „Ich danke dir. Ein Knecht, der zu mir steht, ist nicht anders als ein Freund. Ich danke dir für deine Meinung über mich und dafür, dass du mir Bescheid gesagt hast."

Als Antwort kam ein Brummen und ein ebenso leises : „Ich gehör zur Burg und steh dazu."

Darüber freute sich Stephan von Tiers, gleichzeitig aber machte er sich Gedanken über das Gehörte.

*

Einer der größeren Bauernhöfe im Tal gehörte dem Bauern Alois, einem einfachen Mann mit nicht allzu viel Verstand. Wie es aber meist gerade bei solchen Menschen ist, war er sich dieser geistigen Unzulänglichkeit nicht im Mindesten bewusst, im Gegenteil, er hielt sich natürlich für klüger als alle anderen und sah auf andere, die weniger hatten an Besitz als er, herab.

Eigenartigerweise waren und sind solche Bauern zwar ungeheuer autoritätsgläubig, aber niemals in Richtung weltlicher Obrigkeit, also gegenüber dem Burgherren, sondern allein immer gegenüber der kirchlichen, und als deren Vertretung gilt bereits der unwichtigste Dorfpfarrer. Was immer die weltliche Autorität sagt, wird mit Misstrauen aufgenommen, was dagegen Hochwürden verkündet, wird ohne jedes Nachdenken als absolute Wahrheit und Leitlinie anerkannt und gepriesen.

„Heilige Mutter Gottes," sagte Alois in salbungsvollem Ton zu den Mägden und Knechten, die mit ihm zur Mahlzeit am rohen Holztisch saßen, „Heilige Mutter Gottes, gib, dass unser Burgherr bald sein unchristliches Treiben aufgibt. Warum kommt er nicht wie wir braven Christen alle zur Beichte ? Warum verweist er unseren hochwürdigen Herrn Pfarrer der Tür ? Nein, das wird noch ein großes Unglück für uns alle bringen, wenn die Burgfamilie fortfährt in ihrem unchristlichen Treiben. Heilige Mutter Gottes, bitt' für uns !"

„Amen !" antworteten Knechte und Mägde, sahen alle zum Bauern und aßen dann weiter, als auch er wieder zufrieden ob seiner Rede weiteraß.

*

In einem der kleinen Häuslein, einer Hube, wie sie die Pachtbauern ohne eigenen Grundbesitz bewohnten, saß zur selben Zeit ein junges Ehepaar bei einer einfachen Mahlzeit. Auf dem Tisch stand eine Schüssel mit Gerstenmus, und jeder, Mann und Frau, hatten ein Stück Brot in der Hand und schaufelten damit immer wieder etwas aus der Schüssel.

Ruepp, der Mann, war verbittert. „Der hat schon recht, unser Pfarrer. Wir schinden uns und ackern, und was steht auf dem Tisch ? Das da!" Er zeigte auf die Schüssel. „Wir arbeiten jeden Tag, dass uns die Knochen weh tun, und was gibt es zum Mus ? Das da !" Er hob sein Stück Brot hoch.

Sein Ton wurde noch verbitterter. „Und die unchristliche Herrschaft auf der Burg ? Was gibt's bei denen ? Mus und Brot ? Ha ! Kommen nie in den Gottesdienst ! Kommen nie in die Beichte ! Spucken wahrscheinlich auf uns und fressen jeden Tag Fleisch ! Ha !"

Vorsichtig wandte Liese, seine Frau, ein : „Aber sie sind doch immer freundlich zu uns. Der Herr hat uns noch nie gescholten, wenn wir die Abgaben nicht pünktlich zahlen haben können."

„Ihr Weiber !" Ruepp starrte seine Frau an. „Ihr lasst euch immer anschmieren vom schönen Getue. Unchristlich sind sie, hat der Pfarrer gesagt ! Unchristlich !"

Er schlug mit der Faust auf den Tisch, dass seine Liese erschrak.

„Wir arbeiten für einen unchristlichen Herrn ! Müssen wir da nicht selber Angst haben um unser Seelenheil ? Wird da mal das halbe Dorf mit in der Hölle schmoren müssen, weil wir für unchristliche Herrschaften arbeiten ? Ha, was ?"

Jetzt war Liese eingeschüchtert. „Ja, aber was sollen wir denn tun ?"

„Was wir tun sollen ? Das werden wir schon noch erfahren vom Pfarrer. Der schaut schon auf uns, die wir immer zur Kirche gehen und zur Beichte. Jawohl, das werden wir schon erfahren. Wir sind nämlich bestimmt nicht unchristlich, wir nicht."

„In Jesu Namen, amen !" flüsterte Liese.

„Amen !" setzte auch Ruepp hinzu.

*

Unter den meisten Mägden und Knechten auf der Burg war Unruhe und Getuschel.

„Meint ihr, dass die Herrschaft wirklich unchristlich ist ?" fragte die eine.

„Aber der Herr Pfarrer hat es doch gesagt !" antwortete die andere.

„Gesagt nicht," berichtigte ein Knecht, „ganz genau hat er es nicht gesagt, eher so angedeutet."

„Aber alle haben es verstanden, dass unser Herr gemeint war," wandte ein anderer ein, „und was ist, wenn der Pfarrer recht hat ?"

„Hm," sagte ein älterer, meist recht besonnener Knecht, „eigentlich können wir uns über unsre Herrschaft ja nicht beklagen. Keiner von uns."

„Das sagt ja überhaupt nichts," erwiderte eine Magd, „was nutzt es uns denn, wenn sie immer freundlich zu uns sind, wenn sie aber hintenrum dann doch unchristlich leben. Es stimmt doch, sie gehen nie zur Kirche und sie kommen nie in die Beichte. Unchristlich ist das. Und für uns, für uns ist das auch nicht gut."

Die meisten Knechte und Mägde stimmten zu.

Eine besonders gescheite Magd fügte hinzu : „Und das hat der Herr Pfarrer ja auch gesagt, das Unchristliche verbirgt sich gern im Mantel der Freundlichkeit. Aber unchristlich bleibt eben unchristlich. Ich will nicht nach meinem Tod einmal nur deswegen in die Hölle kommen, weil ich für eine unchristliche Herrschaft gearbeitet habe. Nein, das will ich nicht !"

Und wieder stimmten die meisten zu.

Der besonnene Knecht versuchte es ein letztes Mal mit einem Einwand. „Aber wir sind doch nicht unchristlich. Wir gehen doch zum Gottesdienst, und wir beten doch und beichten. Da können wir doch nicht bestraft werden dafür, wenn die Herrschaft unchristlich ist."

„Woher willst du denn das wissen ?" fragte die gescheite Magd. „Willst du denn klüger sein als unser Pfarrer ? Wenn der sagt, dass wir uns in Acht nehmen müssen, weil wir sonst einmal in der Hölle dafür büßen müssen, dann weiß der das schon. Der ist doch der Pfarrer. Und du ? Du bist ein Knecht wie wir alle. Du kannst das gar nicht besser wissen."

In das allgemeine zustimmende Gemurmel hinein fragte einer : „Und was sollen wir jetzt tun ? Sollen wir jetzt alle weglaufen ? Und wohin denn ?"

Die gescheite Magd schüttelte den Kopf. „Nix weglaufen. Unser Pfarrer wird uns schon rechtzeitig weisen, was richtig ist. Wir arbeiten schon weiter, aber wir passen genau auf, dass wir in nichts Unchristliches hineingezogen werden. Und wir machen in der Kirche die Ohren dafür doppelt so gut auf, wenn der Herr Pfarrer predigt. Und von der Herrschaft halten wir uns fern, wo es nur geht."

berbling

„So !" sagte die Hausherrin, als sie die Platzwunde versorgt hatte, zu Raimund. „Und jetzt muss ich dir klar und deutlich sagen, mir wächst die Geschichte über den Kopf ! Und ich fürchte, euch beiden auch ! Am Ende der Woche kommt dein Onkel Gernot nach Hause, und da will ich weder Kinder noch verletztes Mädchen hier haben. Du weißt, Raimund, wie engstirnig er über alles Fremde denkt."

„Mach dir keine Sorgen," beruhigte sie Raimund, „wir wollen ja sowieso nicht länger hier bleiben. Da sind wir zu nahe an Aibling dran. Ich meine, wir brechen heute noch auf, wir haben es ja nicht weit."

„Wieso ?" fragte Stephan, der vor der Liege kniend die Hand des Mädchens hielt. „Wieso haben wir es nicht weit ? Wo willst du denn hin ? Wir können sie doch nicht jetzt schon wieder auf ein Pferd setzen ?"

Raimund grinste verstehend. „Es wird schon gehen. Ich nehme die beiden Kinder zu mir, und du sorgst dafür, dass sie auf deinem Pferd angenehm reisen kann. Sie kann sich ja an dich lehnen."

Seine Augen glitzerten amüsiert. „Und ein weiter Ritt wird es auch nicht, wir reiten einfach zu uns nach Fulinpach. Zumindest vorläufig sind sie dort sicher, und wir haben etwas Zeit zu überlegen, wie es weitergehen soll."

Die Kusine von Raimunds Mutter atmete auf. „Ja, das ist gut. Da seid ihr ja in einer Stunde dort, ohne dass ihr recht schnell reiten müsst. Aber wenn ihr niemanden in Gefahr bringen wollt, kann auch Fulinpach nur eine Zwischenstation sein. Gerede macht zu schnell seine Runde."

Stephan sah wieder vom Mädchen auf. „Burg Tiers ist sicher weit genug weg. Wenn wir etwas Pause in Fulinpach haben und sie sich wieder erholt hat, dann könnten wir alle drei zu meinen Eltern bringen. Dort sind sie garantiert in Sicherheit."

„Und vor allem auch in deiner Nähe," grinste Raimund, „aber der Vorschlag ist schon richtig. Ein paar Tage Rast in Fulinpach und dann weiter nach Tiers. Wenn das allerdings nahtlos klappen soll, muss auf alle Fälle einer von uns zurück zur Residenz und melden, wie der Auftrag ausgegangen ist."

„Kannst das nicht du übernehmen, und ich bleibe bei den dreien ?" bat Stephan.

Raimund schüttelte den Kopf und bedauerte. „Nein, hör mal, in Fulinpach habe ich das Sagen und dich kennt kein Mensch. Würde meine Mutter noch leben, hätte ich keine Bedenken, die würde schon auf euch aufpassen, solange ich weg bin. Aber wahrscheinlich ist mein Vater nicht da, und du allein ..... Nein, das geht nicht. Auf Fulinpach muss ich bei den dreien bleiben, während du Meldung machst. Wenn es dann Richtung Tiers geht, hast du das Kommando."

Das sah Stephan ein. „Dann würde ich eigentlich lieber gleich von hier zur Residenz reiten, denn dann bin ich umso eher wieder da."

Simon, der ältere, der mit den beiden Zigeunerkindern gerade in den Raum gekommen war, hatte den Schluss des Gesprächs gehört.

„Mutter, nach Fulinpach kann doch ich mitreiten," erbot er sich, „das ist doch kein neuer Einsatz. Da bin ich doch schon oft hingeritten, da kann ja wirklich nichts passieren."

Seine Mutter überlegte. „Ja, das ginge eigentlich. Aber dann möchte ich, dass von den Knechten Wilfred mitreitet, der ist zuverlässig und kann ein Kind bei sich auf dem Pferd ....."

„Halt, Vorsicht !" rief sie der Kleinen zu, die sich in die Arme des verletzten Zigeunermädchens geworfen hatte. „Sei vorsichtig, komm nicht an die Wunde !"

Das junge Mädchen wehrte zaghaft lächelnd ab. „Das geht schon. Sie war so lange allein, da darf sie sich jetzt schon freuen, dass ich da bin."

„Sie war doch nicht allein," protestierte der Bub, „sie war die ganze Zeit bei mir. Ich hab' auch im Gefängnis auf sie aufgepasst."

„Ja," flüsterte das Mädchen, „danke, Janni, das hast du gut gemacht."

Stephan richtete sich auf. „Dann kann ich also tatsächlich von hier losreiten ? Vielleicht bin ich dann morgen Abend schon bei euch in Fulinpach."

„Na, na," meinte Raimund, „bleib ruhig ! Sieh zu, dass du die Meldung sauber ablieferst. Und dann musst du ja erst einmal für uns beide Genehmigung einholen, dass wir beide Zeit für einen Urlaub bekommen, denn nach Tiers sind wir ja wohl weiter unterwegs."

Ihm fiel etwas ein. „Weißt du, wenn du in der Residenz bist, versuche doch, Max zu erwischen. Der kann uns den Urlaub sicher leicht verschaffen."

„Genau !" Stephan war erfreut. „An den wende ich mich. Und dann komme ich so schnell es geht nach Fulinpach."

„Halt !" korrigierte sich Raimund. „Nicht nur versuchen, Max zu erwischen, sondern du musst ja sowieso zu ihm oder zu seinem Vater. Unser Auftrag kam ja nicht vom Dienst, sondern von Onkel Max selber, also muss auch die Rückmeldung dorthin."

Stephan nickte bestätigend. „Und du bist sicher, dass ihr bei euch gut unterkommt ?"

Raimund grinste wissend. „Ob ich gut unterkomme, ist dir völlig egal. Du willst bloß wissen, ob sie" er zeigte mit dem Finger auf die Verletzte, „ob sie in Sicherheit ist. Ich bin da völlig uninteressant."

Stephan errötete leicht, als ihm das Mädchen bei diesen Worten zulächelte. Verlegen sagte er : „Natürlich müsst ihr alle in Sicherheit sein. Das ist doch klar."

Simon, der gerade wieder in den Raum gekommen war, schob sich zwischen die beiden und meldete : „Wilfred ist schon fertig draußen. Wir können losreiten."

„Ja," setzte seine Mutter hinzu, „das wäre mir sehr recht jetzt. Dann seid ihr beide, Wilfred und du, auf alle Fälle vor dem Dunkelwerden wieder hier."

Raimund nickte. „Dann los ! Wir sehen uns dann alle spätestens in ein, zwei, drei Tagen in Fulinpach wieder."

Nadelstiche

Der junge Pfarrer lehnte sich zufrieden zurück. Sein Gesicht zeigte deutlich, wie wohl ihm das Lob seiner beiden Gäste getan hatte.

„Jawohl," wiederholte der eine Mönch, „Ihr habt, wie mein Mitbruder eben sagte, hervorragende Arbeit bisher geleistet. Der Bischof wird sehr zufrieden sein. So wie Ihr es uns beschrieben habt, sind die Leute im Dorf schon recht aufgebracht. Und nun setzen wir noch eines drauf. Auch der Himmel soll zeigen, dass er nicht einverstanden ist mit dem unchristlichen Leben der Burgfamilie."

„Der Himmel ?" fragte der Pfarrer erstaunt. „Aber wie soll der Himmel es denn zeigen ? Ich verstehe nicht, ..."

„Ihr habt doch sicher eine Marienfigur in Eurer Kirche ?" meinte der Mönch, ohne auf seine Frage einzugehen.

„Gewiss, gewiss," antwortete der Pfarrer, „eine wunderschöne, fast lebensgroße Maria steht neben dem Altar. Eine besonders schöne Schnitzarbeit von einem der besten Handwerker." Er zögerte etwas. „Doch ich verstehe nicht, was Ihr meint ?"

„Was wir meinen, ist ganz einfach," sagte der erste Mönch nun, „es ist so einfach, dass alle Menschen, auch die Dümmsten, es verstehen können. Wenn die Marienstatue weint, dann ist das doch für alle Menschen das sichtbarste Zeichen des Himmels, dass Maria um Sünder weint. Sie weint, um alle anderen zu mahnen, den christlichen Weg nicht zu verlassen. Sie weint, um die Sünder wieder auf den rechten Weg zurückzubringen. Und," fügte er ernst hinzu, „sie weint, um Euch, dem Pfarrer, die Argumentation zu erleichtern. Eure bisherigen Aussagen werden damit bekräftigt, und Eure zukünftige Argumentation wird erleichtert. So einfach ist das."

„So einfach ist das," wiederholte der Pfarrer verständnislos, „aber ich habe das noch nicht ganz verstanden. Unsere Marienstatue weint doch gar nicht ? Ich habe jedenfalls noch nichts davon bemerkt."

„Noch nicht, noch nicht," lächelte der zweite Mönch, „eine Holzstatue weint auch nicht von selbst. Doch Ihr seid ja ein verlässlicher Mann der Kirche , oder ? Also dann wisst Ihr auch, dass man dem einfachen Mann, der weder lesen noch schreiben kann, nicht einfach eine lateinische Bibel in die Hand drückt, sondern man muss ihm deutliche Hinweise geben, wie er unsere Wege zu gehen hat. Und ein Wunder ist doch wahrlich ein sehr deutlicher Hinweis."

Der erste Mönch sprach weiter. „So wie man Euch als gebildetem Mann der Kirche ein Schreiben des Bischofs überreicht, in dem vorgeschrieben steht, was Ihr zu tun habt, so zeigt man dem einfachen Volk mit einem Wunder eben Gottes Willen. Denn letztendlich wollen wir ja nur dieses erreichen."

„Ja, gewiss, das verstehe ich schon," antwortete der Pfarrer, „wir benutzen also ein Wunder, um die einfachen Menschen auf dem richtigen. Auf dem Weg der Kirche zu halten. Aber wie lassen wir das Wunder geschehen ?"

„Nichts ist einfacher als das," erklärte der zweite Mönch, „kommt, wir gehen gemeinsam in Eure Kirche und bereiten alles vor. Werkzeug und ein wenig rote Farbe haben wir dabei, Ihr holt bitte noch einen Kelch Wasser und eine Kerze."

Der erste Mönch nickte und fügte hinzu : „Und schon morgen kann Maria das erste Mal weinen. Weinen wegen der Sünder auf der Burg. Der Bischof wird mehr als zufrieden sein mit Euch."

Ob dieses Lobes erstrahlte der junge Pfarrer und beeilte sich, Wasser und Kerze zu holen.

*

Wie ein Lauffeuer ging die Kunde im Tal um. Die Marienstatue in der Dorfkirche hatte während des Gottesdienstes geweint. Geweint ! Angesichts dieses Wunders waren alle in die Knie gefallen, und der Pfarrer hatte seine Stimme noch mehr als sonst erhoben und die Sünder angeklagt, die mit ihrem unchristlichen Leben die Gottesmutter zum Weinen treiben. Keine Namen hatte er genannt, in keine Richtung hatte er mit dem Finger gezeigt, und doch wusste jeder, wen er meinte.

Auch die, die bisher ruhig und besonnen waren, auch die, die bisher nicht sonderlich interessiert gewesen waren, waren nun in heller Aufregung. Die heilige Maria hatte mit einem Wunder gemahnt, nicht die Sünder außer Acht zu lassen. Sie erinnerte mit ihrem Weinen, das alle bis tief ins Innerste ergriffen hatte, an die Pflicht aller Christen, sich gegen unchristliches Tun zu stellen.

Nun war keine Diskussion mehr nötig, kein Einwand mehr fiel. Die Stimmung bei den Menschen im Tal brodelte.

verstärkung

Stephan brauchte in der Residenz nicht lange Zeit vertrödeln. Da der Herzog selbst unterwegs war, wurde er sofort an Max, den Sohn, verwiesen, und das war ihm ja mehr als recht.

Max hörte sich aufmerksam den Bericht an, stellte ein paar Fragen zu dem Kampf mit den Aiblinger Gerichtsknechten und meinte dann : „Zwei Anmerkungen : Mit dem nächsten Boten, der zum Hofgericht Aibling abgeht, lasse ich die Geschichte mit den eingesperrten Kindern klären, ebenso den Ärger mit den Gerichtsknechten. Das bedeutet aber natürlich, dass vorläufig die Kinder besser noch versteckt bleiben. Und das Zweite : Beurlauben kann ich euch in dieser Situation selbstverständlich nicht."

Als er sah, dass Stephan seine Enttäuschung nicht verbergen konnte, grinste er ihn an und setzte schnell hinzu : „Ihr könnt doch nicht erwarten, dass ich euch mitten in einem Einsatz frei gebe ! Der Auftrag, den ihr von meinem Vater bekommen habt, ist natürlich erst beendet, wenn ihr eure, na sagen wir mal Gäste, wenn ihr die auf Burg Tiers in Sicherheit habt ! Und bis das erledigt ist, gilt jede weitere Unternehmung als Einsatz. Schließlich hat mein Vater euch ja zugestanden, dass ihr nach eigener Lageeinschätzung verfahren sollt."

Amüsiert beobachtete Max, wie sich Stephans Miene sichtlich aufhellte. Dann wurde er wieder ernst. „Aber ich habe doch noch eine Anweisung an euch. Mir ist nicht wohl dabei, wenn ihr nur zu zweit seid; immerhin müsst ihr euch ja nebenbei noch um kleine, noch nicht selbständige Kinder kümmern."

Er sah Stephan fragend an. Der nickte : „Ja, ab jetzt könnten wir schon Unterstützung brauchen, dann tun wir uns alle Male leichter."

Max erhob sich und gab ihm die Hand. „Dann melde dich drüben," er zeigte mit dem Daumen über die Schulter zur Kaserne des herzoglichen geheimen Dienstes, „gib' Bescheid, dass euer Einsatz noch nicht beendet ist und lass dir noch zwei Männer mitgeben."

Sie verabschiedeten sich voneinander und Stephan machte sich beschwingt auf den Weg - die Reise nach Tiers rückte in greifbare

Nähe.. Und merkwürdig, bei dem Gedanken an seine Familie, bei der Aussicht, bald die Eltern und die Schwestern nach längerer Zeit wieder zu sehen, war er sich bewusst, dass er das hübsche Zigeunermädchen bereits mit eingebunden hatte in die Bedeutung des Wortes ‚Familie'. Er freute sich, nein, er brannte direkt darauf, sie seinen Eltern und Geschwistern vorzustellen. Und im selben Moment überkam ihn ein Schreck, ein Gefühl, dass er etwas Wichtiges vergessen hatte : Er hatte sie ja noch nicht einmal nach ihrem Namen fragen können, womöglich kannte den nun Raimund vor ihm !

Und plötzlich hatte er es doppelt eilig, zur Kaserne hinüberzukommen. Der wachhabende Offizier kannte den ‚Weißen' und scherzte : „Nanu, nanu, hast du deinen schwarzen Zwillingsbruder verloren ?" und ließ zwei junge Ritter kommen, die mit Stephan und Raimund in der gleichen Gruppe in der Grundausbildung gewesen waren.

Stephan drängte die beiden auf einen raschen Aufbruch und so waren sie im Handumdrehen unterwegs.

Die beiden waren etwas älter als er und Raimund, aber von ähnlichem Schlag und hatten sich immer gut verstanden. Achim von Isny war über den Umweg über das Militär zum geheimen Dienst gekommen. Sein Vater hatte gehofft, dass er sich im Felde oder irgendwie sonst hervortun, die Aufmerksamkeit des Herzogs auf sich lenken und dann irgendwie belohnt hätte werden können, vielleicht ja sogar mit einem Lehen. Allerdings setzte der Herzog in der Politik nicht gerne auf kriegerische Auseinandersetzungen, vermied, wo es ging, Konflikte mit Fehden oder gar Kriegen auszutragen und gab damit einem jungen Ritter in diesem Bereich kaum eine Möglichkeit, sich nach oben zu arbeiten. Weitaus effektiver war das stille Wirken des herzoglichen geheimen Dienstes, wobei man hier wohl durchaus dieses Wirken als ebenfalls eine Art ‚Kampf auf dem Feld' ansehen mochte.

Auch Johann von Aschau war nicht schon als ganz junger Ritter zum geheimen Dienst gestoßen, aber sein Umweg war ein anderer. Als einer unter sieben Brüdern hatte er keinerlei Erbanspruch. Als er sich mit der einzigen Tochter eines wohlhabenden Grafen verlobte, schien ihm dennoch eine glänzende - vor allem finanziell - Zukunft vorherzustehen. Doch alles zerschlug sich in einer Nacht, als die Grafentochter eine Treppe hinunterstürzte und sich das Genick brach. Johann verließ daraufhin das Land und verdingte sich zwei Jahre in fremdem Dienst, wurde aber nicht ruhig und kehrte zurück. Ein Onkel, der öfter in der Residenz zu tun hatte, machte ihn auf den herzoglichen geheimen Dienst aufmerksam.

Zunächst waren die beiden enttäuscht, dass bei Stephans und Raimunds Auftrag das wirklich Interessante offensichtlich schon vorbei war.

„Personenschutz haben wir gerade hinter uns," maulte Johann nicht allzu ernst, „a) stinklangweilig und b) beliebte der hohe Herr weder muh noch mäh, auf alle Fälle nicht danke zu sagen."

Stephan grinste. „Dann richtet euch darauf ein, dass euch unsere Schützlinge wieder nicht danken werden. Bei uns sind es Kinder."

„Oh Gott," stieß Achim hervor, „Kinder ! Das werden dann wohl ein paar verzogene Fratzen aus irgendeiner höheren Familie sein, wenn man dafür extra Leute aus dem Dienst braucht."

„Nein, die sind bestimmt nicht verzogen, im Gegenteil !" feixte Stephan. „Ganz im Gegenteil. Es sind Zigeunerkinder."

„Zigeunerkinder ?" fragte Achim verblüfft. „Das ist nicht dein Ernst ! Da steckt doch was dahinter. Soll der Sippenälteste zu einer Zusammenarbeit mit dem Dienst gepresst werden ?"

Auf Stephans unverständige Miene hin erläuterte Johann : „ Achim meint, ob du und der Schwarze ein paar Zigeunerkinder entführt habt, damit der Anführer der Sippe dazu gezwungen werden kann, mit uns in irgendeiner Sache zusammenzuarbeiten."

„Was glaubt denn ihr !" war Stephans entrüstete Antwort. „Wir entführen doch keine Kinder ! Nein, im Gegenteil, wir haben sie in einer Nachtaktion aus dem Aiblinger Gefängnis herausgeholt. Und jetzt müssen wir sie in Sicherheit bringen. Also vorwärts, mehr Tempo ! Ich erkläre euch unterwegs mehr."

Achim hob eine Hand und meinte zufrieden : „Aha, dachte ich mir's doch. Aus dem Gefängnis herausgeholt ! Dann steckt doch mehr dahinter. Dann wird's vielleicht doch kein langweiliger Einsatz werden."

Auch Johann lachte zufrieden. Sie schlugen einen ziemlich scharfen Galopp an und es ging nach Südosten.

tiers

Christina von Tiers, die Burgherrin, war mehr als beunruhigt. Und auch Pater Sebastianus, der gestern den ganzen Tag über versucht hatte, ihr die Angst etwas zu nehmen, musste sich heute eingestehen, dass entweder etwas passiert war oder dass der Burgherr einen für sie nicht einsichtigen Grund haben musste, so lange ohne eine Nachricht fern zu bleiben.

Nein, dachte er und schüttelte dabei in Gedanken seinen Kopf, es steht wohl eher zu befürchten, dass Stephan etwas Unvorhergesehenes passiert sein musste, denn seine Familie im Unklaren über seinen Verbleib zu lassen, das war nicht seine Art. Aber was konnte man denn tun ?

Vor einer Woche war der erste Überfall gewesen. Am Rande des Tales hatten einige Reiter nach Einbruch der Dunkelheit einen Bauernhof angegriffen, Tiere und Menschen über die Felder gejagt und den Vorratsschuppen niedergebrannt. Stephan war, als man das Feuer von der Burg aus sah, mit mehreren Knechten hinunter geritten, zunächst in der Absicht beim Löschen zu helfen. Als er erfuhr, dass es ein Überfall gewesen war, suchten er und die Knechte die weitere Umgebung ab, aber ohne Erfolg.

Bereits in der Nacht darauf fand der zweite Überfall statt. Nur war es diesmal noch schwieriger, Spuren der Täter zu suchen, da sie diesmal den Hof nur verwüstet, aber nichts angezündet hatten. Es dauerte also sehr lange, bis die Nachricht vom Überfall bis zur Burg gelangte. Überhaupt nicht lange dauerte es aber, bis herumerzählt wurde, dass der Schutz durch den Burgherren äußerst mangelhaft sei.

Stephan versuchte, sofort zu reagieren. Er postierte am nächsten Abend an fünf verschiedenen Stellen im Tal jeweils zwei Knechte, die Wache halten und mit Fackelzeichen die anderen und natürlich auch den Rest der Burgbesatzung zu sich rufen sollten, sobald sie jemanden oder irgendetwas bemerken würden.

Und doch hatte sich am nächsten Morgen herausgestellt, dass ein weiterer Bauernhof verwüstet worden war. Doch diesmal waren die Bewohner im Stall eingesperrt worden und hatten erst bei Tagesanbruch gewagt, einen Fluchtversuch zu unternehmen.

„Das sind keine gewöhnlichen Räuber," hatte Stephan im Gespräch mit Christina und Sebastianus festgestellt, „sie kommen an den Wachposten vorbei, ohne dass die etwas merken, und dann wird nichts gestohlen, nur Unheil angerichtet."

„Da will jemand etwas anderes erreichen," hatte Sebastianus stirnrunzelnd gemeint, „mir scheint, das zielt auf Ärger ab. Ich kann mir nicht helfen, aber mir kommt es so vor, als käme nach dem theoretischen Sticheln des Dorfpfarrers nun eine Art praktisches Zustechen."

Stephan hatte genickt. „Genau. Allerdings hat dieser Ärger langfristige Auswirkungen. Wenn noch mehr Vorratsspeicher zerstört werden, dann wird es im Winter kritisch für unser Tal."

Christina, die bis jetzt nur zugehört hatte, war sehr in Angst. „Aber was willst du denn tun ?" fragte sie und ahnte die Antwort schon, als sie ihrem Mann ins Gesicht sah.

Der hatte sie in den Arm genommen und mit ruhiger, fester Stimme gesagt : „Der einzige, den ich dabei brauchen könnte, das wäre unser Sohn. Unser Stephan hätte von mir genug gelernt, um zu verstehen, was ich heute Nacht vorhabe. Aber nachdem er nun mal nicht da ist und ich von unseren Knechten niemanden dafür brauchen kann, werde ich heute Nacht allein herumstreifen."

Er hatte die Angst in Christinas Gesicht gesehen und dazugefügt : „Glaub mir, ich bin gerade allein beweglicher und damit sicherer."

Fast musste er lächeln, trotz der sichtbaren Angst seiner Frau, in Erinnerung weit zurückliegender Zeiten. „In einer Nacht-Aktion war ich nie zu schlagen. Ich werde genauso unsichtbar sein wie damals."

„Und genauso erfolgreich !" hatte Sebastianus hoffnungsvoll zugestimmt.

Trotz aller Angst hatte Christina sich ein Lächeln abgerungen. „Aber die Aufträge, die du damals ausgeführt hast, endeten wohl etwas anders. Denk immer daran, jetzt hast du eine Familie, die dich braucht. Und," hatte sie leise hinzugesetzt, „ein bisschen älter als damals bist du auch."

„Älter ja," hatte Sebastianus zu beruhigen versucht, „ein bisschen älter schon, aber ich meine, Gehirn und Körper sind noch so beweglich wie früher."

Und so hatte sich Stephan von Tiers nach Anbruch der Dunkelheit auf den Weg gemacht.

Hätte ihn jemand vom Gesinde gesehen, so hätte er sicher manch Schrecken erregt, aber er war tatsächlich wie vor zwanzig Jahren, lautlos und unsichtbar. Jedes Kleidungsstück war schwarz, Haare, Gesicht und Handrücken mit Ruß verdunkelt. Sogar die zwei Dolche, die er dabei hatte, waren rußgeschwärzt und würden im Falle einer Verwendung weder blinken noch glänzen.

Jede Bewegung Stephans zerfloss im Dunkeln, er verschmolz mit seiner Umgebung. Und während im Dorf und auf den Höfen alles schlief, streifte ein Schatten in der Dunkelheit durch das Tal, verhielt und lauschte, streifte weiter.

Doch der Burgherr kehrte am Morgen des nächsten Tages nicht zurück, auch nicht während des Tages und auch nicht am übernächsten Tag. Er blieb verschwunden. Und merkwürdigerweise war in diesen Nächten kein weiterer Überfall geschehen.

Christina, die sich schon in ihrer Jugend in der Männerwelt, die sie umgab, durchzusetzen wusste, organisierte am Morgen des zweiten Tages eine Suchaktion. Jeweils drei Waffenknechte hatten einen bestimmten Teil des Tales abzusuchen, aber diese Suche brachte kein Ergebnis.

Schließlich schnaufte Sebastianus tief durch. Es war für ihn, der er sich hier so wohl fühlte und der er das Reisen buchstäblich hasste, ein schwerer Entschluss.

Er nahm Christina am Arm und sagte : „Es hilft alles nichts, wir müssen der Tatsache ins Auge sehen, dass wir hilflos sind. Wir brauchen so schnell wie möglich kompetente Hilfe. Und da wird mir nichts anderes übrig bleiben, als dich um ein Pferd zu bitten. Ich reite zur Residenz."

Christina überlegte kurz, nickte dann und meinte : „Danke, Sebastianus, ja, tu das bitte. Aber nicht zur Residenz. Wenn du über Kufstein reitest, führt ab der Brannen-Burg ein Weg westwärts ins Mangfalltal. Da kommst du an Gut Fulinpach vorbei. Vielleicht lebt Georg von Fulinpach noch, der kann ....."

„Doch, der lebt !" rief Sebastianus lebhaft. „Der ist immer noch Maximilians wichtigster Ratgeber."

Dann wandte er sich zur Tür und seufzte. „Lass mir bitte ein Pferd herrichten, das nicht allzu wild ist. Ich bin gleich soweit, meine Kutte hab ich an, und Essen und Trinken bekommt ein Mönch fast überall."

„Danke dir, Sebastianus," wiederholte Christina noch einmal, „aber soll ich dir nicht lieber einen tüchtigen Knecht mitgeben ?"

Dieser wehrte ab. „Ich reite allein. Ein einzelner Mönch fällt nirgends auf. Und wenn ich wirklich aufgehalten werde, glaubt mir jeder, dass ich eine dringende Botschaft von einem Kloster zum anderen bringe."

von fulinpach nach tiers

Als Stephan mit seinen beiden neuen Begleitern, Johann und Achim, in Fulinpach ankam, freute sich Raimund über diese Verstärkung.

„Vier Kindermädchen sind allemale besser als nur zwei !" rief er aus und bat alle ins Haus.

Doch er war nicht der einzige, der sich freute. Das kleine Zigeunermädchen, das nur die fremde Sprache sprach aber dennoch ständig erzählte, hing mit überglücklichem Gesichtchen sofort an Stephan und ließ ihn keine Sekunde mehr aus den Augen. Sie blühte geradezu auf und erzählte und erzählte, wobei er nichts verstand, doch ihre Äuglein strahlten dabei und verfolgten jede seiner Bewegungen.

Beim Essen wehrte sie sich mit Händen und Füßen dagegen, selbst auf einem Stuhl zu sitzen und gab erst Ruhe, als sie auf Stephans Schoß sitzen durfte.

Ein bisschen machte es ihn verlegen, als sich Achim und Johann darüber gutmütig belustigten, aber noch viel verlegener machte es ihn, dass das verletzte Zigeunermädchen - das offenbar nicht mehr an Schmerzen litt - sichtlich genauso erfreut war, ihn zu sehen, wie die Kleine und sich demonstrativ neben ihn setzte.

Raimund erkannte, was die beiden fühlten und war taktvoll wie nie und machte darüber keine Bemerkung.

Während des Essens erfuhr Stephan, dass der Zigeunerbub Janni hieß, die kleine Marti und die - auch das sagte sie ihm - Siebzehnjährige Ilona.

Schon während der Mahlzeit besprachen sie alles Notwendige für den Weiterritt nach Tiers. Wegen der Kinder war eigentlich eine Kutsche angeraten, aber das würde das Reisetempo arg drosseln. Für eine schnelle Reise sprach der Ritt zu Pferde, aber das wiederum würde in einem Notfall die Bewegungsfähigkeit derjenigen, die dann die Kinder bei sich sitzen hatten, gewaltig einschränken.

Sie waren mitten in der Diskussion, als eine Magd zu Raimund trat und ihm mitteilte, am Tor wäre ein Mönch.

Raimund winkte ab. „Ich hab' jetzt keine Zeit, führ ihn in die Küche und gib' ihm was zu essen."

Die Magd schüttelte den Kopf. „Er will eigentlich ganz dringend mit Eurem Vater sprechen. Ich hab' ihm gesagt, dass nur Ihr da seid, und jetzt will er zu Euch. Es geht um Leben und Tod, sagt er."

Raimund runzelte unwillig die Stirn, erhob sich und bat die anderen um eine kurze Unterbrechung.

Der Mönch, ein älterer und sehr beleibter, kleiner Mann, war inzwischen im Vorhof. Offensichtlich war er zu Pferd gekommen, denn der Stalljunge hielt eines, das Raimund nicht kannte.

„Pater," sprach er ihn sofort an, „ich möchte nicht unhöflich sein, bitte kommt herein. Ihr könnt Essen und Trinken bei uns bekommen, aber ich selbst bin mitten im Aufbruch. Ich habe einen herzoglichen Auftrag, der keine Vertrödelungen duldet."

Der dicke Mönch lächelte ihn an. „Lobenswert, junger Herr !" sagte er schnaufend, wischte sich den Schweiß von der Stirn und machte einen Augenblick Pause, da er doch ziemlich außer Atem war.

„Sehr lobenswerter Arbeitseifer. Aber was den Herzog betrifft, so schwöre ich Euch, dass dieser mein Anliegen für dringlicher als Euren Auftrag erachten wird. Es geht um das Leben eines seiner wichtigsten Männer !"

Raimund horchte auf. „Ihr seid für den Herzog unterwegs, Pater ?"

Der Mönch nickte. „Eine Gegenfrage : Herr Georg ist nicht da ?"

„Nein," antwortete Raimund, „aber Ihr könnt mit mir alles offen besprechen. Ich bin sein jüngster Sohn."

„Schön," lächelte der Mönch, „mein Anliegen ist schnell berichtet. Ich brauche dringend Hilfe aus dem herzoglichen geheimen Dienst."

Kurz war Raimund verblüfft, dann fasste er sich. „Ihr wisst als Mönch vom geheimen Dienst ?"

Statt einer Antwort machte der Mönch mit drei Fingern der linken Hand ein Zeichen, das Raimund wohl kannte.

Während er automatisch mit der Linken das entsprechende Antwortzeichen formte, fragte er bestürzt : „Ihr gehört zu uns ?"

Doch sofort ging er zum Du über und fügte er hinzu : „Komm schnell mit rein, wir sind im Moment mit vier Aktiven hier. Vielleicht können wir dir helfen."

Erstaunt sahen alle auf, als Raimund mit dem Mönch eintrat.

„Ich weiß," sagte Raimund sofort, „wir haben keine Zeit. Aber dieser Mönch hier ist einer von uns und braucht dringend Hilfe. Und die hat, wie Ihr wisst, Vorrang."

Er bat Ilona, mit Marti und Janni kurz im Nebenraum zu warten, stellte alle mit Vornamen vor uns bat den Mönch, sich zu setzen und zu berichten. Dieser schnaufte kurz und ließ sich ächzend auf einen Stuhl fallen.

Unwillkürlich dachte Raimund an seine Mutter, die vor einigen Jahren energisch durchgesetzt hatte, dass nicht irgendwelche Stühle geschreinert wurden, sondern die stabilsten, auch wenn es erheblich teurer war. „Die halten dafür länger !" hatte sie damals zu ihrem Mann gesagt, und Raimund grinste nun bei dieser Erinnerung in sich hinein und dachte sich : Und vor allem besser !

„Ich bin Sebastianus," begann der Mönch, „und ich bin seit einiger Zeit im Auftrag des Dienstes als Seelsorger auf einer Burg ziemlich weit unten im Süden."

Er schnaufte wieder ein paar Mal tief durch und fuhr fort. „Ich darf nichts Näheres über den Burgherrn sagen, nur so viel, er steht unter dem Schutz des Herzogs. Nun ist er spurlos verschwunden. Seit einiger Zeit geschehen merkwürdige Dinge, die sicher darauf abzielten, den Burgherren zu schädigen. Jetzt vor kurzem gab es Überfälle, bei denen nichts gestohlen, dafür aber umso mehr zerstört worden war, und der Burgherr machte sich allein auf die Suche. Von dieser Suche kehrte er allerdings nicht zurück. Die Waffenknechte, die das ganze Tal abgesucht haben, haben ihn nicht gefunden. Ich brauche also dringend Leute aus dem Dienst."

„Er hat sich *allein* auf die Suche gemacht ?" fragte Stephan amüsiert. „Das würde mein Vater in so einem Fall auch machen."

„Beim Wichtigen bleiben !" mahnte Johann und fragte : „Sebastianus, am schnellsten ginge es natürlich, wenn wir vier dir helfen würden."
Er wandte sich wieder an Stephan und fragte : „Unser Weg geht doch auch nach Süden, oder ? Da könnten wir doch die Kinder am Bestimmungsort abliefern und sofort anschließend mit Sebastianus zu seiner Burg weiterreiten."

Stephan nickte. „Das wäre schon eine Möglichkeit. Ich weiß, dass Hilfe vorrangig zu leisten ist. Aber mir liegt auf alle Fälle viel daran, wenn wir die drei erst nach Tiers bringen können."

Der Mönch sprang trotz seiner Leibesfülle so rasch vom Stuhl auf, dass dieser umkippte und alle erschraken.

Sebastianus zeigte mit dem Finger auf Stephan und rief erregt : „Nach Tiers ? Bist du Stephan von Tiers ?"

Stephan fühlte ein Kribbeln den Rücken hinaufsteigen und gleichzeitig formte sich Druck in seinem Magen. Er nickte nur.

Der Mönch plumpste wieder auf seinen Stuhl, den Raimund aufgerichtet hatte, starrte Stephan an und brach in erleichtertes Lachen aus.

„Stephan von Tiers !" rief er und klatschte sich fröhlich auf die Schenkel. „Du kennst deinen Vater ! Ja, so ist er ! Ganz allein hat er sich in der Nacht auf den Weg gemacht, keinen Knecht hat er mitgenommen. Der einzige, den ich brauchen könnte, das ist mein Sohn, hat er gesagt ! Nur den könnte ich dabei brauchen ! Ha, Stephan. Wenn du wüsstest ! Ich hab' deinen Sohn gefunden !"

Nun starrten alle Sebastianus an. Als erster kam Raimund wieder zu sich. „Aber Sebastianus, dann kommst du von Burg Tiers ?"

Sebastianus nickte fröhlich.

Stephan hingegen war bleich geworden. „Was ist mit meinem Vater passiert ? Meinst du, er lebt nicht mehr ?"

Sebastianus schüttelte den Kopf. „Ich bin mir sicher, er lebt. Aber er braucht Hilfe. Herrgott, bin ich froh, dass ich ausgerechnet bei euch gelandet bin."

Stephan wollte noch etwas fragen oder sagen, aber Johann ließ ihm keine Zeit. „Ihr könnt beim Ritt über alles reden. Jetzt heißt es, keine Zeit zu verlieren."

Er wandte sich an Raimund. „Meinst du nicht, dass es besser wäre, wenn du einen deiner Leute zur Residenz schickst zu deinem Vater, damit er uns Unterstützung organisiert ? Inzwischen können wir die Kinder abliefern und uns sofort auf die Suche nach Stephans Vater machen. Wenn dann nochmals fünf Mann nachkommen, können wir einiges auf die Beine stellen."

Raimund pflichtete ihm sofort bei. „So wird's gemacht. Und weil wir keine Zeit haben, ist auch die Diskussion ob kutsche oder Ritt entschieden. Ilona wird auf einem eigenen Pferd reiten können und die beiden Kleinen wechseln wir durch. Ich nehme an, Sebastianus, dass du gleich wieder mit uns zurück nach Tiers reitest ?"

Der Mönch sah ihn so gequält an, dass alle lachen mussten.

„In Gottes Namen," seufzte er, „in aller Heiligen Namen, da wird mir nichts anderes übrig bleiben."

Er wandte sich an Stephan. „Das lasse ich mir nicht entgehen, dass ich es bin, der deiner Mutter den Sohn heimbringt."

*

„Halt !" rief Stephan, der abwechselnd mit Ilona und Sebastianus an der Spitze geritten war, als sie soweit im Tal angelangt waren, dass man den Eindruck hatte, man könne es ganz übersehen. Vor ihnen auf einer leicht erhöhten Position lag Burg Tiers.

„Das ist mein Heimattal," sagte er stolz, als alle zu ihm aufgeschlossen hatten, „wir reiten hier den Weg rechts am Dorf vorbei, dann sind wir gleich bei unserer Burg."

„Ein schönes Fleckchen Erde," bestätigte Achim und sah sich rund um, „fast muss man sagen, schade, dass wir wegen Ärger hierher gekommen sind."

Lachend stimmten die anderen ihm zu.

Die ganze Reise war problemlos verlaufen, es war so viel Handelsvolk auf dieser Nord-Süd-Strecke unterwegs, dass ihre Gruppe überhaupt nicht weiter aufgefallen war. Die meiste Zeit bewegte sich Stephan in der Nähe Ilonas, doch hatte es ihn auch zum Mönch gedrängt.

„Wie kommt es," hatte er gleich bei erster Gelegenheit gefragt, „Sebastianus, wie kommt es, dass du behauptest, mein Vater stünde unter dem Schutz des Herzogs ? Von so etwas hat er nie geredet und mir ist auch nie etwas dergleichen aufgefallen, und vor allem, es war noch nie jemand vom Herzog auf unserer Burg ! Und wieso weißt du so über das Wesen meines Vaters Bescheid, wenn du, wie du selbst sagst, erst seit kurzem auf der Burg bist ? Und was heißt überhaupt Schutz ? Vor wem hätte mein Vater denn bisher geschützt werden müssen ?"

Sebastianus hatte mit Fragen dieser Art gerechnet.

„Stephan," hatte er nur geantwortet, „was dir dein Vater verschwiegen hat, kann *ich* dir natürlich nicht sagen, das steht mir nicht

106

zu. Dass ich deinen Vater aber gut kenne, ja sehr gut kenne, liegt daran, dass wir vor über zwanzig Jahren schon miteinander befreundet waren. Aber," er schmunzelte, „ich vermute, es wird nicht mehr lange dauern, bis du ihn selbst fragen kannst. Denn dass du ausgerechnet beim herzoglichen geheimen Dienst gelandet bist, wird seine Verschwiegenheit sicher ziemlich erschüttern."

Dann wurde er wieder ernst. „Aber zuerst müssen wir ihn finden!"

Als nun Stephan das Zeichen zum Weiterritt gab, rief Raimund : „Halt! Wartet!"

Er ritt neben Stephan und sagte so laut, dass ihn jeder verstehen konnte : „Nicht den Weg am Dorf vorbei! Ganz im Gegenteil, wir reiten laut und möglichst auffällig mitten durchs Dorf!"

Stephan schüttelte verwundert den Kopf und fragte : „Wieso denn auffällig? Für was ist das gut? Und außerdem ist der Weg durchs Dorf ein Umweg."

Raimund schüttelte ebenfalls den Kopf und grinste. Er nahm seinen Umhang ab und hängte ihn Ilona um.

„Der älteste Sohn des Burgherrn kommt mit seiner jungen Braut nach Hause zur Familie und schleicht sich um das Dorf herum? Nein, mein Lieber, wirklich nicht. Mitten durchs Dorf reitet ein stolzer Bräutigam, sollen doch alle seine hübsche Braut sehen! Und vor allem," er hob wie mahnend den Zeigefinger und zeigte dann auf Achim, Johann und sich selbst, „vor allem verstehen dann die Leute im Tal, dass deswegen seine Freunde mitgekommen sind. Und wenn in vielleicht einer Woche noch mehr junge Laute kommen, wird das auch niemanden wundern. Verlobung feiert man nun mal eben nicht allein."

Sebastianus grinste anerkennend und Johann und Achim schlugen die Fäuste in die Handflächen. Während Stephan wieder etwas errötete, sah man auf Ilonas Gesicht ein Strahlen, das für sich sprach. Sie hob eine Hand leicht in Richtung Stephan, und der ergriff sie und hielt sie fest.

„Aber wenn du schon alles durchdenkst, Raimund," fragte nun Sebastianus, „was ist mit den Kindern? Bringen die zwei schon zur Verlobung ihren Nachwuchs mit?"

Raimund grinste wieder. „Kein Problem, aber gut, dass du es ansprichst. Janni, Marti, Ilona und ich sind Geschwister, bei meinem Aussehen glaubt uns das jeder. Und da unsere Eltern leider zu früh verstorben sind, bin ich das Familienoberhaupt, und als solches bin ich mit der Verlobung einverstanden. Also wie gesagt, kein Problem."

„Und das," nickte Sebastianus wiederum anerkennend, „wird dann auch in Zukunft die Anwesenheit der Kinder auf Burg Tiers erklären.

Das ist ja selbstverständlich, dass sie als Waisen bei der älteren Schwester bleiben, wenn diese heiratet."

„*Wenn* diese heiratet ! Waisen sind wir ja tatsächlich," sagte Ilona nun leise mit einem Blick auf Stephan, „aber ihr alle vergesst, dass Marti, Janni und ich *Zigeuner* sind ! Stephans Eltern werden sich bedanken für solch eine Schwiegertochter."

Stephan und Raimund antworteten gleichzeitig.

„Sie werden dich mögen !" rief Stephan und „Ich schaue doch auch aus wie ein Zigeuner !" rief Raimund.

„Dann auf quer durchs Dorf !" posaunte Sebastianus fröhlich. „Ich kann es kaum noch erwarten, Christinas Gesicht zu sehen."

Auf die fragenden Blicke der anderen hin erklärte Stephan : „das ist meine Mutter. Aber ja, jetzt vorwärts, keine Zeit mehr vertrödeln !"

*

Der Getrappel-Lärm von sechs Pferden lockte in der tat im Dorf etliche Neugierige. Die meisten erkannten Stephan sofort und grüßten ihn, und er grüßte mit strahlendem Lächeln zurück. Demonstrativ hielt er sein Pferd an Ilonas Seite. Als Sebastianus sah, wie die Dorfbewohner die Köpfe zusammensteckten, auf die beiden zeigten und tuschelten, da war er sich sicher, dass Raimunds Vorschlag der einzig richtige gewesen war.

Christina von Tiers unterlag im Moment zwiespältigen Gefühlen. Zum einen wollte die Angst um ihren Mann natürlich nicht weichen, denn es war weiterhin kein Lebenszeichen von ihm eingetroffen, aber zum andern kam sie sich ein bisschen albern vor bei dem, was sie fast jede Stunde machte. Sie stieg nämlich, so oft sie konnte, die steilen Stufen des die Burg überragenden Bergfriedes hinauf und versuchte, das Tal zu übersehen.

Immer wieder schimpfte sie mit sich selbst, denn schließlich konnte Pater Sebastianus weder fliegen noch Wunder bewirken, und bis er den richtigen Ansprechpartner finden würde, würde wieder einiges an Zeit vergehen. Infolgedessen kam es ihr eigentlich lächerlich vor, so oft jetzt schon Ausschau zu halten.

Und doch - ihr Herz schlug schneller - was war da am Dorfrand ?

Eine leichte Staubwolke verhinderte eine genaue Sicht, doch, jetzt konnte sie es erkennen, es waren vier oder fünf, halt nein, sechs oder sieben Reiter. Auf dem vordersten Pferd saß ein kleiner, dicker Reiter.....

War das etwa Sebastianus ?

Mit einem Schlag verwandelte sich die Burgherrin in ein junges Mädchen und sprang behände die steinernen Stufen des Turmes hinab,

was eigentlich sehr gefährlich war, denn diese Stufen waren nicht auf Bequemlichkeit ausgelegt, sondern sehr uneben und fast nirgends gleich hoch, und dabei rief sie im Takt ihrer Sprünge vor sich her : „Sebastianus kommt mit Hilfe ! Sebastianus kommt mit Hilfe !"
Als sie am Tor der Burg angelangt war, waren die Reiter schon sehr nahe. Der erste war tatsächlich Sebastianus.
Ein dicker Stein fiel Christina vom Herzen.
Als Sebastianus durchs Tor ritt, wollte sie schon zu ihm hinlaufen, um ihn zu begrüßen, da erstarrte sie. Der zweite und der dritte Reiter waren dicht nebeneinander und hielten sich an Händen. Der eine war - Stephan ?
„Stephan !" rief sie überglücklich und rannte, ohne sich zu überlegen, dass sich so etwas für die Herrin einer Burg nicht gehörte, auf ihn zu.
Der schwang sich vom Pferd und umarmte seine Mutter.
„Stephan, du bist da ! Jetzt wird alles gut !"
Doch ihr Sohn löste sich wieder aus ihrer Umarmung, ging zum dritten Reiter, hob ihn vom Pferd - und kam Hand in Hand mit einem zugegebenermaßen außergewöhnlich hübschen jungen Mädchen, das allerdings wie eine Zigeunerin aussah, auf seine Mutter zu.
„Mutter," sagte er stolz, „das ist meine Ilona."
„*Deine* Ilona ?" fragte sie überrascht und gleichzeitig schoss es ihr durch den Kopf : er weiß noch nichts vom Unglück seines Vaters; doch schon war sie wieder Mutter und Burgherrin. Sie umarmte auch Ilona.
Dann begrüßte sie Sebastianus und forderte alle auf, ins Haus zu kommen. Dabei bemerkte sie, dass von den letzten beiden Pferden nicht nur junge Männer, sondern auch zwei kleine Kinder mit abgestiegen waren.
Auf ihren fragenden Blick hin nickte Sebastianus lächelnd mit dem Kopf und sagte : „Bitte uns nur alle herein, wir gehören alle zusammen, auch die Kinder."
Einer neugierig ums Eck schauenden Magd befahl Christina, in der Küche Bescheid zu sagen, dass für Gäste eine Mahlzeit aufzutischen sei und führte alle zum großen Zimmer. Dabei fühlte sie sich ein bisschen eigenartig, es war ein bisher unbekanntes Gefühl des Alleinseins, denn obwohl sie ihren Sohn nun fast ein ganzes Jahr nicht gesehen hatte, hatte er nicht sie an der Hand, sondern dieses fremdartig aussehende, hübsche Mädchen. Und doch musste sie sofort wieder über sich selbst lächeln und schimpfte sich wiederum albern.
Als alle saßen, Stephan mit dem Mädchen gleich neben ihr, tat ihr die Nähe des Sohnes trotz der Anwesenheit des Mädchens sehr wohl. Christina musterte rundum alle, die mit ihrem Sohn gekommen

waren und stellte fest, dass mehr so dunkel und fremdartig aussahen.

Und dann brachen sofort mütterliche Gefühle in ihr auf, als das kleine Mädchen - sie schätzte es auf höchstens vier Jahre - von ihrem Stuhl neben dem Bub herunterkletterte und sich wie selbstverständlich auf den Schoß ihres Sohnes setzte. Sie strich ihr über das Haar und erntete ein glückliches Lächeln.

Als Stephan zu reden beginnen wollte, wehrte Sebastianus sofort ab. „Nein, halt !" sagte er. „Ich habe euch geholt und ich nehme mir jetzt das Recht, euch alle vorzustellen."

Stephan lächelte, drückte die Hand Ilonas und ließ ihn gewähren.

„Also, liebe Christina," begann der Mönch, „ich hatte das unverschämte Glück, dass ich auf schnellstem Wege auf Angehörige des geheimen Dienstes getroffen bin."

Bei den Worten ‚geheimer Dienst' zuckte Christinas Zeigefinger zu ihrem Mund und mit leichten Kopfnicken wies sie mahnend zu ihrem Sohn.

Alle hatten es gesehen, alle lachten. Sie blickte verständnislos in die Runde.

„Also liebe Christina," amüsierte sich Sebastianus königlich, „jetzt wäre ich in einer verflixt guten Position, um mit dir über Gottes Willen zu diskutieren. Ich tu's aber jetzt nicht, nur, seltsam ist es schon, was einem manchmal im Leben begegnet ! Schau dich rund um, ich habe dir neben einer Schwiegertochter noch zwei kleine Kinder mitgebracht sowie *vier* Männer aus dem herzoglichen geheimen Dienst."

Die Zahl vier hatte er kräftig betont.

„Vier ?" fragte nun die Burgherrin verblüfft. „Wieso vier ? Noch kann ich doch zählen : Es sind doch drei ?"

Alle grinsten ihr ins Gesicht, auch ihr Sohn. Da begriff sie. „Was, Stephan ? Du auch ? Im ......"

In ihr drehte sich alles. Für einen Moment überlagerten sich in ihrem Kopf das Bild des jetzigen Augenblicks mit Bildern aus einer längst vergangenen Zeit. Und dann wurde alles dunkel um sie. Beide, die in der Nähe saßen, links Sebastianus und rechts Stephan, waren aufgesprungen, Stephan schneller, er fing seine Mutter auf, als sie von ihrem Stuhl rutschte.

Zusammen mit einer Magd, die gerade ins Zimmer gekommen war, brachte Stephan seine Mutter in ihr Zimmer. Ilona ging unaufgefordert mit.

Im Zimmer gab sie ohne groß zu fragen der Magd Anweisung, frisches Wasser und Tücher zu bringen.

Zu Stephan sagte sie : „Ich bleibe bei ihr. Du brauchst keine Angst zu haben, das ist nur ein Schwächeanfall. Wir haben ihr zuviel Aufregung ins Haus gebracht. Geh du hinunter zu den anderen, ich bleibe hier und kümmere mich um deine Mutter. Ich weiß, was ich tun muss."

Als er zur Tür ging, fiel Ilona etwas ein. „Stephan," sagte sie, „bring mir Marti hoch. Wenn ein kleines Mädchen dabei sitzt, wird deine Mutter ungezwungener mit mir reden können. Schließlich bin ich ja doch eine Fremde. Eine Zigeunerin."

„*Meine* Zigeunerin !" sagte Stephan und ging.

Als er Marti nach oben gebracht hatte und wieder zu den anderen gehen wollte, kam ihm im Gang der Knecht Johannes entgegen. Johannes war knapp zehn Jahre älter als Stephan, hatte aber in dessen Kindheit oft mit ihm gespielt und war so etwas wie ein älterer Freund. Stephan begrüßte ihn erfreut, bemerkte aber gleich dessen sorgenvolle Miene.

Johannes zog ihn am Ärmel beiseite. Er sah nach rechts und links, dann begann er : „Stephan, ich habe deinen Vater vor einiger Zeit gewarnt, dass der neue Dorfpriester die Leute gegen ihn aufhetzt."

Nochmals blickte er sich um, ob jemand in der Nähe wäre. „Deiner Mutter wollte ich nichts sagen, dass sie sich nicht noch mehr beunruhigt, aber du musst wissen, dass der Pfarrer - seitdem dein Vater verschwunden ist - gar nicht mehr gegen ihn redet, ganz im Gegenteil. Jetzt ist er richtig fröhlich und lässt in seinen Predigten durchblicken, dass jemand, der unchristlich lebt, stets seine Strafe bekommt."

Stephan kribbelte es in den Adern. „Du meinst, Johannes," sagte er leise, „dass der Pfarrer etwas mit dem verschwinden meines Vaters zu tun hat ?"

„Nein," schüttelte der Knecht den Kopf, „das kann ich mir nicht vorstellen. Der käme doch nie gegen deinen Vater an. Nein, aber ich glaube, er weiß irgendetwas. Vielleicht sogar, wo dein Vater ist."

„So habe ich es auch gemeint," antwortete Stephan, „danke dir, Johannes. Das hilft mir weiter."

Er eilte in das große Zimmer zurück und berichtete den anderen, was ihm der Knecht erzählt hatte.

Achim pfiff durch die Zähne und meinte : „Sieht mir nach einem guten Anhaltspunkt aus. Lasst uns beim Pfarrer beginnen. Wenn der von uns gleich ....."

Raimund fiel ihm ins Wort. „Wartet ! Das heißt, dass für uns der Hilfs-Einsatz beginnt."

Er wandte sich an Sebastianus. „Bitte, Sebastianus, nimm Janni mit und lasst uns allein. Was im aktiven Einsatz passieren soll, müssen wir vier allein besprechen."

Sebastianus nickte. „Komm, Janni, ich zeige dir mal die ganze Burg. Willst du ganz, ganz nach oben auf den Turm mit mir steigen ? Da dürfen sonst nur Ritter hinauf."

Janni sprang begeistert auf, nahm Sebastianus an der Hand und beide verließen das Zimmer.

Nun begann Achim noch einmal. „Das habe ich bereits erlebt, dass ein Pfarrer hinter einer verzwickten Geschichte steckt. Zumindest wissen wir, dass er etwas mit dem Verschwinden deines Vaters zu tun hat oder davon Näheres weiß. Das bedeutet, wir sollten ihn so schnell wie möglich befragen. Stephan, du und Raimund, ihr zwei Nachtspezialisten solltet die Befragung gleich heute Nacht über die Bühne gehen lassen."

„Ja," antwortete Stephan eifrig, „je eher, desto besser."

Johann gebot Einhalt. Er schüttelte den Kopf.

„Nein, nicht Raimund und Stephan. Hier kommen nur wir zwei in Frage, Achim."

„Es ist mein Vater, um den es geht," rief Stephan, „aus welchem Grund sollte ich hier, wo ich zuhause bin und mich auskenne, mich aus einer Aktion heraushalten ?"

„Eben aus diesem Grund," erwiderte Johann bedächtig, „überleg' doch mal. Der Pfarrer soll nur befragt, nicht umgebracht werden. Wir wissen nicht, wie schlau er ist, wir wissen nicht, wie gut er beobachtet, wir wissen nicht, wie sein Gedächtnis arbeitet. Das Risiko kannst du nicht eingehen, dass er dich später erkennt am Gang, an der Stimme, an irgendwelchen blöden Zufälligkeiten. Genauso ist es mit Raimund. Als dein bester Freund wird er noch oft hier auf Burg Tiers sein. Wir beide übernehmen die Befragung, Achim und ich, uns wird er nie im Leben wiedererkennen, denn ob wir jemals wieder hierher kommen ?"

Stephan musste zugeben, dass diese Argumentation stichhaltig war.

„Und außerdem," setzte Raimund hinzu, „handelt es sich bei dieser Befragung um eine Aktion, die Johann und Achim auf alle Fälle genauso gut erledigen können wie wir beide."

im pfarrhaus

Es gab zu allen Zeiten Menschen, die andere beobachteten und alles Mögliche über diese sammelten. Manche machten dies, um den eigenen Nutzen zu mehren. Eines der herausragenden Beispiele in der Geschichte unseres Landes war der einfache Postmeister, der aus der Post Informationen über hochgestellte Persönlichkeiten sammelte und sie derart geschickt verwertete, dass er es selbst bis in den Hoch-Adel schaffte. Demgegenüber blieben die, die andere bespitzelten, nicht für sich selbst, sondern für andere, die dies verwerteten, stets auf der Strecke, denn sie waren bei beiden Seiten schief angesehen. Nicht umsonst hieß der Spruch : Der größte Lump im ganzen Land, das ist und bleibt der Denunziant !

Und was diese Denunzianten eigenartigerweise nie begriffen, war die Tatsache, dass sie zwar von ihren Auftraggebern gelobt oder zunächst belohnt wurden, aber in Wahrheit immer verachtet, manchmal sogar gefürchtet wurden. Der Denunziant war dem Nutznießer per definitionem schon suspekt, weil man ja nie sicher sein konnte, dass er sich mit seiner Tätigkeit nur auf eine Richtung beschränkte.

Und so schlief der junge Pfarrer im Pfarrhaus des Dorfes einen seligen Schlaf und träumte von großen Belohnungen. Bestimmt war ihm der Bischof nunmehr freundlich gesinnt wegen seines Eifers in der Angelegenheit mit dem unchristlichen Burgherren, bestimmt würde sich der Bischof seiner erinnern, wenn es einen guten Posten neu zu besetzen gäbe. Und wer weiß, vielleicht in ferner Zukunft, säße man da etwa selbst auf einem Bischofsstuhl ?

Etwas störte seinen Schlaf. Unwillig knurrte er und drehte sich im Bett um. Doch die Störung blieb, irgendetwas war nicht so, wie es sein sollte. War da jemand ?

Er fuhr hoch, sah zwei dunkle Gestalten und wollte laut schreien, kam aber nicht dazu. Die eine Gestalt hielt ihm mit eisernem Griff den Mund zu, und die andere zeigte ihm einen blinkenden Dolch, setzte ihm diesen an den hals und flüsterte : „Wir bleiben jetzt ganz ruhig ! Ein einziger lauter Schrei und der Dolch sitzt in deinem Hals ! Hast du mich verstanden ?"

Ganz vorsichtig nickte der junge Pfarrer. Daraufhin wurde der Griff um seinen Mund gelockert, die Spitze des Dolches jedoch blieb spürbar am Hals.

„So," sagte die eine Gestalt, „vergiss meinen Dolch nicht ! Wir haben ausgemacht, wir bleiben ruhig. Denke dran, sonst hast du ihn blitzschnell im Hals."

Wieder nickte der Pfarrer vorsichtig und sah mit weit aufgerissenen Augen die beiden dunklen Gestalten an. Er konnte von den Gesichtern nicht viel erkennen, sie mussten wohl schwarz sein.

„Was wollt ihr von mir ?" flüsterte er leise.

„Diese Lautstärke gefällt mir, dabei bleiben wir," flüsterte die Gestalt mit dem Dolch. Die andere packte den Pfarrer nun bei den Haaren und sagte drohend : „Wir wollen wissen, was hier im Tal vorgeht. Du hast eine Zeit lang verkündet, dass der Burgherr sehr unchristlich sei. Doch nun scheinst du zu glauben, dass es mit ihm vorbei ist. Sag uns, warum !"

„ich weiß nichts vom Burgherren, damit habe ich nichts zu tun."

Der Griff in den Haaren wurde fester und schmerzhaft, der Dolch stieß in einem winzigen Punkt die Haut des Halses durch. Der Körper des Pfarrers versteifte sich, die Augen fuhren panisch hin und her.

„Erzähl uns keine Märchen, dass du etwas damit zu tun hast, wissen wir. Aber wir wollen mehr wissen. Jedes Mal, wenn du uns ein Märchen auftischst, sticht mein Dolch etwas tiefer zu."

Die zweite Gestalt beugte sich vor das Gesicht des jungen Pfarrers. „Fangen wir von vorne an ! Warum hast du begonnen, gegen den Burgherren zu predigen ?"

Voller Angst stöhnte der Pfarrer auf. „Zwei Mönche haben mich damit beauftragt."

„Und ?" fragte die Gestalt mit dem Dolch. „Einfach so zwei Mönche ? wer hat sie geschickt ?"

„Sie sagten, sie kämen vom Bischof," war die ängstlich gehauchte Antwort.

„Aha," sagte die zweite dunkle Gestalt, „und wie oft waren diese Mönche hier bei dir seitdem ?"

„Nur zwei, nein, dreimal."

„Das mag stimmen," sagte die Gestalt mit dem Dolch. „Haben sie dir dann einen weiteren Auftrag erteilt, oder dich vielleicht um irgendetwas gebeten ?"

Die Augen des Befragten huschten von links nach rechts und wieder von rechts nach links. „Nein, es ging immer nur um den Burgherren."

„Aber jetzt lässt du in der Predigt durchblicken, dass er seine Strafe erhalten hat. Sag uns genau, was du damit meinst !"

Der Angstschweiß lief dem jungen Pfarrer über das Gesicht, als der Dolch wieder etwas fester in die Haut gedrückt wurde.

„Ich, ich," stammelte er, „ich meine doch gar nichts. Ich kann doch nichts dafür, dass er weg ist."

Beide Gestalten schwiegen nun. Dann sagte die zweite langsam : „Woher weißt du, dass er weg ist ? Haben es dir diese Mönche gesagt ? Überlege dir gut, ob du uns anlügen möchtest !"

„Nein, ich lüge gewiss nicht !" beeilte sich der Pfarrer zu sagen. „Ich lüge gewiss nicht. Einer der Mönche war bei mir und hat mir gesagt, ich soll vorläufig aufhören mit dem Predigen gegen den Burgherrn. Und er hat noch gesagt, es wäre nicht mehr nötig, weil sie ihn haben. Ja, gewiss, so war es !"

Wieder schwiegen die beiden. Diesmal viel länger.

Dann ließ die zweite dunkle Gestalt seine Haare los, und dem Pfarrer kam es vor, als ob die Gestalt immer größer wurde, denn sie kam mit ihrem Gesicht so nahe an sein Gesicht heran, dass er den teuflischen Geruch von Ruß in die Nase bekam.

„Wo – ist – der – Burgherr ?" fragte die Gestalt in abgehackten Worten und gleichzeitig ritzte der Dolch die Haut etwas tiefer.

Der junge Pfarrer war am Ende. Wie ein Wasserfall sprudelten jetzt die Worte aus ihm heraus.

in der residenz

Der Knecht von Gut Fulinpach, den Raimund zur Residenz geschickt hatte, traf dort seinen Herrn an, wie er sich gerade zur Heimreise fertig machte. Da er solche Aufträge schon öfter erledigt hatte, wusste er, dass Georg von Fulinpach bei solchen Gelegenheiten kein langes Herumgerede vertrug, also berichtete er kurz und knapp vom Erscheinen des Mönches, dessen Gesuch um Hilfe sowie Raimunds sofortige Abreise mit drei weiteren jungen Männern.

Georg von Fulinpach glaubte nicht richtig gehört zu haben.

„Von Burg Tiers kam der Mönch ? Und Raimund ist jetzt dorthin unter-wegs ?" fragte er mit Entsetzen in der Stimme.

Der Knecht, der seinen Herrn gut kannte, spürte, dass an dieser Nachricht etwas außergewöhnlich Besonderes gewesen sein musste, und bestätigte stumm, nur durch Kopfnicken.

Georg drehte sich um, ohne seinen Knecht irgendeine Anweisung gegeben zu haben, ob er warten oder heimreiten solle, und rannte mit polternden Stiefeln durch den Flur, dass die Wachen zusammenzuckten. Jeden anderen hätten sie aufgehalten, aber der wichtigste Ratgeber hatte jederzeit freien Zugang zu den Zimmern des Herzogs.

Am Arbeitszimmer angekommen, riss Georg die Tür auf und stürzte hinein, so überraschend für die Anwesenden, dass alle Männer, die mit dem Herzog am Tisch saßen, aufsprangen. Es waren dies der Kommandant des geheimen Dienstes Arnhard von Glonn, seine beiden Stellvertreter sowie Max, der Herzogssohn.

Als sie sahen, wer da hereingestürmt war, setzten sie sich wieder. Was immer sie gerade besprochen hatten, jetzt war jegliches Gespräch verstummt. Alle sahen Georg von Fulinpach an.

Er war so außer Atem, dass er nur ein einziges Wort hervorstoßen konnte, das aber alle elektrisierte : „Tiers !"

Ein Moment der Stille trat ein, nur das heftige Atmen Georgs war zu hören, dann fragte der Herzog : „Was ist passiert ?"

Georg setzte sich auf einen freien Stuhl neben Arnhard.

„Zwei Katastrophen gleichzeitig," sagte er mit zittriger Stimme und griff sich an den Kopf, „mein Gott, stellt euch vor : Ein Mönch, das muss dieser Sebastianus gewesen sein, den ihr nach Tiers geschickt habt, der war auf Gut Fulinpach und hat um Hilfe gebeten. Der Burgherr sei nach einer Reihe von Anschlägen verschwunden. Und wie's der Teufel haben will, zu diesem Zeitpunkt ist ausgerechnet Raimund mit drei weiteren Männern des Dienstes auf Fulinpach gewesen und ist jetzt mit diesen dreien nach Tiers unterwegs."

Er musste absetzen und ein paar Mal tief durchschnaufen. „Und Raimund fordert Verstärkung an, so schnell wie nur möglich !"

„Raimund mit *drei* Männern ?" Arnhard runzelte die Stirn. „Ist da was an mir vorbeigelaufen ? Ich weiß von keinem Auftrag außerhalb der Zweiergruppen."

„Doch," sagte Marinus, „der Schwarze und der Weiße stecken eigentlich immer noch im Auftrag Maximilians wegen der Zigeuner im Mangfalltal, das hatten wir besprochen."

Er wies mit der Hand auf den Sohn des Herzogs. „Max hat den beiden zwei weitere Männer zugewiesen, weil sie Kinder in Sicherheit bringen mussten."

Arnhard überlegte kurz und wandte dann ein : „Und wohin wollten sie die Kinder bringen ? Haben sie das gemeldet ?"

Marinus verneinte.

Etwas schuldbewusst meinte nun der Herzog : „Ich habe den beiden ja völlig freie Hand gelassen. Sie sollten je nach Situation selbst entscheiden."

Arnhard nickte verstehend. „Dann brauche ich nicht mal zwei und zwei zusammenzählen, dann wollten sie die Kinder vermutlich sowieso nach Tiers bringen. Und damit brauchten sie nicht einmal ihren Auftrag zu unterbrechen, um dem Hilfegesuch Folge leisten zu können. Ginge es nicht ausgerechnet um Tiers, wäre so etwas ideal."

Er sah Marinus an, und der verstand sofort. Er nickte, stand auf und sagte : „Ich reite über Tegernsee und nehme von dort zehn Mann mit. Mit Ersatzpferden sind wir ziemlich schnell."

Auch Max erhob sich.

„Können wir was deichseln, dass ich mit kann ?" Er sah seinen Vater an. „Mit Stephan auf der Suche nach seinem Vater und dann ausgerechnet Raimund neben ihm wird es nicht schaden, wenn ich auch anwesend bin."

Der Herzog sah kurz Arnhard an, und als der nickte, antwortete er : „Ja, das geht ganz gut, glaube ich. In dieser Geschichte müssen wir dafür sorgen, dass uns nichts aus dem Ruder läuft. Du und Haymo, ihr übernehmt mit dreißig oder vierzig Mann Militär die vorläufige Sicherung aller Wege vor dem Tal. Dann habt ihr erstens Übersicht und Kontrolle über das Gebiet und seid zweitens sofort im Tal, wenn Raimund euch braucht."

Er verbesserte sich : „Entschuldige, nicht Raimund, sondern Marinus."

Dann wandte er sich an Arnhards Stellvertreter : „Das war jetzt nur ein Versprecher in der Eile, selbstverständlich hast du das Oberkommando !"

Marinus nickte lächelnd und der Herzog fuhr in nachdenklichem Ton fort : „Und ich kann mir nicht helfen, aber wenn die Katastrophe so ausfällt, wie wir uns es jetzt als Schlimmstes ausmalen können, dann möchte ich, dass das Militär als mein sichtbares Zeichen die nächste Zeit im Tal stehen bleibt."

Max und Marinus verließen eilig das Zimmer. Alle anderen blieben sitzen. Sie hatten noch etwas zu diesem Thema auszudiskutieren, und dabei fielen die beiden Namen Raimund und Stephan des öfteren.

an unbekanntem ort

Dunkelheit hatte Stephan von Tiers, dem Burgherren der Burg Tiers, noch nie etwas ausgemacht. Nein, als junger Mann hatte er in seiner Tätigkeit die Dunkelheit bevorzugt, eigentlich sogar geliebt. Damals hatten ihn die Momente der Zeitlosigkeit, die man unwillkürlich beim Warten im verborgenen, im Dunklen, empfindet, fasziniert und in eine tiefe, innere Ruhe versetzt - eine der Voraussetzungen für seine Erfolge.

Aber nun war alles anders. Eine Zeitlosigkeit, die sich nicht in Momenten abspielt, sondern im Gegenteil nicht endet, eine Zeitlosigkeit, die das Zeitgefühl überhaupt nicht zurückkehren ließ, das war nichts anderes als Folter.

Er wusste nicht, wie lange er hier schon eingesperrt war. Es war von Anfang an absolut dunkel gewesen, nicht einmal, wenn die Klappe für den Essensnapf aufgig, kam der geringste Lichtstrahl herein. Waren bisher Tage vergangen oder nur Stunden ? Oder doch schon Wochen ?

Dreh nicht durch ! schalt er sich, natürlich keine Stunden. Auch Tage waren wohl nicht die richtige Zeitrechnung, zwei, drei Wochen vielleicht ?

Am Anfang seiner Gefangenschaft hatte er den Raum gründlich untersucht, mehr als gründlich, mehr als einmal. Aber es war, wie er es schon beim ersten Mal festgestellt hatte. Kein Fenster, kein Riss, keine Fuge. Die Decke in unerreichbarer Höhe, der Fußboden aus offenbar schweren Platten. Keine Möglichkeit des Entrinnens. Kein Laut von draußen zu hören, nur in - und das erschwerte ein Mitzählen, das er als Ersatz für ein Zeitgefühl eine Zeit lang probiert hatte - nur in unregelmäßigen Abständen klopfte es zweimal an der schweren Holztür, eine Klappe unten am Boden ging auf und Essen und Trinken wurde hereingeschoben.

Es war eine Dunkelheit, die als Folter ausgelegt war, die ihn zermürben sollte, das war ihm klar. Und klar war ihm auch, dass niemand, auch nicht er, diese Folter auf sehr lange Zeit ohne Beeinträchtigung durchstehen konnte.

Noch hielt er sich mit allen seinen Tricks, mit Übungen und allem, was ihm einfiel, aufrecht. Geistige sowohl wie körperliche Übungen, und die waren auch das einzige, was er tun konnte.

Dazu kam, dass er nicht wusste, wer ihm das antat. Allerdings hatte er seine Befürchtung, wer es sein könnte, und diese Befürchtung löste in ihm, obwohl er sich dagegen wehrte, immer wieder Untergangsstimmung aus. Und zusätzlich nagte die furchtbare Sorge um seine Familie an ihm. Begnügte man sich mit ihm ? Oder waren Christina und seine Töchter auch in Gefahr ?

Zum Verhängnis geworden war ihm ein Fehler, den ihm die Zeit beschert hatte. Natürlich hatte er geahnt, dass es sich nicht um einfache Räuber oder zur Zerstörung ausgesandte Knechte irgendeines näheren oder weiter entfernten Nachbarn handeln würde.

Sein Misserfolg, der mit seiner Gefangennahme endete, war die Konsequenz aus der Tatsache, dass die Zeiten, in denen er allein mit Erfolg agiert hatte, nun mal eben über zwanzig Jahre zurücklagen. Zu glauben, dass man nach einer solchen langen Zeit - körperliche Übungen aller Art hin oder her - noch genauso agil wäre wie vor Jahrzehnten, das war eine Fehleinschätzung seiner selbst.

Die üble Folge dieser Fehleinschätzung war gewesen, dass er die, die er gesucht hatte, zwar gefunden hatte, aber von ihnen bemerkt und überwunden worden war. Und diese Fehleinschätzung führte nun zu dieser Gefangenschaft in absoluter Dunkelheit. Und wenn es sich um die handelte, mit denen er vor über zwanzig Jahren schon einmal zu tun gehabt hatte, dann stellte diese Zermürbungsfolter nur den Anfang dar.

Trotz aller aufkommender Untergangsstimmung musste er durchhalten, musste er sich an den einzigen Hoffnungsschimmer klammern, den er sich vorstellen konnte : Vielleicht wusste Sebastianus, was zu tun war ! Doch ja, er musste es doch wissen, wo allein Hilfe zu erbitten war ! Und wenn schon nicht für ihn, dann wenigstens Schutz für Christina und Elisabeth und Anna !

Stephan von Tiers' Grübeln wurde unterbrochen durch zweimaliges Klopfen. Er tastete sich zur Tür, ging vorsichtig in die Hocke und nahm den Essensnapf in Empfang.

auf burg tiers

Achim und Johann erstatteten Bericht. Sebastianus hatten sie mit einbezogen, da sie zu der Überzeugung gekommen waren, solange sie an Aktiven nur zu viert waren, sollte er besser über alles informiert sein. Es war ja immerhin möglich, dass sie unterwegs oder aus irgendeinem Grund nicht erreichbar waren, wenn Verstärkung eintraf, und dann konnte der Mönch alle notwendigen Informationen weitergeben.

„Genau die Sorte Mensch, die du uns beschrieben hast," sagte Achim zu Sebastianus, „nicht einen Funken an Rückgrat."

„Sei doch froh," warf Johann ein, „das hat es uns ja auch leicht gemacht. Also," er sah Stephan an, „wer immer es auch ist - der Pfarrer weiß nur von zwei Mönchen, die ihm Anweisungen gegeben haben - auf alle Fälle lebt dein Vater noch."

Ein Aufatmen ging durch die Runde.

„Das hab ich doch gewusst !" freute sich Sebastianus.

„Und wo ....." wollte Stephan sofort fragen.

„Das ist das Problem," sagte gleich Achim, „die Mönche haben aus einem Grund, den sie nur selbst kennen, dem Pfarrer Bescheid gesagt, dass sie Stephans Vater haben und dass er nicht mehr gegen ihn zu sticheln braucht. Aber er weiß nicht wo. Er hat allerdings in Erinnerung, dass der eine Mönch gesagt hatte : Wir lassen ihn erst einmal eine Zeit lang da oben im Altbau schmoren."

„Und da dieser junge Pfarrer sich hier im Tal noch nicht überall auskennt, bist jetzt du gefragt, Stephan !" fügte Johann hinzu. „Du kennst dich in deiner Heimat aus. Oben, das heißt wohl auf einem Berg, also zumindest oberhalb vom Tal. Wo gibt es ein Gebäude, das einen Altbau hat, also sicher etwas Verlassenes ?"

„Mönche !" nickte Raimund vor sich hin. Laut sagte er . „Gibt es irgendwo ein Kloster hier, wo sie sich verstecken können ?"

Stephan verneinte. „Nein, ein Kloster gibt es hier nirgends. Aber," er hatte nicht lange zu überlegen brauchen, „im Norden von hier, in Richtung auf den Schlern, den großen Berg, den man von hier aus sieht, da gibt es ein eigenartiges Bauwerk, das könnte man mit etwas gutem Willen als Altbau bezeichnen.

Niemand weiß, wer es gebaut hat, es stand angeblich schon zu Vorzeiten; ein einziger Raum ohne Fenster, merkwürdigerweise völlig aus Stein gebaut. Man erzählt sich hier im Tal, dass es eine Opferstätte gewesen sein soll von einem Volk, das in grauer Vorzeit hier lebte.

Eine Zeit lang hatten die Bauern und Wanderer es bei Unwetter als Schutzhütte genutzt, da konnten sie sogar das Vieh mit hineintreiben, aber irgendwie war dieser Ort allen unheimlich, darum wurde schon vor über hundert Jahren der Eingang verschlossen und eine Kapelle darübergebaut. Und auch die ist schon wieder halb verfallen. Ich habe aber keine Ahnung, ob es möglich ist, diesen sogenannten Altbau wieder zu nutzen, also irgendwie wieder hineinzukommen."

„Das lässt sich ja feststellen !" knurrte Achim.

Stephan stimmte zu, aber Johann mahnte zur Vorsicht. „Mit nur vier Mann ? Wir haben keine Ahnung, wie viele uns gegenüberstehen ! Wir können es uns nicht leisten, leichtsinnig zu sein, und schon gar nicht, Stephans Vater zu gefährden !"

Sebastianus stimmte sofort zu. „So lange kann es doch auch nicht dauern, bis Verstärkung hier ist."

„Na ja," antwortete Raimund, „das lässt sich natürlich schwer einschätzen. Hat unser Knecht meinen Vater rechtzeitig erwischt ? Und wenn ja, wird die Geschichte im Dienst als so dringend eingestuft, dass man sofort jemanden losjagt ?"

„Wenn es nach der Dringlichkeit geht," sagte Sebastianus entschieden, „dann verlasst euch drauf, ein Hilferuf aus Tiers wird garantiert vorrangig behandelt. Da wette ich meinen Bauch drauf !"

„Ein gewichtiger Einsatz !" grinste Stephan und machte einen Vorschlag. „Wir können doch bis dahin ganz vorsichtig das Umfeld erkunden. Wir ziehen eine zuerst weiten Kreis um die Anhöhe, auf der der Altbau steht und beobachten, ob und wie viele Leute sich dort bewegen. Dann können wir, sobald die Verstärkung da ist, den Kreis schließen, enger machen und losschlagen."

Alle nickten.

Noch einmal meldete sich Sebastianus zu Wort.

„Ich muss euch noch etwas sagen. Etwas, das euch bei der Einschätzung des Gegners helfen kann, natürlich vorausgesetzt, es handelt sich um die, die ich meine. Also, Stephans Vater hatte vor über zwanzig Jahren" - Raimund und Stephan sahen sich an - „arge Schwierigkeiten mit einer Sorte von Mönchen, die man am besten mit dem Ausdruck Kampfmönche umschreiben kann. Er selbst hat einmal zu mir gesagt, sie wären sehr gut ausgebildet und ihm in vielen Bereichen ebenbürtig. Nach all dem, was hier in letzter Zeit passiert ist, glaube ich, dass er, also nun ihr, es wieder mit solchen Kampfmönchen zu tun habt. Und wenn sie ihm damals ebenbürtig waren, dann rechnet damit, dass auch ihr heute auf Gegner trefft, die euch schwer zu schaffen machen könnten."

„Danke für diesen Hinweis," meinte Johann, „ebenbürtige Gegner, das ist wohl von Bedeutung. Dann interessiert mich aber, Stephan, was denn dein Vater war, wenn er Kampfmönche als ebenbürtig bezeichnet hat ?"

Stephan kam nicht zu Wort, denn Sebastianus antwortete : „Das kann Stephan nicht wirklich beantworten, und ich darf es nicht. Da liegt, sagen wir mal so, da liegt der herzogliche Mantel darüber."

Achim und Johann schwiegen zunächst beeindruckt. Dann grinste Achim und sagte : „Also ein gewichtiger Grund mehr für uns, erfolgreich zu sein und Stephans Vater zu finden. Und hol uns der Teufel, wenn *wir* dafür zu schlecht ausgebildet sein sollten !"

„Ach, weil du gerade Teufel sagst," erkundigte sich Sebastianus, „was habt ihr denn mit unserem jungen Dorfpfarrer gemacht ? Wenn der uns in die Quere kommt, weil er bei nächster Gelegenheit die Mönche warnt ?"

„Wird er sicher nicht !" grinste Achim wieder. „Wir haben ihn gut aufgeräumt."

Auf Sebastianus' erschrockenen Blick hin sagte Johann beruhigend : „Nein, nein, er lebt schon noch. Aber wir haben ihn gut verpackt auf den Dachboden gelegt. Schnaufen kann er ohne weiteres, und fasten kann er ruhig auch einmal zwei, drei Tage. Das schadet ihm nicht."

„Der arme Kerl, er tut mir fast leid," meinte Sebastianus, „er wird ganz schön Angst haben."

an unbekanntem ort

Etwas Besonderes musste vorgefallen sein. Etwas wirklich außergewöhnlich Besonderes. Die beiden Eminenzen waren die höchsten Vorgesetzten, die die Gruppenführer je zu Gesicht bekamen, und beide erlebten sie eigentlich immer gleich : Unnahbar und distanziert alle beide, wenn auch jeder auf völlig andere Weise. Der eine schien sich innerlich über die meisten Berichte zu amüsieren, und man wusste nie, galt diese Belustigung den gehörten Berichten oder etwa dem Vortragenden. Es war also eine Art der Distanziertheit, die den Untergebenen stets unsicher machte. Der andere war niemals anders als ernst und kalt, sehr selten war ein Lob zu hören, nie sah man ihm an, wie Gehörtes auf ihn wirkte. Es war eine Art der Distanziertheit, die dem Untergebenen zu jeder Zeit den Rangunterschied deutlich vor Augen führte.

Doch genau dieser Vorgesetzte, genau diese Eminenz war heute wie umgewandelt. Tiefe Befriedigung war in seinem Gesicht zu lesen, und jeder der drei Gruppenführer war persönlich begrüßt worden. Das konnte wohl nur damit zu tun haben, dass jener mehr als siebzigjährige Mönch - ein ehemaliger Gruppenführer - der ebenfalls anwesend war, einen Erfolg verbucht haben musste mit enormen Auswirkungen.

Ganz kurz erkannten alle, wie sich der so Zufriedene um einen strengeren, unbeteiligteren Gesichtsausdruck bemühte, aber heute wollte es ihm nicht gelingen, heute konnte er diese gewohnte Kälte in seiner Miene einfach nicht wahren. Und auch seine Stimme war alles andere als kalt, als er zu sprechen begann.

„Ein Lehrbeispiel, meine lieben Mitbrüder," sagte er feierlich und sah in die Runde, „ein Lehrbeispiel für alle, die für unsere Heilige Kirche kämpfen. Langfristig ausgelegte, durchdachte Arbeit mit einem Erfolg, auf den wir alle stolz sein können."

Er machte eine Pause, kostete das Gesagte offensichtlich noch einmal aus und wies dann auf den alten Mönch.

„Euch, Franziskus," sagte er zum Erstaunen der Gruppenführer, „Euch steht es zu, uns diesen Erfolg darzulegen."

Der Angesprochene verbeugte sich knapp.

„Danke, Eminenz," antwortete er mit disziplinierter, ausdrucksloser Stimme. „Eminenz war so gütig, mich noch einmal mit einer Aufgabe zu betrauen, die vor zwanzig Jahren ins Leere gelaufen ist. Ins Leere deshalb, weil nach unseren damaligen Informationen die Zielperson im Kampf umgekommen war, bevor wir von ihr dringend benötigte Aussagen erhielten. Damit schien für uns das - sagen wir mal -

eigenartige Sterben etlicher hochgestellter Geistlicher für alle Zeiten ein nicht zu lösendes Rätsel zu bleiben. Und nun erwies sich allerdings vor einiger Zeit, dass der Tod der Zielperson nur vorgetäuscht war."

Er wandte sich an die beiden Eminenzen. „Wenn ich mir die Bemerkung erlauben darf, eigentlich ein bewundernswerter Schachzug, Eure Eminenzen, Menschen ‚sterben' zu lassen und sie mit einer neuen Identität zu versehen."

Die eine Eminenz kicherte, die andere nickte und sagte : „Allerdings schwer zu verstehen, warum man damals auf eine solche Qualität - und die besaß die Zielperson unzweifelhaft - wie man also auf eine solche Qualität auf Dauer hat verzichten können. In unseren Reihen hätte der Mann an anderer Stelle weiter gearbeitet."

Auf ein Kopfnicken seines Vorgesetzten hin fuhr Franziskus fort : „Wenn ich diese Wertung aufgreifen darf ? Weil wir also um die Qualität der Zielperson wussten, und weil die Kirche natürlich nach wie vor brennend daran interessiert ist, zu erfahren, wer diese Geistlichen vor über zwanzig Jahren getötet hat und vor allem warum, haben wir jede Voreiligkeit vermieden, um die Möglichkeiten, Fehler zu machen, zu minimieren. Kurz, wir haben die Zielperson mit unseren Möglichkeiten und mit viel Geduld aus seinem Standort herausgelockt und festgesetzt. Bis zu diesem Punkt hat mir Eminenz freie Hand gelassen. Im Moment ist diese Person einer Zermürbungstaktik unterworfen, vorläufig einmal, um ihn zu überzeugen, wie hilflos, allein und uns vollkommen ausgeliefert er ist."

Einen Moment war Stille, dann zog die Eminenz die Blicke wieder auf sich. „Und nun," sagte er zu den drei Gruppenführern, „nun kommt ihr ins Spiel."

Der Ausdruck Spiel ließ die andere Eminenz wiederum kichern.

„Was endlich in unseren Händen ist, darf uns nicht wieder entgleiten. Wir müssen einen Transport hierher organisieren, der zum einen nicht auffallen darf und zum andern nach allen - ich wiederhole - nach allen Seiten abgesichert sein muss !"

Seine Augen bekamen das eiskalte Glitzern, das allen verriet, dass es für ihn um alles oder nichts ging.

„Noch einmal möchte ich in der Angelegenheit dieser Zielperson auf keinen Fall die Meldung eines Misserfolges erhalten ! Dieser Person darf nichts passieren, bis sie hier ist. Ich will diesen Mann auf Biegen und Brechen hier haben ! Ich will von ihm endlich erfahren, was vor zwanzig Jahren geschehen ist !"

Und in Vorfreude auf diesen Moment machte er eine Geste, die noch nie jemand von ihm gesehen hatte : er rieb sich die Hände.

Die zweite Eminenz kicherte.

auf dem weg

So weit im Süden des herzoglichen Machtbereiches war Max noch nie gewesen. Bis zur Festung Innsbruck, wo sie übernachtet hatten, waren sie am Inn entlang geritten. Hier nun ging das Inntal westwärts, und sie waren einen umständlichen Weg nach Süden geritten; ab jetzt ging es ständig bergauf, bergab, was sehr ermüdend für die Pferde und nicht minder anstrengend für die Reiter war.

Links und rechts des Weges lagen meist kleinere, ärmliche Dörflein, in der Nähe von Burgen waren die Ortschaften größer. Vereinzelt sah man sogar weit oben auf den Bergen Häuser, von denen man hier unten den Eindruck gewann, sie müssten im nächsten Moment herunterrutschen.

Sie waren natürlich schon aus weiter Entfernung als großer Trupp zu erkennen, was in allen Burgen Alarm auslöste. Kamen sie in Sichtweite, wurden von den vordersten Rittern zwei herzogliche Banner entrollt und hochgehalten, was für einen Burgherren nicht unbedingt eine Beruhigung darstellte. Zwar wusste er damit, dass keine Gefahr, kein Angriff drohte, dafür aber musste er damit rechnen, dass sich diese Menge an Männern womöglich bei ihm einquartierten und so einiges an Kosten und Unruhe verursachen würden. Und so gab es manches Aufatmen, wenn man von der Burg aus beobachten konnte, wie diese Ritterschar vorbeiritt, weiter den Weg nach Süden.

Voraus ritten zwei Ritter, die die Strecke in- und auswendig kannten, dann kam eine bunt gewürfelte Gruppe von sechs jungen Rittern mit einem älteren voraus. Wer sie so dahinreiten und reden und scherzen hörte, tippte wegen des Militärs auf eine Gruppe junger Adeliger aus höheren Familien, es waren aber neben Max und Haymo fünf junge Männer aus dem herzoglichen geheimen Dienst, die als Leibwächter in einem Ernstfall kaum weniger kampfstark waren als die doppelte Menge aus den Reihen normaler Militärs.

Hinter dieser Gruppe kam eben das Militär, ein Kommandant mit dreißig erfahrenen Soldaten.

Vor dem Erreichen ihres Zieles mussten sie noch zweimal übernachten, das zweite Mal auf einer Burg, die lustigerweise den Namen ‚Klause' trug.

Hier setzte sich Max mit dem Kommandanten zusammen, um ihn aufzuklären über den Sinn und Zweck der reise. Um dessen Autorität zu stärken, sollte dieser dann alles Nötige selbst weitergeben an seine Leute.

„Wie Ihr es macht, ist Eure Sache," meinte Max, „Ihr wisst da besser Bescheid als ich. Am Zielort habt Ihr mit Euren Männern zwei

Aufgaben : Jede Bewegung aus dem Tal muss kontrolliert werden. Unser bisher nicht bekannte Gegner wird versuchen, einen Gefangenen, nämlich den Burgherren dieses Tales, wegzutransportieren. Ein solcher Transport darf nicht gelingen ! Ob zu Fuß, zu Pferd, Kutsche, Bauernkarren, an Euren Leuten darf niemand unkontrolliert vorbeikommen ! Die zweite Aufgabe ist, falls die Männer, die jetzt bereits im Tal operieren und nach Burgherr und Gegner suchen, also falls die Hilfe brauchen, dann erlischt vor dem Tal jeglicher Kontrollauftrag, dann bedeutet das für Euch und Eure Männer Kampfeinsatz im Tal."

Der Kommandant, ein Mann in den mittleren Jahren mit der Figur eines Gladiators, also auch optisch eine Achtung erzwingende Gestalt, stellte auf Grund seiner Erfahrung keine Frage, sondern traf eine Feststellung.

„In diesem Tal sind also bereits Männer aus dem geheimen Dienst am Werk."

Max nickte und sagte : „Allerdings weiß ich im Moment nur von vieren sicher, dass sie im Tal nach dem Burgherrn suchen. Sie haben Verstärkung angefordert, ob inzwischen aber mehr Leute aus dem Dienst schon eingetroffen oder noch unterwegs sind, kann ich nicht sagen. Und dann, lacht bitte nicht, aber schärft Euren Männern ein, bei den Kontrollen besonders auf Mönche zu achten ! Sie dürfen nicht etwa, weil es nach Männern der Kirche aussieht, eine Kontrolle leichtfertiger nehmen. Der Dienst vermutet sogar eben Mönche als unsere potentiellen Gegner."

Der Kommandant zeigte keinerlei Erstaunen. Auch brauchte er für seinen Entschluss nicht lange überlegen. „Verlasst Euch darauf, es wird ausnahmslos jeder kontrolliert. Ich teile meine Leute in drei Gruppen, zehn Mann aktiv, zehn Mann Sofortreserve, zehn Mann Ruhe. Dann sind im Grunde genommen sogar zwanzig immer ausgeruht. Aber was ist, wenn dieser Burgherr auf anderem Weg aus dem Tal geschmuggelt wird ? Über irgendeinen Berg ?"

„Ich kenne mich hier nicht aus," antwortete Max, „aber einer der vier, die schon im Tal sind, ist dort geboren. Er wird schon wissen, auf was er aufpassen muss."

Nah einem Moment des Überlegens setzte er hinzu : „Ja, ich glaube, das ist alles. Aber bitte bleibt sitzen und trinkt noch einen Roten mit mir. Vielleicht fällt uns ja noch das eine oder andere ein."

Der Kommandant dankte und sah Max nachdenklich an. „Wenn der potentielle Gegner aus Mönchen besteht, dann gebe ich meinen Män-nern wohl besser die Anweisung, auch auf die zu achten, die *ins* Tal wollen."

Er sah Max ernst ins Gesicht. „Kirche hin, Kirche her, eine alte Kampfweisheit sagt : Schade deinem Gegner, indem du seinen Nachschub unterbrichst. Falls also Mönche ins Tal wollen, nehmen wir sie besser vorübergehend in Gewahrsam und gehen gar nicht erst das Risiko ein, dass sie vorhaben, im Tal zur Gegenseite zu stoßen."

„Und gleichzeitig," gab ihm Max zurück, „laufen wir aber Gefahr, großen Ärger mit der hiesigen Kirchenbehörde zu bekommen, wenn es harmlose Mönche sind. Ihr wisst, Mönche gehen die weltliche Obrigkeit nichts an."

Der Kommandant zuckte gleichmütig mit den Schultern.

„Dann nehmen wir sie eben nicht in Gewahrsam. Dann behalten wir sie zu ihrem eigenen Schutz eine Zeit lang bei uns, weil im Tal Räuber gesichtet worden sind. Oder wir können sie die nächsten drei Tage nicht ins Tal lassen, weil ein Bergrutsch den Weg gefährlich beschädigt hat. Was auch immer die Situation ist, mir wird schon was einfallen, das Euch im Nachhinein nicht angelastet werden kann."

Max grinste. „Wenn Ihr das Militärleben einmal satt haben solltet, gebt mir Bescheid. Ihr würdet wahrscheinlich auch in den Reihen unserer Diplomaten eine gute Figur abgeben."

im tal

Marinus, stellvertretender Kommandant des herzoglichen geheimen Dienstes, war dem Herzogssohn einen ganzen Tag voraus. Wie angekündigt hatte jeder seiner Männer ein zweites Pferd dabei, konnte auf diese Weise eine längere Strecke bewältigen und hatte zudem erheblich weniger Gepäck dabei als ein Soldat aus Maxens Truppe.

Am Zugang zum Tal hing, für einen Nichteingeweihten nicht weiter beachtenswert, für Angehörige des geheimen Dienstes jedoch unübersehbar an einer Fichte ein aus Ästen geformtes Zeichen, der Hinweis, dass oben im Baum eine Nachricht hängen würde.

Marinus ließ einen Mann hinaufklettern und die Nachricht herunterholen.

Stirnrunzelnd las er laut vor : „Freunde, die zur Verlobung eingeladen sind, kommen nicht auf Schleichwegen, sondern laut und freudig mitten durchs Dorf."

„Toll !" rief einer seiner Männer. „Wir sind zu einer Verlobung unterwegs !"

Die anderen lachten.

Auch Marinus musste lächeln. „Diese Wortwahl klingt mir sehr nach dem Schwarzen. Aber er wird sich schon was dabei gedacht haben, wenn er uns auffordert, das Gegenteil zu machen von dem, was wir vorhatten."

Er wies mit der Hand nach Südosten. „Also dann, weiter ! Weiter hinein ins Tal ! Und folgen wir der Anweisung des Schwarzen : Lautes Geplapper und Witzereißen erlaubt ! Keine feste Reihe, sondern locker durcheinander. Aber trotz allem nicht trödeln, denn eine Verlobung ist ja schließlich auch ein wichtiger Termin."

Und so fielen sie auch dementsprechend auf, den auf den Feldern und Abhängen arbeitenden Bauern, etwas später den Dorfbewohnern, soweit sie nicht draußen auf dem Feld waren, und auch zwei Mönchen, die aus dem kleinen Turm einer Bergkapelle herauslugten. Ihre Blicke folgten aufmerksam der auffälligen, lauten Gesellschaft der kurzen Zeit, die diese von der Kapelle aus zu sehen war.

Am Burgtor wurden sie von Sebastianus, der mit keiner Miene zeigte, dass er Marinus kannte, laut als Gäste zur Verlobungsfeier willkommen geheißen und hereingebeten. Während die Männer sich von den Knechten in den Ställen die Plätze für die Pferde zeigen ließen, verschwanden Marinus und Sebastianus im Haupthaus.

*

Stephan, Raimund, Achim und Johann waren zur gleichen Zeit auf einem, so sah es aus, gemütlichen Ausritt. Sie waren zu dem Schluss gekommen, dass der Pfarrer sicher der einzige Kontakt der gegnerischen Mönche war, und somit konnten sie im Moment nichts Neues erfahren.

„Lasst uns aussehen, wie eben Besucher aussehen," hatte Raimund gesagt, „keine Hektik, kein Interesse an Bauern oder Feldern, eben nur vier junge Leute, die gelangweilt herumstreifen."

Ab und zu blieben sie mit ihren Pferden stehen, sahen sich um, lachten und unterhielten sich. Und wie eingeplant, kamen sie erst nach einer weiten Runde in die Nähe des Hügels, auf dem die Kapelle stand.

In ihrer ,Fingersprache' machten sie dabei denjenigen aus, der als einziger dieses Gebäude scharf beobachten sollte; das konnte nicht auffallen, solange die anderen drei gestikulierten und lachten und so Blicke von Menschen, falls welche dort sein sollten, auf sich ziehen würden.

„Auf keinen Fall jetzt hinaufschauen," murmelte Johann, der im Moment mit dieser Art von Beobachtung dran war, „im Fenster des Türmchens habe ich Schatten gesehen, so als ob sich jemand bewegt hätte. Ist das das einzige Fenster, Stephan?"

Stephan verneinte. „Außer zur Bergseite, also hinauf, hat der kleine Turm noch zwei Fenster. Wenn wirklich jemand da oben ist, dann kann er aus dem Fenster links von uns in Richtung Dorf schauen. Man sieht nicht allzu viel, weil ja der Weg einen Bogen macht am Ende vom Dorf. Durch das Fenster hier zu uns her sieht man weiter, allerdings nichts von der Burg."

Achim schlug sich auf die Schenkel und lachte laut, als ob Stephan gerade einen guten Witz erzählt hätte. Dann sagte er kurz: „Also könnte man von oben her ungesehen ran?"

Auch Stephan lachte und nickte dabei: „Ja, ungesehen nur von da."

Raimund wies mit der Hand nach links, als ob er etwas gesehen hätte.

„Kommt, wir setzen uns dort auf die Wiese. Dann kann einer weiterhin beobachten, und es fällt nicht auf, wenn wir länger bleiben."

Unter Lachen und Scherzen saßen sie ab, pflockten die Pferde zusammen und setzten sich.

Stephan hatte in einer Satteltasche Brot, Fleisch und einen Trinkschlauch mit gewässertem Wein. Sie ließen es sich schmecken und wechselten nach wie vor in der Beobachtung ab.

„Ja," bestätigte Raimund, als er dran war, „ich meine, es ist sicher jemand in der Kapelle. Ab und zu verändern sich die Lichtverhältnisse auf dem Türmchen, als ob jemand aus dem Fenster sieht und sich wieder zurückzieht."

„Und das wird kaum die Mesnerin sein, die eigentlich den Blumenschmuck am Altar erneuern wollte und nun die vier hübschen Knaben anstarrt," grinste Achim.

„Ich frage mich," meinte Johann nachdenklich, „ob nicht doch irgendwo anders mehr Leute versteckt sind. In dieser Kapelle können sich doch nicht fünf oder mehr Männer aufhalten, und irgendwie müssen sie ja auch Kontakt nach außerhalb haben. Auch Nahrung müssen sie irgendwie kriegen."

Stephan prostete ihm deutlich zu, nahm einen Schluck aus dem Schlauch und reichte ihn weiter.

„In jedem Wäldchen an diesen Hängen findest du genügend Verstecke. Um da jemanden aufzustöbern, müsste man eine Riesentreibjagd veranstalten."

„Das wäre schön, solch eine Treibjagd!" grinste Achim. „Eine andere Möglichkeit wäre aber auch, das gesuchte Wild herauszulocken aus den Verstecken. Dafür genügen auch wenige Treiber."

„Und wie stellst du dir so was vor ?" fragte Stephan.

„Eigentlich ganz einfach," meinte nun Raimund, „wenn unsere Vermutung richtig ist, dann halten sie deinen Vater im ‚Altbau' dieser Kapelle gefangen. Dann glaube ich, sind nicht mehr als zwei oder drei Bewacher da, denn mehr würden zu schnell auffallen. Wenn aber Gefangener und Bewacher in Gefahr geraten sollten, dann käme der Rest wohl sehr rasch hierher."

„Aber da sind wir vier natürlich zu wenig," warnte Johann.

„Und es dauert auch vielleicht zu lange," meinte Stephan, der natürlich in großer Sorge um seinen Vater war, „bis die Verstärkung hier ist. Wenn nur wir vier doch heute Nacht loslegen ? Dann sind wir mit den zwei oder drei Bewachern fertig, ehe ein möglicher Rest zu Hilfe eilen kann."

„Nein," antwortete Johann in entschiedenem Ton, „Stephan, dafür wissen wir doch wirklich zu wenig. Was ist, wenn einer der Bewacher einen Dolch am Hals deines Vaters hat ? Woher wissen wir, ob unser Gegner nicht ein raffiniertes Alarmsystem eingerichtet hat ? Und bestenfalls befreien wir dann deinen Vater und geraten danach an eine unbekannte Anzahl von weiteren Gegnern."

Auch Raimund war dagegen.

„Johann hat völlig recht. Wir brauchen mehr Leute dazu. Und da wir doch wissen, dass Verstärkung im Anmarsch ist, machen wir jetzt nichts zu viert. Außer beobachten."

Etwas widerwillig stimmte auch Stephan zu.

*

Für Christina, die Herrin auf Burg Tiers, war es eine eigenartige Wechselwirkung. Das Leben, das mit den zwei Zigeunerkindern und dem Mädchen Ilona ins Haus gekommen war, hielt sie ab davon, stets die Sorge um ihren Mann mit sich herumzutragen. Und die Abwesenheit ihres Mannes hielt sie davon ab, sich Gedanken zu machen über dieses Mädchen, das sich ihr Sohn mit nach Hause gebracht hatte.

Manchmal war es ihr, als ob sie Ilona schon immer gekannt hätte. Wie selbstverständlich hatte sich das Mädchen um sie gekümmert, als sie sich von ihrem Schwächeanfall erholen musste; wie selbstverständlich nahm sie ihr für diese Zeit das Regiment über die Mägde aus der Hand um es ebenso selbstverständlich wieder an sie zurückzugeben, kaum war sie wieder bei Kräften.

Die zwei Kleinen hielten sich, wenn Stephan mit seinen Leuten unterwegs war, an Christina und ihre Töchter. In Windeseile hatten sie sich hier sicher und zuhause gefühlt, lebten auf und gaben ihr irgendwie das Gefühl, dass es so lebhaft bald sein würde auf Burg Tiers, sobald Stephan und Ilona für Enkel gesorgt hätten.

Und dann schalt sie sich wieder selbst : Was hast denn du für Gedanken ? Noch sind sie nicht einmal verlobt. Was wissen wir denn von dem Mädchen ? Ja, und das ‚Wir' ! Bevor ihr Mann nicht wieder aufgetaucht wäre, wer sollte ausdenken, wie es hier auf Tiers weitergehen sollte ?

Und bei dem Gedanken an ihren Sohn schaffte sie es nicht recht, ihre Gedanken zu ordnen, in konkrete Bahnen zu bringen. Er war ausgerechnet beim geheimen Dienst gelandet ! Er war im Moment gerade unterwegs als Mann des herzoglichen geheimen Dienstes ! Wie in aller Welt war das nur zugegangen ?

Nein. Energisch schüttelte sie jegliche Überlegung darüber ab. Darüber werden wir uns gemeinsam Gedanken machen, wenn Stephan wieder da ist.

Und im nächsten Moment war jede Gelegenheit zum Grübeln sowieso vorbei, denn zur Tür herein schoss die kleine Marti, hielt ihr glücklich strahlend eine kleine bemalte Holzpuppe entgegen und sprudelte dazu in ihrer fremden Sprache eine ganze Geschichte.

Christina nahm beide, Marti und ihre Puppe, auf den Schoß.

„Das ist aber eine schöne Puppe," sagte sie zur Kleinen.

Marti sah sie fragend an.

„Puppe !" wiederholte Christina und zeigte mit dem Finger darauf.

Marti nickte und wiederholte : „Puh-päh."

Dann zeigte sie auf sich selbst und sagte : „Puh-päh. Marti !"

Christina lächelte. Sie zeigte wiederum auf die Puppe, schüttelte den Kopf und zuckte die Achseln. „Woher Puppe ?"fragte sie.

Marti sah sie aufmerksam an. Mit glücklichem Lächeln meinte sie : „Jo-hah-näs Puh-päh."

Christina musste lachen. Die Puppe war also von Johannes, dem Knecht, für die Kleine geschnitzt worden. Vor fünfzehn Jahren schon hatte er sein Talent bewiesen, als er damals für sich und Stephan kleine Ritter mit Pferden geschnitzt hatte.

„Komm," sagte sie zu Marti, hob sie auf den Boden und stand auf, und obwohl sie wusste, dass die Kleine nichts verstehen würde, fuhr sie fort : „Wir gehen zu Elisabeth. Dort bekommen wir bestimmt ein bisschen Stoff für ein schönes Kleid für deine Puppe."

Marti sah zu ihr auf, nahm die Puppe fest in die linke Hand und gab Christina die rechte und ging mit.

*

130

Marinus hatte von Sebastian alles, was bisher geschehen war, genau geschildert bekommen. Nun saßen sie alle, auch Marinus' Männer, zusammen und legten in groben Zügen fest, wie sie verfahren wollten.

Auf alle Fälle war keine Zeit zu verlieren; sobald Raimund, Stephan, Johann und Achim zurückkehrten, sollte ohne Zeitverlust jeglich notwendige Aktion sofort gestartet werden können.

„Ich vermute mal," wandte Sebastianus ein, „dass ihr doch ziemlich erschöpft seid. Könnt ihr da ohne große Pause in eine Nachtaktion starten ?"

Marinus schmunzelte. „Was du hier an Männern siehst, das sind keine Anfänger. Denen kann man schon ein bisschen was zumuten. Alle Aktiven sind für Extrem-Situationen ausgebildet, und glaube mir, eine solche liegt noch nicht vor. Der einzige, dem eventuell die Kraft ausgehen könnte, das bin ich, weil ich der Älteste bin. Aber das wird nicht passieren, denn ich bleibe hier auf der Burg."

„Du ziehst von hier aus die Fäden," lachte Sebastianus.

„Soweit es dann im Dunkeln möglich ist," bestätigte Marinus, „wichtig ist vor allem, dass alle mich hier wissen als dauernde Kontaktstelle."

Er wandte sich an seine Männer.

„Wir bilden also zwei Gruppen. Gruppe eins bezieht Stellung um das Zielgebäude in lockerem, weiten Kreis. Dabei wird die Gegend abgesucht nach etwaigen Gegnern oder zufällig vorhandenen Fremdpersonen. Solche werden aus dem Verkehr gezogen, falls möglich nur mit Knebel und Fesselung, und nach außen abgegeben zu Gruppe zwei. Sobald dies erledigt ist, beziehungsweise falls dies nicht notwendig ist, erhält Gruppe zwei das Zeichen zum Vorstoß. Gruppe zwei dringt in das Gebäude ein ....."

Sebastianus zog ihn am Arm und wies zur Tür. Dort traten gerade die vier Erwarteten ein. Achim und Johann blieben stehen und Raimund und Stephan kamen zu Marinus, nachdem sie den Raum mit ihren Blicken überflogen hatten.

Raimund sah Stephan auffordernd an und dieser erstattete Bericht.

Marinus hörte sich alles an, wies die vier dann an, sich zu den anderen zu setzen und begann nochmals.

„.....Gruppe zwei dringt also in das Gebäude ein, wobei wir jetzt also wissen, dass sich wohl mindestens zwei, maximal fünf Gegner dort befinden dürften. Das bedeutet, dass es uns ohne große Probleme möglich sein müsste, den Gegner so rasch niederzukämpfen, dass Stephans Vater nicht gefährdet wird. Stephan, beschreib' uns das Innere der Kapelle !"

Stephan erhob sich.

„Es gibt nur zwei Räume. Durch das Eingangstor am Fuße des Türmchens kommt man in einen kleinen Vorraum, der aber nicht durch eine weitere Tür von der Kapelle selbst getrennt ist, der Durchgang ist also frei. Sehr gut wäre es, wenn Gegner oben auf dem Türmchen wären, denn das würde heißen, dass er oben gefangen ist, wenn man die Leiter wegnimmt, die hinaufführt. Wie es dann im sogenannten Altbau ausschaut, weiß ich leider nicht. Der ist, solange ich denken kann, fest verschlossen gewesen. Direkt vor dem Altar ist eine eichene Bodenluke, die bisher immer mit zwei Eisenstangen gesichert war. Diese Luke führt wohl in den Altbau hinunter."

Marinus nickte.

„Wenn unser Gegner diesen Altbau als Gefängnis nutzt, dann ist diese Bodenluke sicherlich jetzt zugänglich. Gut, dann bleibt nur noch das Kommando. Ich bleibe auf der Burg, für jeden erreichbar. Gruppe eins wird geführt vom Weißen, da er die Gegend am besten kennt. Gruppe zwei übernimmt der Schwarze. Bei einem etwaigen Ausfall übernimmt Achim Gruppe eins und Johann Gruppe zwei, denn ihr beide seid ja auch schon etwas im Tal unterwegs gewesen. Noch irgendwelche Fragen oder Anregungen ?"

Er sah seine Männer an. „Nichts ? Also alles klar."

Nun wandte er sich an Sebastianus. „Bleibst du in meiner Nähe ? Falls ich etwas oder jemanden aus der Burg brauche, wäre mir deine Hilfe recht."

Der Mönch erhob sich schnaufend. „Natürlich, ich bin ja froh, wenn ich irgendwie mitmachen kann. Aber jetzt muss ich doch fragen : Warum ist Stephan nicht bei Gruppe zwei ? Ich seh' ihm doch an der Nasenspitze an, dass er lieber bei der Befreiung seines Vaters dabei wäre als draußen bei Gruppe eins."

Marinus hob bedauernd die Achseln.

„Nein, Sebastianus, das geht nicht. Der Weiße kennt sich nun mal hier am besten aus, also gehört er in die sichernde Gruppe. Und bei der Befreiung ist es nicht notwendig, dass jemand den Burgherrn kennt. Wenn der in seinem Gefängnis Kampflärm hört, weiß er garantiert, was los ist.

*

Am Waldrand westlich der Kapelle machten sich fünf Männer in Mönchskutten daran, ihren Rastplatz mit Zweigen und alten, morschen Ästen wieder so herzurichten, dass der Ort für niemanden mehr wie eine Lagerstelle aussah. Sie hatten das Tal gestern zur Nachtzeit betreten und waren auf kleinen Umwegen durch Wäldchen, über Hänge und hinter Felsen ungesehen bis hierher gekommen. Das letzte kurze Stück Weg hatten sie nicht gehen können, da auf der Wiese vor der Kapelle vier junge Adelige herumgelungert waren, denen offensichtlich langweilig war und die sich die Zeit mit Witzen, Gelächter und essen und trinken vertrieben.

Unsichtbar bleiben, das war bei diesem Auftrag oberste Priorität. Also mussten sie in Deckung bleiben, bis die vier jungen Männer sich endlich auf den Weg machten, und auch nach deren Verschwinden warteten sie sicherheitshalber noch ab, ob die vier nicht etwa an anderer Stelle wieder in Sichtweite kämen. Doch das Hufgetrappel hatte sich entfernt und kam nicht wieder zurück.
Einzeln huschten sie bis zur Kapelle, wobei der vorderste dreimal wie eine Ziege meckerte, und verschwanden dann alle darin.
Der Anführer der fünf hatte ein kleines Bündel mitgebracht, öffnete es und erklärte den dreien, die sich schon seit längerer Zeit in der Kapelle befanden, was nun zu tun war.

*

Die Knechte der Burg waren soweit informiert worden, dass sie nun wussten, dass es sich bei dem Besuch um Freunde Stephans handelte, die ihm bei der Suche nach seinem Vater helfen würden. Außerdem stellte Stephan unmissverständlich klar, dass Marinus, den er als einen herzoglichen Offizier vorstellte, über die gesamte Burg das Kommando habe.
Und so zogen sie, nachdem es richtig dunkel geworden war, in zwei Gruppen los. Die Hufe der Pferde waren mit Lumpen umwickelt und weit vor dem Hang, auf dem die Kapelle stand, wurden die Pferde angepflockt und es ging zu Fuß weiter.
Stephans Gruppe eins zog zunächst einen weiten Halbkreis um den Hang und arbeitete sich langsam nach vorn, stets auf der Hut vor etwaigen Gegnern. Als sie an der Wiese vor der Kapelle angelangt waren, stand sicher fest, dass sie hier im Gelände alleine waren. Kein Mensch hielt sich in diesem Umkreis auf.
Wie ausgemacht setzte einer der Männer zurück bis zu der Stelle, an der Raimunds Gruppe wartete und erstattete Bericht. „Alles gesichert, keine Verluste, kein Kontakt, Beobachtungsgebiet leer."
„Dann los !" sagte Raimund zu seinen Leuten, „ wie ausgemacht !"
Sie stießen durch die Mitte des Halbkreises vor bis zur Wiese, dort teilten sie sich in zwei kleinere Gruppen, die jeweils links und rechts im Schutze von Sträuchern und Bäumen den Hang erklommen, bis sie oberhalb der Kapelle waren. Hier trafen sie sich wieder und

schlichen nun direkt auf das Gebäude zu. Auf diese Weise hofften sie, frühestens an der Tür bemerkt zu werden.

Einer nach dem andern drängte sich an die Wand, die vordersten zwei bereits dicht an der Tür. Als alle da waren, gab Raimund das Zeichen zum Eindringen.

Die Tür flog auf und jeweils zu zweit sprangen alle hinein, jeder exakt an die vorher ausgemachte Stelle. Doch alles blieb unheimlich ruhig.

Zwei der Männer hatten sofort die Leiter von der Bodenluke weggerissen und in ein Eck gestellt, doch auch von oben war nichts zu hören. Während Raimund in der Mitte stehen blieb und die Bodenluke in der Decke beobachtete, suchten seine Leute die ganze Kapelle ab.

Niemand war da. Nun lehnten sie die Leiter wieder an die Luke und der erste kletterte hinauf, dann ein zweiter. Doch auch oben auf dem Türmchen war kein Mensch.

Die Kapelle war verlassen.

Ein Mann zupfte Raimund am Ärmel und zeigte vor den Altar. Dort war offenbar der Zustieg zum ‚Altbau', allerdings wieder mit Eisenstangen versperrt.

Eine Falle ? Nein, Raimund schüttelte den Kopf. Er konnte ja sicher sein, dass Gruppe eins draußen niemanden an die Kapelle heranlassen würde. Und *im* Altbau war wohl kaum ein Gegner, denn der würde sich ganz gewiss nicht selber einsperren. Aber Stephans Vater ? Wenn der Gegner abgezogen war und ihn .....

Raimund wollte diesen Gedanken nicht zu Ende denken.

„Schnell," befahl er, „aufmachen und unten kontrollieren !"

Es dauerte eine Weile, aber schließlich war der Zugang zum ‚Altbau' frei. Jeder der Männer hatte eine kleine Fackel dabei, zwei wurden nun angezündet und die ersten drei Männer sprangen in die Höhlung hinunter.

Diesmal dauerte es nicht lange, bis der erste seinen Kopf wieder herausstreckte und meldete : „Drei Räume unten, ein Gang. Alles absolut dunkel und ohne Fenster. Kein Mensch drin, weder lebendig noch tot.

Aber," und in dem Moment, als er dies sagte, rochen es auch die, die heroben standen, „in dem einen Raum hat eine Zeit lang jemand gelebt. Es stinkt bestialisch nach Exkrementen, und demnach war es ein Gefangener."

„Dann wird der Weiße zwar sehr froh sein, dass sein Vater noch am Leben ist, aber nicht sehr glücklich darüber, dass er nicht mehr hier ist !" stieß einer hervor.

Bedrückt nickte Raimund.

„Abbruch ! Wir kehren zurück zur Burg. Marinus muss entscheiden, wie es weitergeht. Aber vorher verriegelt diese stinkende Hölle wieder !"

*

Max hatte, als sie am Zugang zum Tierser Tal angekommen waren, alles, was zu tun war, dem Kommandanten des Militärs überlassen. Er selbst machte sich mit Haymo und den fünf Leibwächtern unverzüglich auf den Weg, um möglichst rasch zu Burg Tiers zu kommen.

Nach einiger Zeit scharfen Rittes rief Haymo laut : „Halt !" und zeigte auf einen Baum.

Auch die anderen Leibwächter hatten das Zeichen bemerkt. Ohne dass Haymo etwas anordnen musste, sprang einer vom Pferd und kletterte in das Geäst.

„Was ist los ?" fragte Max erstaunt.

„Ein Zeichen von Raimund oder Stephan. Oben im Baum hängt eine Nachricht."

Und schon kam der Mann vom Baum wieder herunter und gab Haymo die Nachricht. Wie zuvor Marinus las las auch Haymo sie laut vor.

Während die anderen fünf erfreut grinsten, nickte Max mit dem Kopf und sagte, noch bevor Haymo die Nachricht interpretieren konnte :

„Das kann nur von Raimund sein. Und ich meine, er will aus irgend einem Grund, dass wir ganz bewusst laut und auffällig auftreten."

Jetzt nickte Haymo, und Max traf eine Entscheidung, die weitreichender war als er ahnen konnte.

„Wenn schon, dann machen wir es richtig ! Wir kehren um und holen uns zehn Mann Militär mit den beiden Bannern als Begleitung. Wenn ich Raimund richtig verstehe, ist es für mich angebracht, tatsächlich als Sohn des Herzogs aufzutreten. Und das geht nicht ohne Soldaten."

„Aber wir verlieren Zeit," warnte Haymo, „wenn wir umkehren, kostet uns das einiges an Zeit."

„Ja, da hast du sicher recht," antwortete Max, während er bereits sein Pferd umwandte, „wir verlieren Zeit, aber die hätten wir auch bei der Anreise verlieren können. Ich bleibe bei meiner Entscheidung, wir treten mit Militär uns Banner auf."

Dem hatte Haymo nichts mehr entgegenzusetzen, alle kehrten um und zurück ging der scharfe Ritt.

Als sie dem Kommandanten des Militärs so schnell wieder unter die Augen kamen, gab er sofort Alarm, denn er dachte natürlich, es wäre Gefahr im Verzug.

Haymo berichtete ihm kurz und er ordnete zehn Soldaten aus der Gruppe Reserve ab. Die Banner wurden ausgerollt, zwei Soldaten ritten voraus, dann wie früher Max mit Haymo und seinen Leibwächtern und die restlichen acht Soldaten hinterher.

an unbekanntem ort

Franziskus, der sich trotz seines Alters - man merkte ihm deutlich körperliche Einschränkungen an - nach wie vor mit Feuereifer in diese Aufgabe gestürzt hatte, erstattete den beiden Eminenzen Bericht.

„Unsere Leute arbeiten also, wie Ihr befohlen habt, in Stafetten. Die erste holt unseren Gast in seinem Gefängnis ab und eskortiert ihn durch das Tal. Am Talausgang übernimmt ihn die zweite Stafette. Ohne Verzug bringen ihn diese Leute in Richtung Süden bis zu dem kleinen Ort St. Jakob. Dort helfen zur Zeit Mönche aus den verschiedensten Klöstern mit beim Wiederaufbau des dortigen Klosters, und da fallen einige Brüder, die einen Kranken zu versorgen haben, nicht auf. Inzwischen zieht Stafette eins nach Norden und trifft sich ....."

„Danke, Franziskus," unterbrach ihn Eminenz eins mit deutlicher Ungeduld in der Stimme, „wir haben es nicht anders erwartet, als dass Ihr unsere Anordnungen haargenau umsetzt. Gibt es denn vielleicht etwas Neues ?"

Franziskus bedauerte.

„Nein, Eure Eminenz, die Aktion läuft. Wie weit alles gediehen ist, kann ich nicht sagen. Bis eine Nachricht bei mir eintrifft, vergeht leider doch sehr viel Zeit. Aber Eminenz haben gute Gruppenführer ausgesucht. Ich habe durchaus den Eindruck, dass sie vor Ort kompetent entscheiden können."

„Doch muss der Umweg nach Süden wirklich sein ?" fragte Eminenz Nummer zwei. „Wäre der direkte Transport denn wirklich so risikoreich ?"

„Nein," beschied Eminenz eins, „nein, das bleibt, wie wir es ausgemacht haben. So wenig Risiko, wie nur möglich. Auch ich fiebere darauf, unserem Gast gegenüberzutreten, aber Vorfreude ist ja bekanntlich auch eine Freude. Und mir liegt nichts an Schnelligkeit, die vielleicht den Misserfolg in sich birgt. Denn in einem solchen

Falle werde ich mich, noch bevor Rom uns kritisiert, aus diesem Geschäft zurückziehen."

Eminenz zwei schaute ihn erstaunt an. „Ihr überrascht mich in letzter Zeit immer wieder. Unsere Arbeit ist doch Euer Leben, nicht wahr ? Und da denkt Ihr an Rückzug ?"

Eminenz eins lachte ein trockenes, freudloses Lachen.

„Wenn unser Vorhaben gelingt, werde ich mit Euch den Triumph auskosten, dessen könnt Ihr versichert sein, und dann wird von Rückzug nicht die Rede sein, bis Rom mich abberuft. Misslingt es aber noch einmal, dann muss ich sicher einem Jüngeren das Feld räumen. So viel bin ich Realist."

Franziskus sah ihn vorsichtig an. „Ihr wollt etwas fragen ?"

Franziskus nickte.

„Eminenz, ich hätte einen Vorschlag Ich habe mir etwas überlegt, um das Risiko beim endgültigen Transport etwas zu senken."

„Scheut Euch nicht, Franziskus," kicherte Eminenz Nummer zwei, „mein Mitbruder hat sowieso, was selten bei ihm ist, einen Narren an Euch gefressen. Nur raus mit dem Vorschlag !"

Franziskus begann vorsichtig, so, als würde er seinen Vorschlag eben erst in Gedanken entwickeln.

„Könnt Ihr nicht, Eminenz, den zuständigen Bischof dazu bewegen, dem Klosterbau einen Besuch abzustatten ? Wegen der momentan noch schlechten Unterkünfte könnte er sich rasch wieder verabschieden, und bei der Heimfahrt ließe sich unser Gast in der Kutsche gut unterbringen, im Notfall ohne Wissen des Bischofs. Keine weltliche Behörde würde es wagen, die Kutsche des Bischofs zu kontrollieren oder zu behindern, und unser Gast hätte dann den kritischsten Teil der Strecke hinter sich gebracht ohne Gefahr für unsere Aktion."

Einen Moment war Stille. Dann kicherte Eminenz zwei wieder.

„Also wenn, dann nur ohne sein Wissen. Dieser Hasenfuß würde sich ins Hemd ma ....."

„Nein !" fuhr ihm Eminenz eins dazwischen. „Der Vorschlag ist gut gemeint, aber nicht durchführbar. Nicht mit diesem Bischof. Der würde für uns das Risiko nicht mindern, sondern eher erhöhen. Nein, es bleibt bei der Durchführung in Stafetten wie geplant."

Franziskus nickte, und wieder war es eine Weile still.

Und dann staunte Eminenz zwei erneut über Eminenz eins, denn was dieser nun hinzufügte, hatte zum einen mit der aktuellen Aktion nichts zu tun und war zum andern mehr als ungewöhnlich aus seinem Mund.

„Franziskus, ich bedaure, dass ich Euch nicht damals, als Ihr noch aktiv wart, um Vorschläge gebeten habe. Weiß Gott, ob ich nach

Abschluss dieser Aktion noch im Amt bin und ob wir uns danach überhaupt jemals wiedersehen. Aber Ihr sollt wissen, dass ich mit niemandem so zufrieden gewesen bin wie mit Euch. Würden wir beide weiter zusammenarbeiten, Eure Vorschläge wären mir immer willkommen."
Eminenz zwei kicherte wieder, allerdings etwas leiser und taktvoller als sonst.

Und Franziskus schaute überrascht auf zu Eminenz eins, sah ihm ins Gesicht und sagte leise : „Danke, Eure Eminenz, Eure Meinung über mich ist für mich eine große Genugtuung."

vor dem tal

Der Kommandant des Militärs nahm seine Aufgabe ernst und hatte nicht vor, sich überraschen zu lassen.
Nach dem uralten römischen Motto ‚si vis pacem para bellum' wollte er vorsorgen und ließ - neben der Kontrolle am Taleingang - nach Süden und nach Norden jeweils einen zuverlässigen Mann herumschweifen mit dem Befehl, ein bisschen zu sondieren und Auffälliges sofort zu melden.
Und so erfuhr er ziemlich rasch, dass nicht weit von ihnen am Rande eines Wäldchens einige Mönche lagerten. Als bald darauf diese Mönche zweimal den Lagerplatz wechselten, wobei sie jedes Mal offenbar auf eine freie Sicht zur Straße achteten, handelte er unverzüglich.
Er beauftragte die zehn Soldaten, die im Moment eigentlich auf Ruhestellung waren, damit, die Mönche zu kontrollieren.
Als die zehn auf den Lagerplatz zuritten, sprangen die Mönche auf und verschwanden im Wald. Gemäß dem Befehl, sich auf keinen Fall zu zerstreuen, blieben zwei Soldaten bei den Pferden und die anderen suchten in zwei Vierergruppen den Waldrand ab. Mönche sahen sie keine mehr.
Den Wald tiefer zu durchsuchen hätte nur dann Sinn gemacht, wenn man sich wie bei einer Treibjagd auseinanderfächern würde, aber das verhinderte ja ihr Befehl. Also kehrten sie zurück.
Der Kommandant überlegte.
Zum einen bestand die geringe Möglichkeit, dass es sich zum Beispiel um Wegelagerer handelte, die sich als Mönche verkleidet, auf

gute Gelegenheit gewartet und beim Auftauchen von Militär natürlich dann das Weite gesucht hatten. Doch selbst wenn es so wäre, würden Wegelagerer sich so schnell nicht wieder hier blicken lassen, jetzt wo sie wussten, dass Militär in der Gegend war.

Dazu war ein Verfolgen und Absuchen des Waldes zeitlich nicht möglich und wahrscheinlich auch nur unsinnig.

Die größere Wahrscheinlichkeit war wohl eher, dass es sich um den potentiellen Gegner handelte, von dem der Herzogssohn gesprochen hatte. Und dann hatte man bei einer Verfolgung erst recht schlechte Karten. Dann war es wohl eher ein Zeichen dafür, dass eine Aktion dieses potentiellen Gegners bevorstand.

Und dies bedeutete, es war sinnvoller, in eine andere Richtung zu reagieren.

Er gab Alarm und befahl, dass alle Soldaten an einem einzigen Punkt sein müssten, nämlich direkt am Zugang des Tales.

Wohl blieb es bei Kontrollen, aber in drei kleineren Gruppen. Die eine kontrollierte, die zweite hatte Ruhe, aber stete Einsatzbereitschaft und die dritte Schlafpause, aber in Rufnähe.

Eine Zeit lang schwankte der Kommandant, ob er dem Herzogssohn nicht einen Mann nachschicken sollte, um ihn über diese Mönche zu informieren.

Aber er entschied sich dafür, es nicht zu tun.

Zum einen wollte er Max nicht mit einer Nachricht beeinflussen, die eventuell gar keinen Wert besaß, und zum andern war er sich - falls sich doch ein Wert herausstellen sollte - sicher, dass niemand an seinen Soldaten vorbei ins Tal gelangen konnte.

Es erschien ihm folglich als genügend, seine Kräfte hier zu konzentrieren und auf dauernde Wachsamkeit und damit schnelle Reaktionszeit auf alles, was käme, zu achten.

im tal

Marinus saß mit Sebastianus, Stephan und Raimund zusammen und zog Bilanz.

„Tatsache ist also, dass in diesem sogenannten Altbau kein Mensch mehr ist, ebenso wenig in dem Umkreis, den Gruppe eins abgesucht hat. Vieles spricht dafür, dass aber bis vor kurzem jemand darin war, offensichtlich mit einem oder mehreren Gefangenen. Wenn ich mir vorstelle, ich wäre an der Stelle unserer Gegner, dann habe ich wohl aus irgendeinem Grund eine bestimmte Zeit abgewartet, bis ich meinen Gefangenen fortbringen kann."

Er wandte sich an Raimund : „Habt ihr Blutspuren oder Stoffreste oder so etwas ähnliches gefunden, das auf eine schwere Verletzung hinweisen könnte ?"

Raimund verneinte.

„Dann entsprang der Aufenthalt auf alle Fälle nicht einer Verletzung," meinte Marinus. „Eine schwere Verletzung hätte ja durchaus der Grund für den Aufenthalt im Altbau sein können. Ganz ohne Gegenwehr wird sich Stephans Vater ja nicht gefangen nehmen haben lassen.Aber gut, verletzt ist er offensichtlich nicht. Dann hatte das Abwarten einen anderen Grund."

Er zuckte mit den Schultern. „Ich persönlich meine, es wird wohl ein Transportproblem gewesen sein. Vielleicht hat man einfach auf eine Kutsche oder auf Verstärkung warten müssen."

Stephan schüttelte den Kopf.

„Meine Gruppe hat nirgendwo Rad- oder auch nur Schleifspuren gefunden. Entweder sind sie nur zu Fuß unterwegs oder sie haben vielleicht irgendwo hinter dem Dorf einen Karren oder eine Kutsche versteckt."

Er schüttelte nochmals den Kopf.

„Aber eigentlich glaube ich das nicht. Das würde den Bauern sofort auffallen. Ich tippe darauf, dass sie tatsächlich zu Fuß unterwegs sind bis mindestens zum letzten Wäldchen am Taleingang."

Und unruhig fügte er hinzu : „Und deswegen müssen wir uns sofort auf die Suche machen. Mein Vater darf auf keinen Fall aus dem Tal gebracht werden."

Marinus nickte und sagte mit entschiedener Stimme : „Du hast selbstverständlich recht, aber ganz genauso darf auf keinen Fall ein Fehler gemacht werden. Deshalb gehen wir wie folgt vor : Wir bleiben in zwei Gruppen."

Er trat zur Tür, öffnete und rief hinaus : „Alle Mann antreten ! Reinkommen und zuhören !"

Als sich alle in den Raum gedrängt hatten, gab er seine Befehle.

„Es bleibt bei den zwei Gruppen. Gruppe eins rückt mit mir unmittelbar nach dieser Besprechung ab zum Taleingang. Wir suchen dabei zunächst die gesamte Umgebung ab. Ziel ist zu verhindern, dass jemand ohne unser Wissen das Tal verlässt. Ich hoffe, dass diese Aufgabe möglichst bald erleichtert wird, denn entweder ist Max mit militärischer Verstärkung bereits in der Nähe oder zumindest im Anmarsch."

Er wandte sich zu Johann und Achim.

„Ihr beide übernehmt wieder Gruppe zwei ! Ich möchte, dass sicherheitshalber jedes Haus, jeder Hof der Reihe nach durchsucht wird. Keine Rücksicht mehr, keine Geheimhaltungen und Versteckereien ! Macht jedem, der euch in den Weg tritt, klar, dass ihr Männer des Herzogs seid und sämtliche Vollmachten habt, die ich euch hiermit erteile ! Auch die Kirche und die dazugehörigen Gebäude werden durchsucht, und wenn ihr damit fertig seid, dann findet ihr so zufällig dabei auch den Pfarrer und lasst ihn frei. Noch Fragen ?"

Achim und Johann sahen sich kurz an und schüttelten danach beide den Kopf.

„Und ich ?" fragte Stephan erregt und verbesserte sich sofort : „Ich meine, Raimund und ich ? Ich kenne mich hier doch am besten aus und Raimund könnte mit Gruppe eins mit."

Marinus verneinte.

„Stephan, mit Gruppe zwei kannst du doch nicht mit ! Du bist hier der nächste Burgherr. Da kannst du dir selber auf keinen Fall ein schlechtes Bild basteln, indem du mit herzoglichen Knechten Häuser und Ställe durchwühlst. Nein, ihr beide übernehmt meine bisherige Rolle und bleibt hier auf der Burg. Ihr sorgt für den notwendigen Informationsfluss und Kontakt. Und sollten wichtige Entscheidungen getroffen werden müssen, dann will ich eben, dass ihr sie beide gemeinsam trefft, niemand anderer. Verstanden ?"

Raimund nickte und gab Stephan einen Rempler. „Komm, schau nicht so sauer ! Marinus hat doch vollkommen recht, wer außer dir kann denn von hier aus den Überblick behalten ? Und ein bisschen Zutrauen haben wir beide ja schon in die Fähigkeiten unserer Kameraden !"

Stephan kam ein leichtes Lächeln ins Gesicht.

„Ja, natürlich ist es richtig, wie Marinus es angeordnet hat. Und ich kann mich nebenbei auch mal wieder etwas um meine Familie kümmern."

„Dann los mit uns allen !" befahl Marinus. „Ende der Besprechung !"

*

Christina, Herrin auf Burg Tiers, war hin und hergerissen. Ihr so lange fort gewesener Sohn, über dessen unerwartete Heimkehr sie eigentlich mehr als glücklich war, hatte überhaupt keine Zeit für seine Familie gehabt. Obwohl sie sich immer schon in dieser Männerwelt hatte durchzusetzen gewusst, hatte sie von Anfang an gespürt, dass sie sich in dieser Ausnahmesituation zurückhalten musste. Dieser drohenden Gefahr, die über ihrer Familie schwebte, entgegenzutreten, war eindeutig Sache der Männer des herzoglichen geheimen Dienstes.

Und so hatte sie die letzte Zeit statt mit ihrem Sohn mit dem Mädchen verbracht, das Stephan bei seinem plötzlichen Erscheinen quasi mitten in die Familie gestellt hatte.

Christina war erschüttert gewesen, als sie in leisen, traurigen Tönen geschildert bekam, wie sich ihr Sohn und das Mädchen kennen gelernt hatten. Sie kannten sich also erst so kurz ! Und doch stand es für Ilona offenbar fest, dass sie bei Stephan bleiben würde. Und doch, es war doch nur eine Zigeunerin !

Kaum hatte sie diesen Gedanken zu Ende gedacht, da kam sie sich selbst vor wie ein kleines Mädchen, das bei etwas Unrechtem ertappt worden war. Ja, Ilona war eine Zigeunerin. Aber welcher Mensch auf dieser Erde konnte denn etwas dafür, in welche Umgegend, in welche Familie, in welche Situation er hineingeboren wurde ?

Ein leichtes Schaudern überkam Christina, als sie sich an eine ferne Zeit erinnerte, eine Zeit vor vielen, vielen Jahren, als ihr junger Ehemann ihr aus seinem bisherigen Leben erzählt hatte, ein Schaudern, wenn sie daran dachte, welche Aufgaben er damals   - durchaus erfolgreich - zu erledigen hatte.

Damals, dachte sie sich nun, war es für mich keine Frage, eine Frau steht zu ihrem Mann. Heute muss das wohl für mich heißen, eine Mutter steht zu ihrem Sohn. Wenn mein Sohn Ilona liebt, kann es für mich keine Bedenken geben, umso mehr, als Zigeuner sein ja eigentlich nur ein von den Menschen herbeigeredeter Makel sein dürfte.

Unrechtes Tun wie Diebstahl ist ja beileibe kein Vorrecht der Zigeuner, da können auch brave Bürger mithalten. Und im Umkehrschluss bedeutete das doch wohl, dass es nicht nur in der allgemeinen Bürgerschaft und im Adel anständige Leute gibt, sondern sicher auch bei Ausgestoßenen wie den Zigeunern. Wofür meine zukünftige Schwiegertochter ja ein deutliches Beispiel abgibt.

In diesem Moment ging die Tür ihrer Kammer auf und ein kleiner Mädchenkopf schob sich vorsichtig herein.

„Komm herein, Marti !" winkte Christina lächelnd. „Da freue ich mich doch, wenn du mich besuchst."

Das kleine Zigeunermädchen verstand die Worte nicht, durch den Klang der Stimme und das Gesicht der Burgherrin aber sehr wohl ihre Bedeutung. Flugs war sie auf dem Schoß und tippte Christina mit dem Zeigefinger auf die Nase.

„Stephan !" meinte sie glücklich lächelnd. „Stephan !" Und dann zeigte sie mit dem Fingerchen nach unten.

„Stephan ist da ?" fragte Christina erfreut.

Marti sah, dass ihre Nachricht sehr gut angenommen worden war und strahlte. Eifrig nickte sie mit dem Köpfchen und wiederholte : „Stephan ! Stephan !"

Christina hob die Kleine auf den Boden und stand auf. Sie nahm Marti an der Hand und sagte : „Komm, dann gehen wir gleich hinunter zu Stephan. Das ist aber ganz lieb von dir, dass du mir Bescheid gesagt hast."

Sie strich der Kleinen über das Haar. Während sie beide den Gang entlang gingen, dachte Christina für sich : Nein, das Wort Zigeuner soll keinerlei Bedeutung für uns haben. Würde diese Kleine hier in ihrer Kindheit von Ort zu Ort gejagt werden, wer könnte es ihr dann verübeln, wenn sie zur Diebin würde ? Und was wird wohl aus ihr, wenn sie zum Beispiel hier in Liebe und Obhut aufwächst mit all ihrer Freundlichkeit und ihrem reinen Kinderglauben ?

Nein, ob Zigeunerin oder Tochter eines Adeligen, wenn Ilona zu meinem Sohn steht, dann stehe ich zu ihr.

*

Max hatte mit seinen Leuten, nun also verstärkt durch die zehn Soldaten und durch diese, wie auch durch die zwei herzoglichen Banner, deutlich erkennbar als Würdenperson, die Stelle wieder erreicht, an der sie die Nachricht im geäst gefunden hatten.

Kurz danach machte der Weg eine S-förmige Schleife, an deren Ende sich der Wald so lichtete, dass man die ersten Felder und Hänge des Tales sehen konnte.

Als dieser große Tross in scharfem Trab die letzte Kurve durchritten hatte, prallten sie buchstäblich fast auf eine Gruppe marschierenden Mönche.

Bereits während Max Befehl zum Anhalten gab, machte Haymo zu den fünf Leibwächtern das Zeichen zum Umkreisen.

Die Pferde standen noch nicht ganz, da waren die fünf schon herabgesprungen, liefen um die Mönche herum und bildeten hinter ihnen mit gezogenen Schwertern einen Halbkreis.

Auch die Soldaten, die nun erkannten, dass hier eine besondere Situation vorlag, fächerten mit ihren Pferden etwas auseinander, um sich nicht gegenseitig zu behindern und sahen zu Haymo, bereit, abzusitzen.

Aber auch die Mönche drängten sich nicht wie erschrecktes Vieh zusammen, sondern bildeten wie zur Abwehr einen Kreis. In der Mitte blieben zwei, die einen dritten, dem die Kapuze dicht über den Kopf gezogen war, führten oder stützten.

„Halt !" rief Max laut und fordernd. „Wir sind Männer des Herzogs ! Wer seid ihr und wohin wollt ihr ?"

Einer der Mönche sah ihn in einer Mischung aus Geringschätzigkeit und Lauern an.

„Wenn ihr Männer des Herzogs seid, dann seid ihr entweder blind, da ihr nicht erkennt, dass wir Mönche sind, oder aber ihr setzt euch über Gesetze hinweg, die für euch gelten. Männer der Kirche unterliegen nicht den Machtbefugnissen des Herzogs. Also macht uns den Weg frei und lasst uns ziehen !"

Max grinste ihn freundlich an.

„Dann seid so nett und betrachtet uns als blind. Ihr könnt uns ja erleuchten, indem ihr uns Auskunft gebt. Wenn ihr zählen könnt, dann habt ihr schon gemerkt, dass wir mehr sind. Drum bitte ich euch nochmals, erklärt mir, wer ihr seid, woher ihr kommt und wohin ihr wollt. Und ich selbst will gar nicht um den heißen Brei herumreden, ich sage euch klipp und klar, dass wir jemanden suchen."

Der Mönch starrte ihn wütend an. „Ihr sucht sicher keinen Mönch. Wir aber sind Mönche !"

Haymo gab den Soldaten einen kurzen Befehl. Daraufhin sprangen auch sie von den Pferden und zogen ihre Waffen.

Max's Lächeln fror jetzt ein.

„Wir wissen nicht, welche Kleidung der Mann anhat, den wir suchen. Aber ich versichere euch, dass es uns nicht interessiert, selbst wenn er im Moment mit dem Mantel des Bischofs umhüllt wäre. Und," setzte er mit grimmiger Stimme hinzu, „ich versichere euch, dass es uns eilt. Also ?"

Die Mönche tauschten Blicke. Dann erklärte einer widerwillig : „Wir sind von unserem Bischof ausgesandt worden, um uns in diesem Tal umzusehen nach einem Platz für einen Klosterbau. Leider ist aber einer von uns schwer krank geworden, und so möchten wir möglichst schnell zurückkehren."

Nun trat Haymo mit gezücktem Schwert auf die Mönche zu.

„Ihr habt ja gerade gehört, dass wir keine Zeit haben. Also Schluss jetzt mit dem Gerede ! Es nimmt jeder die Kapuze ab, auch der Kranke ! Ich will sehen, ob ihr alle wirklich Mönche seid und ob jemand bewaffnet ist."

Der Mönch, der als erster geredet hatte, gab den anderen ein Zeichen, und sie streiften alle die Kapuzen nach hinten. Alle - außer dem Kranken; dieser stöhnte nur.

Der Tonsur nach waren sie wirklich Mönche.

„Gut," nickte Max, „jetzt wollen wir noch den Kranken sehen."

Und er wies mit der Hand auf den leise stöhnenden Mönch, der links und rechts gehalten oder gestützt wurde.

„Nein, es ist genug !" wehrte der Mönch nun wütend ab. „Lasst den Kranken in Ruhe ! Habt ihr vor nichts Respekt ? Ihr habt doch gesehen, dass wir tatsächlich Mönche sind. Uns zu etwas zwingen, das wir nicht wollen, bedeutet, dass ihr Gesetze brecht ! Wir sind unserem Abt verantwortlich und nicht weltlichen Bütteln. Wenn ihr uns mit Gewalt zu etwas zwingt, dann wird das Folgen haben für euch alle, die ihr noch bereuen werdet !"

Und die Mönche schlossen sich in einem engen Kreis um den Kranken.

„Kein Herumgerede mehr !" befahl Max und wandte sich an die Soldaten. „Jeweils zwei Mann nehmen jetzt einen Mönch beiseite ! Leistet er Widerstand, dann wird er sofort gefesselt !

Und zu den fünf Leibwächtern aus dem geheimen Dienst rief er : „Ihr kümmert euch um den Kranken ! Es soll ihm nichts passieren, aber wir müssen wissen, ob er wirklich ein Mönch ist."

Die fünf kamen aber nicht dazu, sich um den Kranken zu kümmern.

Kaum hatten nämlich die Soldaten ihre Schwerter beiseite gelegt und waren auf die Mönche zugetreten, entspann sich ein Handgemenge, das für sie böse ausgegangen wäre, hätten die fünf Leibwächter nicht eingegriffen. Kein einziger Mönch konnte von zwei Soldaten gehalten werden, so rasch wirbelten diese durch die Soldaten und verabreichten ihnen Prügel.

Nur die Männer vom geheimen Dienst waren ihnen ebenbürtig. Es dauerte eine Zeit lang, aber dann schafften es die Soldaten dank des Eingreifens der Leibwächter, die Mönche zu binden.

Haymo, der den beiden Bannerträgern zugerufen hatte, bei Max zu bleiben und die Schwerter zu ziehen, war nun der einzige, der sich um den Kranken kümmern konnte. Als er ihm die Kapuze vom Kopf zog, sah man, dass er geknebelt war. Mit einem Ruck riss Haymo die Kutte herunter. Die Hände des ‚Kranken' waren auf dem Rücken gefesselt. Er taumelte leicht hin und her.

Mit seinem Dolch schnitt Haymo die Fesseln durch und nahm dem Mann danach vorsichtig die Knebelung aus dem Gesicht - aus einem blassen und ausgezehrten Gesicht. Und doch starrte ihn Haymo erschrocken an und suchte in seiner Erinnerung ! Woher kannte er diesen Mann ?

Max war vom Pferd gesprungen und auch die fünf Leibwächter traten zu ihm, jetzt, da die Mönche gefesselt waren und sich die Soldaten verschiedene Körperteile rieben.

Er nahm den Mann vorsichtig am Arm und fragte : „Wer seid Ihr ? Der Herr von Burg Tiers ?"

Der bisherige ‚Kranke' nickte und wollte etwas sagen, es kam aber nur ein Krächzen aus der Kehle.

„Setzt Euch erst einmal hin," sagte Max schnell, „Ihr seid bei uns in Sicherheit ! Wir sind Männer des Herzogs. Ruht Euch ein klein wenig aus und dann bringen wir Euch nach Hause, auf Eure Burg."

Mit Maxens Hilfe ließ sich der Mann ins Gras nieder und rieb sich die Handgelenke. Seine Blicke wanderten erstaunt zwischen Max und Haymo hin und her.

Als er wieder Haymo anblickte, wurde dieser fast genauso blass.

„Aber das kann ja gar nicht sein !" murmelte er. „Ich bin doch nicht verrückt ! Du bist doch ...."

„Still !" befahl Max in herrischem Ton und hob beide Hände gegen Haymo. „Sei still ! Dieser Mann ist Stephan von Tiers, der Burgherr von Burg Tiers, und kein anderer !"

Er zeigte auf den Mann und lächelte nun. „Das ist der Vater vom Weißen ! Und wenn du genau hinschaust, dann siehst du auch die Ähnlichkeit."

Haymo kratzte sich verlegen die Wange. „Der Vater vom Weißen ! Ich hatte einen Augenblick gemeint, jemanden zu erkennen, der es aber gar nicht sein kann."

Er schüttelte über sich den Kopf.

Da lächelte der Mann am Boden zum ersten Male. In seinen Augen war ein Erkennen aufgeblitzt. Er zeigte mit dem Finger etwas unsicher und krächzte : „Haymo !"

Dieser zuckte zusammen und starrte Max fragend an.

Der Herzogssohn schnaufte durch und meinte : „Na, also er hat dich wiedererkannt. Und trotzdem, er ist der Vater vom Weißen, Stephan von Tiers. Denke dran, es gibt keinen anderen Namen !"

Haymo fuhr sich durch die Haare und nickte. Sein Gesicht zeigte deutlich, wie sein Gehirn arbeitete. Als er sah, wie sich der ‚Kranke' bemühte aufzustehen, sprang er hin und half ihm.

Der hustete und räusperte sich und allmählich wurde seine Stimme deutlicher. Zu Max sagte er nun, wobei er die Worte noch langsam formte : „Auch Euch kenne, nein, nein, kennen nicht, aber Ihr erinnert mich an jemanden."

Max grinste. „So wie Euer Sohn viel von Euch hat, habe wohl ich auch einiges von meinem Vater. Ich bin Max, der Sohn des Herzogs. Damals war ich sechs."

Über das Gesicht Stephan von Tiers' ging ein Leuchten.

„Dann seid ihr alle nur wegen mir gekommen. Was habe ich gehofft, dass sich jemand um mich kümmern würde."

146

Und neugierig setzte er hinzu : „Aber wer ist der Weiße, von dem ihr redet ? Einen Sohn habe ich wohl, aber der heißt wie ich."

Wieder grinste Max. „Der Weiße, das ist der Spitzname von einem meiner besten Freunde. Ihr werdet ihn auf Eurer Burg kennenlernen."

Er wandte sich an die Soldaten. „Und wir wollen jetzt keine Zeit mehr vertrödeln. Wir brechen auf zur Burg. Nehmt sicherheitshalber unsere Gefangenen ....."

Lautes Hufgetrappel unterbrach ihn. Leibwächter wie Soldaten zogen die Waffen. Doch ums Eck kamen Marinus und seine Gruppe.

Max ließ kein Palaver zu. „Das erleichtert uns den Gefangenentransport und Stephan von Tiers kommt umso schneller zurück zu seiner Burg und seiner Familie."

Er befahl, dass die Soldaten mit den gefesselten Mönchen zum Taleingang zurückreiten und ihrem Kommandanten ausrichten sollten, sie sicher zu verwahren, bis er weitere Anordnung erhalte. Aus den Reihen der Soldaten sollten nur die beiden Bannerträger bei ihm bleiben und wie bisher vorausreiten.

Haymo bat er, den Befreiten mit auf sein Pferd zu nehmen und ihn etwas zu stützen.

„Ich wird verrückt !" murmelte Haymo, als er dem Burgherrn auf das Pferd half.

Dieser lächelte und mahnte : „Vergiss trotzdem meinen richtigen Namen nicht ! Ich heiße Stephan, wie mein Sohn."

Haymo nickte und murmelte wieder, wobei er den Kopf schüttelte : „Ich glaub, ich wird verrückt."

auf burg tiers

Auf Burg Tiers angekommen hatte Max, wie es sein Vater in dieser Situation auch getan hätte, mit sofortigen Anordnungen klare Verhältnisse geschaffen. Der einzige, mit dem er seine Befehle kurz absprach, war der Burgherr, und dieser akzeptierte mit Kopfnicken und Lächeln im Gesicht.

Der Sohn des Herzogs teilte alle, die mit dem Befreiten etwas zu reden hatten oder wollten, in drei verschiedene Gruppen ein, je nach Vorrangigkeit.

Die erste Gruppe, der er die meiste Zeit zugestand, war natürlich die Familie. In die zweite Gruppe teilte er Marinus, Haymo, Sebastianus, Raimund sowie sich selbst ein. Als dritte Gruppe, und hier konnte es ohne Probleme auch bis morgen warten, wollte er alle übrigen Männer des herzoglichen geheimen Dienstes vorstellen.

Und so war nun die erste eingeteilte Gruppe mit dem Burgherren zusammen in dem großen Zimmer, das gleichzeitig als Raum für Mahlzeiten diente und wenn notwendig für größere Besprechungen oder Feiern.

Schon seit Minuten hielten sich Christina und Stephan umarmt. Das einzige, was sie ihm zugeflüstert hatte, war : „Ich habe solche Angst um dich gehabt !" und seitdem drückten sie sich schweigend.

Ohne seine Frau loszulassen überflog Stephan von Tiers glücklich seine ganze Familie - und stutzte. Sie musste in der Zwischenzeit etwas größer geworden sein ! War er denn so lange weg gewesen ? Er lächelte über sich selbst, so lange ja nun auch wieder nicht, das kleine Mädchen war wohl um die vier Jahre, und der Bub so sechs, sieben. Und wer war dieses ausnehmend hübsche Mädchen, das wie eine Zigeunerin aussah ?

Doch er kam nicht weiter zum Denken, denn kaum ließ ihn seine Frau los, warfen sich seine beiden Töchter in seine Arme und drückten ihn stumm. Er gab jeder einen Kuss und strich ihnen über die schönen langen Haare.

Als sie ihn losließen, umarmte ihn sein Sohn. Sein Sohn, den er nach fast einem Jahr ausgerechnet am Tage seiner Befreiung wiedersah !

„Ist das schön, dass du da bist, Stephan !" sagte er zu ihm. Der lachte fröhlich und meinte : „Und was sind wir froh, dass wir dich gefunden haben."

„Was meinst du mit ‚wir' ?" fragte der Burgherr.

„Na, ich und die ...."

„Jetzt nicht, Stephan !" fiel ihm seine Mutter ins Wort. „Willst du deinem Vater nicht Ilona vorstellen ?"

„Ja, natürlich," sagte Stephan glücklich lächelnd und nahm das hübsche Mädchen an der Hand. „Vater, das ist Ilona, meine Braut."

Bevor der Vater etwas antworten konnte, schob sich das kleine Mädchen an Stephans Seite, nahm, seine andere Hand und zeigte mit dem Finger auf sich selbst.

„Ich – Marti," verkündete sie selbstbewusst. Dann zeigte sie auf den Sohn des Burgherren : „Stephan !"

„Mir scheint, du hast dir zwei Bräute mitgebracht ! Und außerdem freue ich mich, dass mir endlich einmal jemand erklärt, wie der Kerl heißt, der sich zwei Bräute leisten kann !" lachte der Burgherr.

Er sah kurz seiner Frau ins Gesicht, und als er darin nur Zustimmung lesen konnte, umarmte er Ilona und sagte zu ihr : „Dann herzlich willkommen in unserer Familie. Den guten Geschmack hat mein Sohn wohl von mir geerbt."

Schon bei den letzten Worten fing er etwas zu schwanken an.

Stephan packte seinen Vater unter den Armen und sagte besorgt : „Du bist noch schwach. Setz dich doch lieber hin !"

„Ja," stimmte auch Christina zu, „meinst du nicht, du solltest dich überhaupt erst einmal gründlich ausschlafen ? Wichtig ist doch nur, dass du wieder da bist, reden können wir auch morgen."

„Nein, es geht schon," winkte der Burgherr ab, „ich bin doch noch kein alter Tattergreis. Und den Sohn des Herzogs kann ich doch nicht bis morgen warten lassen. Nur hinsetzen werde ich mich, das schadet bestimmt nicht."

Er bekam den bequemsten Sessel und seine Familie gruppierte sich um ihn herum.

Doch zu einem weiteren Gespräch kam es nicht, denn Christina traf eine Entscheidung.

„Wenn Vater unbedingt noch mit den anderen reden will, dann lassen wir ihn aber schon bis morgen in Ruhe. Wir sind froh, dass er wieder da ist und dass ihm weiter nichts passiert ist, also werden wir die Zeit bis morgen schon überstehen."

Alle stimmten ihr zu und sie wandte sich an ihren Mann.

„Und du nimmst kein Blatt vor den Mund, wenn dir - Herzogsohn hin, Herzogsohn her - das Gerede zu lang wird, sagst du Bescheid und ruhst dich aus !"

„Ist das ein Befehl ?" fragte Stephan von Tiers lächelnd.

„Und ob !" antwortete seine Frau. „Und gnade dir sonst wer, wenn du ihn nicht befolgst."

Marti, die das Gespräch, obwohl sie nichts verstand, aufmerksam verfolgt hatte, ließ nun Stephans Hand los, trippelte zu seinem Vater, sah ihm ins Gesicht, und war im Nu - als er sie anlächelte - auf seinem Schoß.

*

Die Zeit der Gefangenschaft hatte dem Burgherrn arg zugesetzt; er spürte deutlich, dass er nicht nur körperlich, sondern auch seelisch geschwächt war. Zugeben wollte er es aber nicht, zum einen meinte er, Christina habe genug Sorgen gehabt und zum andern drängte es ihn geradezu, mit all denen zu reden, die noch warteten.

Herzog Maximilian hatte seinen Sohn Max geschickt, nach über zwanzig Jahren noch solch ein Beweis der Wertschätzung !

Und Marinus und Haymo ! Der eine ein Mann der ersten Stunde und der andere einer von denen, die unter seiner Führung die bedeutendste Aktion erfolgreich durchgeführt hatten.

Amüsiert registrierte er, dass sein Sohn wie selbstverständlich als Hausherr fungierte. Einen nach dem anderen schob er nach vorn zu ihm und stellte ihn vor.

„Vater, das ist mein Freund Max, der Sohn unseres Herzogs," sagte er stolz. „Noch vor ein paar Wochen hat er gesagt, er habe noch nie von Tiers gehört, und nun ist er persönlich hier."

Der Burgherr gab dem Herzogsohn die Hand und wollte sich noch einmal bedanken für die Rettung, aber dieser umarmte ihn und meinte : „Ich freue mich, dass ich die Gelegenheit zu diesem, na sagen wir mal, ungewöhnlichen Besuch bekommen habe. Und gleichzeitig möchte ich Grüße von meinem Vater ausrichten."

Er zwinkerte mit einem Auge. „Mit dieser Geschichte hat sich ja nun einiges geändert, vielleicht ist ja jetzt die Situation so, dass ihr beide euch irgendwann noch einmal selbst begrüßen könnt."

Stephan von Tiers wusste nicht, was er antworten sollte.

Doch sein Sohn ließ ihm auch nicht viel Zeit.

„Und hier, Vater, das ist Marinus. Er ist unser stellvertretender Kommandant. Wir sind mit fast zwanzig Mann hier."

Die Kehle des Burgherren wurde trocken. Das Gesagte gab ihm einen Stich in die Herzgegend.

Statt des ersten Wortes kam nur ein Krächzen aus seinem Mund, dann schluckte er zweimal und fragte ungläubig : „Wir ?"

Marinus gab ihm einen vorsichtigen Klaps auf die Schulter und erklärte lachend : „Was meinst denn du, wo dein Sohn gelandet ist ? Wir arbeiten jetzt vorrangig in Zweiergruppen, und bei deinem Sohn und seinem Nebenmann sieht alles so aus, als wenn sie sich zu Spitzenleuten in unserem Verein entwickeln werden."

Noch war der ungläubige Gesichtsausdruck beim Burgherren nicht verschwunden.

„Du bist - im Dienst ?"

„Ja, Vater," antwortete Stephan überrascht, „woher weißt denn du vom geheimen Dienst ?"

Max, der den Burgherren etwas besorgt betrachtete, mischte sich ein.

„Stephan, jetzt nicht zu viel auf einmal. Lass deinem Vater Zeit !"

Stephan nickte. Er zog den nächsten am Ärmel zu seinem Vater heran.

„So, Vater, und das ist mein bester Freund. Wir beide heißen bei den anderen ‚der Schwarze und der Weiße'. Er heißt ....."

150

Dann brach er ab und hielt seinen Vater, da dieser arg zu schwanken begann. Auch Max war herbeigesprungen und stützte ihn.

Der Burgherr starrte dem jungen Mann ins Gesicht.

„Ivanka !" krächzte er mit trockener Stimme.

„Was ist los, Vater ?" fragte Stephan besorgt und schüttelte den Kopf. „Er heißt nicht Ivanka, er ....."

„Ivanka !" krächzte der Burgherr nochmals und zeigte mit dem Zeigefinger in das dunkle Gesicht seines Gegenübers.

„Nein, Vater, du irrst dich," widersprach ihm sein Sohn, „ich weiß nicht, was du mit ‚Ivanka' meinst. Das ist mein bester Freund. Er heißt Raimund von Fulinpach."

Der Körper des Burgherren wurde schlaff.

Rai – mund von Fu – lin – pach ?" flüsterte er mit Entsetzen in der Stimme und fiel in sich zusammen.

Sebastianus drängte sich nach vorn. Vorwurfsvoll sagte er zu Max : „Wir haben ihm zuviel zugemutet ! Diese Gespräche hätten doch auch bis morgen Zeit gehabt !"

Max nickte. „Ja, wir haben zu wenig mitgedacht. Die Gefangenschaft hat ihm übler mitgespielt, als er zugeben wollte."

Sebastianus wandte sich an Stephan : „Tragt ihn in sein Schlafzimmer und legt ihn hin ! Ich sage inzwischen deiner Mutter Bescheid. Er muss ab jetzt unbedingt in Ruhe gelassen werden !"

„Ich helfe dir !" bot sich Raimund an.

Zu zweit trugen sie ihn nach oben. Schon auf dem Gang rannte die besorgte Burgherrin herbei und schimpfte mit sich selber, weil sie nicht auf einer Ruhepause bestanden hatte. Raimund und Stephan komplimentierte sie sofort wieder aus dem Schlafzimmer hinaus.

Als die beiden wieder zu den anderen kamen, sagte Stephan mit Besorgnis in der Stimme : „Was er nur gemeint hatte, als er zu dir Ivanka gesagt hat ? Das klingt doch wie ein Frauenname."

„Das ist sicher ein Frauenname," bestätigte Raimund, „aber ich habe den Namen noch nie gehört. Ich kenne niemanden, der so heißt."

„Doch," sagte nun Max mit einem Unterton, der alle aufhorchen ließ, „doch du kennst, also genau genommen, du kanntest schon eine Frau mit diesem Namen. Dir ist es nur nicht bewusst, weil dir damals nicht die geringste Möglichkeit gegeben war, es dir bewusst werden zu lassen."

Er schwieg und schien mit sich selbst zu ringen, dann entschied er sich. Leise setzte er hinzu : „Ivanka ist der Name deiner leiblichen Mutter, die bei deiner Geburt gestorben ist."

Stephan und Raimund starrten ihn an. Raimund öffnete den Mund, sagte aber nichts und klappte ihn wieder zu.

Max nickte. „Ich weiß es erst seit kurzem. Und du musst deiner leiblichen Mutter verteufelt ähnlich sehen, denn ganz offensichtlich hat Stephan von Tiers sie in deinem Gesicht erblickt."

Raimunds Mund klappte noch einmal auf und zu, als wolle er etwas sagen, aber er bleib stumm.

Statt seiner fragte sein bester Freund : „Aber was hat denn mein Vater mit Raimunds leiblicher Mutter zu tun ?"

Nun starrten alle auf Max.

Dieser aber schüttelte jetzt den Kopf. „Das muss dir, oh nein," verbesserte er sich, „das muss er euch beiden selber erklären !"

*

Zwei Tage und zwei Nächte schlief Stephan von Tiers, abwechselnd bewacht von seiner Frau mit Ilona und von seinen Töchtern. Er schlief sich gesund an Körper und Seele.

Als er erwachte, brauchte er nicht lange, um seine Gedanken zu sammeln. Er gestand seiner Frau die Forderung zu, dass er vorläufig noch liegen bleiben müsse, verlangte aber nach der ganzen Familie.

„Und ruf bitte diesen Raimund dazu !" bat er seine Frau.

Christina sah ihn an.

„Vor langer Zeit hast du mir einmal von einem Mädchen auf einem herzoglichen Gut erzählt," meinte sie nachdenklich, „sie war so fremdartig dunkel und schön, hast du gesagt. Das war wohl diese Ivanka ?"

Der Burgherr nahm ihre Hand, hielt sie an seine Wange und sah seine Frau liebevoll an.

„Und ich kann mich erinnern, dass du damals eifersüchtig warst und dich erst beruhigt hast, als ich dir schwor, dass es nie ernst war und dass ich nur dich liebe."

„Ich kann mich besser erinnern, als du denkst," lächelte Christina, „ganz genau hast du gesagt, dass ich deine Einzige bin, würde ich allein schon daran erkennen, dass nur ich ein Kind von dir bekam."

Nun sah er sie zerknirscht an. „Ich habe nicht die leiseste Ahnung von Raimund gehabt."

Christina lachte laut. „Schau nicht so schuldbewusst ! Das weiß ich doch, dass du mich nie angelogen hast."

Sie erhob sich vom Bett. „So, ich rufe also die gesamte, ich betone, die gesamte Familie herbei. Aber heute setze ich meinen Willen durch ohne einen Einwand von dir. Wir lassen hier einen Tisch aufstellen und frühstücken alle mit dir. Dabei kannst du uns alles, was du möchtest, erzählen und erklären."

Vorsichtig protestierte Stephan. „Ich kann doch nicht hier im Bett liegen und essen, wenn die Kinder alle am Tisch sitzen. Was sollen die denn von mir denken !"

„Entweder so, wie ich es vorgeschlagen habe, oder gar nicht !" erwiderte seine Frau. „Unsere Kinder denken doch nicht anders als du und ich. Mach noch einmal kurz die Augen zu und ich lass' inzwischen alles richten."

*

Als seine ganze Familie in fröhlicher Stimmung bei ihm und mit ihm frühstückte, da war Stephan von Tiers froh über den Vorschlag seiner Frau. Er beobachtete alle nacheinander und die allgemeine Heiterkeit erleichterte es ihm, in ein Gespräch einzusteigen. In ein Gespräch, das nun das bringen musste, von dem er stets geglaubt hatte, es wäre vergangen. Vergangen und vorbei seit zwanzig Jahren.

Als das allgemeine Durcheinandergerede etwas nachgelassen hatte und nachdem er sich mit einem großen Glas Rotwein - allerdings mit Wasser verdünnt - gestärkt hatte, klopfte er an das leere Glas und ließ es klingen.

Alles verstummte und jeder sah erwartungsvoll zu ihm hin.

In diesem Moment verlor er jede Verlegenheit. Ihm wurde bewusst, dass es nur einen einzigen Weg in die Zukunft gab : Nämlich indem er die Vergangenheit erklärte.

Und dieses Bewusstsein ließ ihn ruhig und stark werden. Bevor er anfing zu reden, musste er über einen Gedanken lächeln : Er war so ruhig und stark wie in all seinen Aufgaben vor über zwanzig Jahren.

Und gerade dieses Lächeln, das seine Gesundung verkündete, zog alle in seinen Bann.

„Meine lieben Kinder," begann er mit fester Stimme, „ich bin euch eine Erklärung schuldig, na ja, es werden wohl mehrere Erklärungen werden.Und ich meine mit meine Kinder nicht nur Stephan, Elisabeth und Anna, sondern auch Raimund und meine zukünftige Schwiegertochter Ilona.

Seid so lieb und stellt keine Fragen, sondern lasst mich erzählen. Meine Erklärungen gehen euch alle an, die ihr zu meiner Familie gehört."

Er machte eine kurze Pause, sah alle der Reihe nach an und stellte glücklich fest, dass Raimund ihn weder abweisend noch feindselig ansah, sondern genauso unbefangen und neugierig wie die anderen.

„Es wird euch zunächst verwirren, wenn ich mit dem Wichtigsten beginne. Ich, Stephan von Tiers und Herr auf Burg Tiers, habe nicht immer so geheißen. Ich hatte einen anderen Namen, lebte woanders

153

und hatte für mich und meine zukünftige Familie ganz andere Pläne. Von diesem schönen Tal hier wusste ich überhaupt nichts, denn ich war nie mit dem Vorbesitzer verwandt.

Ich glaube, ich darf heute von mir sagen, ich war in meiner Arbeit für den Herzog erfolgreich, sehr erfolgreich. Und doch haben mich Gegner, von denen ich nie wusste, wo ich sie finden könnte, in ein anderes Leben vertrieben. Mich und dazu eure Mutter. Auch sie hieß nicht immer Christina von Tiers, sie hatte einen anderen Namen, sie lebte ganz woanders, sie kam aus einer geachteten Familie. Trotz allem, was sie hinter sich lassen musste, trotz allem, was sie aufgeben musste, folgte sie mir in dieses neue Leben auf Burg Tiers."

Stephan von Tiers lächelte seine Frau an. „Wir haben es aber nie bereut, denn wir fanden uns auch in diesem neuen Leben zurecht."

„Und ihr, meine Kinder," fügte er hinzu, „ihr habt ja nichts anderes kennen gelernt als das Leben, in das ihr hineingeboren wurdet. Aber gerade deswegen wird das, was ich erzählen muss, sehr verwirrend für euch sein. Bitte harrt aus bis zum Schluss, damit ihr nicht nur das Äußere seht, sondern vor allem das Warum versteht !"

Noch einmal machte er Pause, sah Raimund an und sagte : „Raimund, holst du bitte Max, Marinus und Sebastianus dazu ? Sie könnten alle drei bei meinen Erklärungen helfen."

vergangenheit

„Auf Veranlassung des Herzogs verließen wir über Nacht unsere bisherige Heimat. Wir bekamen eine neue Identität, also neue Namen und eine neue Heimat, abseits vom bisherigen Geschehen, eben Burg Tiers.

Als wir hier ankamen, war der ehemalige Burgherr gerade drei Wochen tot, hatte keine Erben, und wir wurden als ‚weitläufige Verwandtschaft' vom Herzog als Erben eingesetzt. Wir, das waren meine junge Frau mit ihrer Mutter und ich. Auch war das erste Kind bereits unterwegs und wurde dann wie die beiden anderen hier auf Burg Tiers geboren.

Vergessen und ausgestrichen war mit einem Schlag alles, was unseren Familien bisher gehört hatte, und das war viel, aber eben doch nichts wert in der Waage mit unserem Leben.

154

Und - ich sage euch viel, aber nicht alles. Ich werde in euch auf keinen Fall den Wunsch erwecken nach Gütern oder Burgen, die einst uns gehörten und auf denen inzwischen sicher längst andere Gefolgsleute des Herzogs sitzen. Ich sage euch, was ihr wissen müsst, um alles zu verstehen, und dann will ich von euch, dass ihr mir versichert, dass ihr mit der Situation, wie sie jetzt ist, zufrieden seid !

Wenn solch Unerhörtes passiert, muss es einen gewichtigen Grund dafür geben. Lasst es mich ausdrücklich sagen : Während es für mich die Folge meines Tuns war, war es für meine junge Frau einzig die Tatsache, dass sie eben meine Frau geworden war.

Zwanzig Jahre hat es gedauert, bis meine damaligen Gegner uns gefunden haben. Aus Zufall ? Oder haben sie tatsächlich so lange nach mir gesucht ? Ich weiß es nicht, denn mir geht es heute wie damals, ich ahne, wer es ist und kann doch nicht sagen, wie er greifbar wäre, wo er sich aufhält, wo er herkommt.

Ich war als junger Ritter, nur wenig älter als jetzt Raimund und Stephan, im Dienst des Herzogs, und zwar sehr nahe bei ihm. Man kann es so beschreiben : Teils war ich sein Leibwächter, teils sein Freund und teils erledigte ich gewisse heikle Aufträge für ihn, die immer mit dem Eliminieren einer oder mehrerer Personen endeten. Wie gesagt, ich war sehr erfolgreich bei diesen Aufträgen. Meine Spezialität war das Agieren im Dunkeln, mich sah niemand, mich fand niemand, mich ahnte niemand.

Dann bekam ich einen merkwürdigen Auftrag. Es waren Morde geschehen, und zwar an hohen geistlichen Würdenträgern, die sogar zuvor gefoltert worden waren. Herzog Maximilian beauftragte mich mit der Aufklärung dieser Geschichte, denn während die Herren Bischöfe diese Morde dem Teufel in die Schuhe schoben, war unser Herzog der Meinung, es stecke natürlich ein menschlicher Mörder dahinter. Und in einen solchen müsste ich mich gut hineinversetzen, ihn finden und stoppen können.

Ein gut Teil Glück sorgte dafür, dass es mir gelang, den Mörder zu finden. Doch ich kam dabei einer Geheimorganisation der Kirche in die Quere, die ebenfalls auf der Suche nach dem Mörder war. Weil ich ihnen zuvorgekommen war und der Mörder nun nicht mehr lebte, suchten die Männer dieser Geheimorganisation nun, mich zu erwischen und zu befragen. Einmal gelang ihnen das tatsächlich, doch ein sehr guter Freund rettete mich.

Mein Wissen über den Mörder muss dieser Organisation so ungeheuer viel bedeuten, dass sie von da ab mich nicht mehr in Ruhe ließen. Mit Anschlägen auf meine Familie drohten sie mir.

Die Existenz einer nicht greifbaren, doch offenbar über uns gut informierten Geheimorganisation ließ uns nicht ruhen. Uns - das waren der Herzog, ich und sein wichtigster Ratgeber, mit dem ich auch befreundet war, Georg von Fulinpach.

Es war meine Idee, eine neue Organisation aufzubauen, eine Gruppe von Männern, die im Geheimen kampfesbereit sein sollten, überall einsetzbar, aber möglichst unbekannt, möglichst unbeachtet.

Im Bemühen um die Gunst einer schönen Ritterstochter wetteiferten bei einem Turnier mehrere junge Ritter, darunter auch ich und ein anderer Ritter in meinem Alter, Arnhard von Glonn, mit dem ich mich anfreundete. Bei einer sehr unliebsamen Begegnung mit Mönchen aus dem geheimnisvollen anderen Dienst rettete mir dieser Arnhard von Glonn das Leben," Stephan von Tiers lächelte, „obwohl ich ihn kurz vorher bei der Bewerbung um die Ritterstochter aus dem Feld geschlagen hatte.

Zusammen mit einigen ausgesuchten Männern aus der herzoglichen Wache begannen wir beide, den geheimen Dienst des Herzogs aufzubauen. Allmählich wurde diese Gruppe größer, und neben Aktiven gelang es uns auch, sogenannte Passive, also zum Beispiel Informanten aus den verschiedensten Bereichen zur Mitarbeit zu bewegen."

Raimund konnte sich nicht halten. „Einer dieser Passiven war aus dem Bereich der Kirche Sebastianus !"

Stephan nickte und lächelte. „Genau. Sebastianus war sogar der Allererste. Ich hatte ihn bei meiner Suche nach dem Mörder kennen gelernt. Gut. Also der Dienst wurde in sich größer und fing an, sich mit Hilfe der Passiven auszubreiten."

Sein Lächeln verschwand und er wurde ernster.

„Nun begannen Anschläge auf meine Familie. Es sah so aus, als sollte ich eingekreist werden. Dieser geheime Dienst der Kirche suchte mich zu treffen, wollte mich wahrscheinlich unbedingt in die Finger bekommen. Ich verlor Vater und drei Brüder und es wurden fast gleichzeitig die Heimatburg meiner jungen Frau überfallen sowie eine Burg, auf der wir eine Station des Dienstes hatten."

„Burg Altenwaldeck im Mangfalltal !" warf Raimund ein.

Stephan von Tiers sah ihn überrascht an.

„Ja, Burg Altenwaldeck," bestätigte er, „wir konnten die Überfälle abwehren, aber Herzog Maximilian entschied, dass mein Leben und das meiner jungen Frau, und vor allem das Leben unseres ungeborenen Kindes wertvoller sei als meine weitere Arbeit für den geheimen Dienst.

Man ließ Raimund von Bogen, der ich damals war, offiziell auf Burg Altenwaldeck sterben, und man ließ die junge Familie hier auf Burg

Tiers ein neues Leben beginnen. Ein Leben, von dem man hoffte, dass es niemals von der Vergangenheit überschattet werden würde."

Sein Sohn Stephan stieß ihn leicht am Arm an. „Irgendwo mitten drin hast du etwas Wichtiges vergessen !" kritisierte er und wies auf Raimund. „Wenn ich mir das gestern Gehörte zusammenreime, dann sind wir Brüder ?"
Stephan von Tiers stieß ein leichtes Lachen aus und nickte.
„Es ist bei Rittern gern so üblich, dass man den ältesten Sohn nach sich selbst benennt. Und jetzt bin ich der einzige Vater auf der ganzen Welt, der *zwei* älteste Söhne hat, und beide tragen meinen Namen. Als Raimund von Bogen habe ich dich gezeugt," er fasste Raimund fest am Arm, „und deshalb trägst du meinen Namen. Und als du auf die Welt kamst, Stephan, da waren wir die Familie von Tiers, und deshalb trägst du meinen jetzigen Namen."
Er sah Raimund etwas unglücklich an.
„Ich habe nie etwas von deiner Existenz gewusst. Als junger Ritter kam ich im Auftrag des Herzogs oft auf ein herzogliches Gut und übernachtete dort. Und zwar immer bei einem verflixt hübschen, schwarzhaarigen Mädchen mit einem dunklen Gesicht, in dem die Augen leicht schräg standen. Sie sagte immer, aus uns würde nie etwas Festes werden, eben weil ich ein Ritter war. Ein junger Mann nimmt so etwas leicht hin und denkt nicht viel nach.Und bei deiner Geburt zeigte sich wohl der Herzog als der Freund, der er für mich war, und er hat dich so untergebracht, wie es besser nicht hätte sein können."
Jetzt lächelte Stephan von Tiers wieder.
„Und bei der Namensgebung hat er sich den Hinweis auf mich nicht verkneifen können. Und noch dankbarer als meinem Freund, dem Herzog, bin ich meinem damaligen Freund Georg von Fulinpach und seiner Frau, dass sie dich als echten Sohn aufgezogen haben ! Es tut mir so leid, dass ich mich bei ihr nicht mehr bedanken kann, dass du deine Mutter schon zum zweiten Mal verloren hast."
„Und bei diesen Worten wird es Zeit, dass ich mich einmische !" schaltete sich Christina von Tiers in das Gespräch ein. Sie legte einen Arm um Raimund.
„Erlaubt mir festzustellen, dass ich auch noch hier bin. Wie schon am Rande erwähnt, ich bin an dieser Familiengeschichte seit über zwanzig Jahren beteiligt. Und wer schon zweimal die Mutter verloren hat, dem steht zu, dass er eine dritte bekommt. In diesem Falle also mich, Raimund ! Und ich freue mich über das neue Gleichgewicht in meiner Familie : Jetzt habe ich zwei Töchter und zwei Söhne."

Max, der bisher nur schweigend zugehört hatte, schlug sich auf die Schenkel und rief . „Die blöden Gesichter eurer Kameraden im Dienst möchte ich sehen ! Kein einziger wird glauben, dass es wahr ist, jeder wird es für ein Märchen halten, wenn sie erfahren, dass der Schwarze und der Weiße Brüder sind !"

Raimund drohte ihm mit der Faust. „Und du hast das schon vor mir gewusst ! Wenn alles anders gelaufen wäre, hättest du es fertig gebracht, es uns auf ewige Zeiten zu verschweigen ?"

„Ohne mit der Wimper zu zucken, darauf kannst du dich verlassen !" behauptete Max grinsend.

Raimund sah Stephan an. „Wollen wir ihn gemeinsam verdreschen oder soll ich's allein machen ?"

Stephan krempelte seine Ärmel hoch. „Wie kann man nur so dumm fragen ! Der Schwarze und der Weiße sind und bleiben *ein* Gespann, ob wir nun Dienst machen oder Herzogssöhne verhauen."

„Halt !" stellte dich Christina dazwischen. „Friede, Friede ! Wenn ich richtig verstanden habe, ist Max euer oberster Vorgesetzter. Also dann Frieden unter meinem Dach ! Außerdem habe ich mitbekommen, dass er demnächst heiraten wird. Ihr könnt ihn doch nicht mit einem blauen Auge vor den Altar treten lassen !"

„Mit einem ?" lachte ihr Mann. „Du hast doch gehört, unsere Söhne sind ein unzertrennliches Gespann. Also wird er, wenn sie mit ihm fertig sind, mit *zwei* blauen Augen neben seiner Braut stehen."

„Ich ergebe mich !" rief Max und hob die Arme wie zur Abwehr hoch. „Ich ergebe mich und verpflichte mich, um Reue zu zeigen, die gesamte Familie zu meiner Hochzeit einzuladen. Ist das genug ?"

Er stimmte in das allgemeine Gelächter mit ein und hob dann die Hand, um noch einmal um Ruhe zu bitten.

„Übrigens," sagte er zu Stephan und Raimund, „hat euer Vater eine verflucht wichtige Geschichte bescheiden verschwiegen. Wie ihr ja wisst, bin ich im Alter von knapp sechs Jahren von Mönchen entführt worden. Damals bekam mein Vater ein Schreiben, dass er mich nur dann lebend wiedersehen würde, wenn er seinen neuen geheimen Dienst auflösen würde. Doch gerade dieser Dienst befreite mich, und verantwortlich für die Rettungsaktion war der damalige Kommandant Raimund von Bogen. Dies muss gesagt werden, damit jeder versteht, welch großer Verlust es für meinen Vater in seinem Amt als Herzog gewesen ist, einen solchen Mann ‚sterben' zu lassen."

Nach einer kleinen Pause fuhr er fort.

„Und jetzt wird es natürlich allmählich Zeit, unsere Zelte hier abzubrechen. Marinus und ich kehren mit den Männern aus dem Dienst zur Residenz zurück. Ich kann mir vorstellen, dass dort einige Leute wie auf Kohlen sitzen, um zu erfahren, was sich hier abgespielt hat.

Das Militär lassen wir vorläufig als deutliche Demonstration und natürlich zu eurer Sicherheit hier im Tal. Mit dem Kommandanten haben wir auch einen guten Griff getan, der wird euch gefallen. Stephan und Raimund erhalten von mir den Auftrag, hier vor Ort zu bleiben und zusammen mit dem Militär alles im Griff zu behalten, bis von der Residenz oder von Arnhard neue Order kommt."

das ende : ein anfang

Der wachhabende Offizier, der ans Tor des Tegernseer Übungsgeländes geholt worden war, glaubte seinen Augen nicht zu trauen.
„Könnt Ihr mir erklären, Bruder," fragte er staunend den Mönch, der um Einlass gebeten hatte, „wie ihr bis hierher gekommen seid ? Seid Ihr nicht mindestens dreimal von Posten angerufen und kontrolliert worden ?"
Der Mönch, ein Mann in den Dreißigern, lächelte freundlich.
„Genau genommen bin ich nicht ein Bruder, sondern Pater. Aber um Eure Neugier zu befriedigen : Ich wurde überall anstandslos durchgelassen, als ich das Losungswort nannte. Ich meine doch, das ist bei euch üblich und korrekt."
Der Offizier starrte ihn an.
„Bevor Ihr mich jetzt fragt, woher ich die Losung kenne und was ich hier zu suchen habe," setzte der Mönch immer noch lächelnd hinzu, „wäre es mir lieber, Ihr würdet mich hereinbitten. Ich habe einen langen Weg hinter mir und möchte gerne mit Arnhard von Glonn sprechen."
„Hier gibt es keinen Arnhard von Glonn," wehrte der Wachhabende ab, „Ihr müsst Euch irren."
Das Lächeln im Gesicht des Mönches blieb unverändert freundlich :
„Oh doch," sagte er, „natürlich gibt es einen Arnhard von Glonn. Er ist der Kommandant des herzoglichen geheimen Dienstes und auch im Moment in dieser Eigenschaft hier. Also wenn Ihr mich schon nicht hereinbitten wollt, dann richtet ihm doch bitte aus, dass ich am Tor warte. Ich habe einen sehr wichtigen Auftrag."
Diese - vor allem so freundliche - Selbstsicherheit beeindruckte den Offizier, und natürlich wusste er, dass man herausfinden musste, woher der Mönch dies alles bis hin zum Losungswort kannte.

Nach dem geltenden Befehl ‚Sicherheit an erster Stelle' ließ er den Mönch in die Wachstube eintraten, bat ihn sich zu setzen und befahl den vier Männern, die hier Dienst hatten, auf ihn aufzupassen. Dann ging er zu dem Haus, in dem Arnhard von Glonn sich aufhielt und machte Meldung.

*

Arnhard runzelte die Stirn und meinte zu seinem Stellvertreter Georg, mit dem er gerade einen Einsatzplan besprochen hatte : „Ein Mönch, der das Losungswort kennt ? Dann werden wir wohl besser mit ihm reden."
Er wandte sich an den Offizier : „Georg holt ihn zu mir. Du sorgst dafür, dass sofort zwei Trupps die Umgebung erkunden, ob sich noch mehr ungebetene Gäste in der Nähe aufhalten."
Der nickte und verließ das Zimmer.
„Das kann ich mir eigentlich nicht vorstellen," überlegte Georg, „an allen Posten ungesehen vorbeizukommen ist noch nie jemandem gelungen. Aber natürlich, sicher ist sicher. Und wenn wir jetzt ganz sicher gehen wollen, müssten wir einen Rollentausch vornehmen. Soll ich mich als Arnhard von Glonn ausgeben ? Immerhin muss man damit rechnen, es könnte auch ein einzelner Attentäter sein."
Arnhard schüttelte den Kopf.
„Nein, ein Rollentausch ist nicht notwendig. Aber Sicherheit geht vor, wenn du ihn holst, schick meine Leibwächter herein. Mit denen im Zimmer kann ein einzelner nicht gefährlich werden."
Als Georg die Leibwächter informiert hatte, holte er den Mönch.
Beim Überqueren des Hofes sah der Mönch die ausrückenden beiden Trupps, lächelte vor sich hin und sagte, als er vor Arnhard von Glonn stand, amüsiert : „Ihr lasst die Umgegend absuchen ? Da danke ich Euch für Eure hohe Meinung von meiner unwürdigen Person, aber Ihr habt keine Gefahr zu befürchten. Ich bin allein gekommen und nur aus einem einzigen Grund hier. Ich soll Euch eine Botschaft meiner Vorgesetzten überbringen."
Arnhard bot ihm einen Stuhl an.
„Nun, von befürchten kann keine Rede sein. Aber diese Kontrolle habe ich befohlen durchzuführen, denn immerhin ist mit Euch zum ersten Mal ein Fremder bis an das Tor gelangt."
Wieder lächelte der Mönch.
„Das ist auch keine Schwierigkeit, wenn man den Posten, die übrigens sehr wachsam sind, die Losung nennen kann."
Arnhard sah ihn nachdenklich an und lächelte nun ebenfalls.

„Gehe ich recht in der Annahme, dass ich von Euch kaum erfahren werde, woher Ihr unsere Losungsworte kennt ?"

„Ganz im Gegenteil," verneinte der Mönch, „ich stehe Euch Rede und Antwort zu allem, was Ihr wissen wollt. Die Losung bekam ich von meinen Vorgesetzten. Woher allerdings diese sie kennen," er zuckte bedauernd mit den Achseln, „das weiß ich leider nicht."

Dann lächelte er wieder in seiner freundlichen, zuvorkommenden Art.

„Aber Ihr könnt sie gern selbst danach fragen, denn mein Auftrag ist, Euch um ein Treffen zu bitten."

Georg und Arnhard sahen sich überrascht an.

„Ein Treffen ?" fragte Arnhard. „Was will Euer Bischof mit uns bereden ? Oh, halt," verbesserte er sich, „Ihr spracht ja von Vorgesetzten, also mehreren ?"

„Ich habe zwei direkte Vorgesetzte," bestätigte der Mönch, „ich kann Euch nur leider ihren Rang nicht sagen. Nicht weil ich es nicht möchte, sondern weil ich es nicht weiß. In unserer Organisation kennt man die Vorgesetzten nicht mit Namen, beide sind mit Eminenz anzureden, also sind sie sicher mindestens im Range eines Bischofs."

Man sah Arnhard die Überraschung an.

„Aus dem, was Ihr sagt, schließe ich, dass mir zum ersten Mal in meinem Leben ein Vertreter des geheimen Dienstes der Kirche gegenübersitzt. Wenn dem so ist, dann wisst Ihr selber, dass dies so ungeheuerlich ist, dass ich nach irgendeiner Legitimation fragen muss."

Der Mönch nickte und lächelte.

„Meine Vorgesetzten haben mir gesagt, dass Ihr in dieser Richtung fragen werdet. Nun, als Legitimation soll ich Euch ausrichten, dass ich einer der Gruppenführer bin, die mit der Entführung Stephan von Tiers' - oder wenn Ihr wollt, Raimund von Bogen - beauftragt war."

Er senkte etwas schuldbewusst den Kopf und fügte hinzu :„Leider gelang es uns nicht, diesen Auftrag korrekt zu Ende zu bringen."

Dann hob er den Kopf und lächelte wieder. „Ich persönlich muss sagen, ich bin beeindruckt von der Kompetenz Eurer Männer. Aber meine Meinung zählt hier natürlich nur wenig. Jedenfalls bitten meine Vorgesetzten Euch um ein Treffen, um die Möglichkeit, über das Thema ‚Raimund von Bogen' mit euch zu reden. Mehr kann ich nicht sagen. Zeitpunkt und Ort wollt Ihr bitte selbst bestimmen, und ich soll Euch bitten darum, solange hier warten zu dürfen, bis ich mich mit einer Antwort auf den Heimweg machen kann."

„Ach ja," sagte der Mönch in die darauf folgende Stille hinein, „ich selbst habe übrigens die Ehre, auch an diesem Treffen teilnehmen zu dürfen. Meine Vorgesetzten haben durchblicken lassen, dass der Vorschlag, den sie unterbreiten wollen, auch mich in irgend einer Weise betrifft. Nachdem dann also von unserer Seite drei Gesprächsteilnehmer am Tisch sitzen werden, werdet auch Ihr gebeten, mit drei Vertretern des herzoglichen geheimen Dienstes zu kommen."

„Wobei wir," meinte Georg nun sehr nachdenklich, „ja überhaupt keine Ahnung haben, was besprochen werden soll."

Der Mönch lächelte wie immer, diesmal ein bisschen wie entschuldigend.

„Das habt Ihr dann mit mir gemeinsam. Ich habe nicht die leiseste Vorstellung davon, was bei einem solchen Treffen besprochen werden soll. Und dann kommt bei mir noch dazu, dass ich ohne Genehmigung meiner Vorgesetzten nicht einmal den Mund aufmachen darf."

Arnhard lachte kurz, dann wurde er wieder ernst.

„So brennend mich dieses Treffen interessiert, ich muss Euch doch sagen, dass vorher die Sicherheitslage abgeklärt werden muss. Eure Vorgesetzten kennen uns, das steht wohl fest, aber wir kennen sie nicht. Wer garantiert uns, dass es sich nicht um eine Falle handelt, in der Ihr geopfert werdet zu Gunsten des Zieles, die Führung des herzoglichen geheimen Dienstes beseitigen zu können ?"

Der Mönch nickte. „An Eurer Stelle würde ich ebenso denken. Also zum einen kann ich Euch versichern, dass ich den Eindruck habe, dass meine Vorgesetzten es ernst meinen."

Er sah Arnhards skeptischen Blick und lächelte.

„Natürlich könnt Ihr Euch nicht nur auf meine Versicherungen und Gedanken verlassen. Was ich meine und denke, stellt für Euch keine Garantie dar, dessen bin ich mir bewusst. Doch meine Vorgesetzten überlassen ja Euch die Wahl von Ort und Zeit. Auf diese Art könnt Ihr doch zumindest ein Höchstmaß an Sicherung einbauen, oder ? Und ein bisschen ein Restrisiko wird immer bleiben. Aber das gehört doch auch zu unserem Beruf, findet Ihr nicht auch ?"

Arnhard sah ihn eine Weile nachdenklich an. Dann tauschte er mit Georg einen Blick.

„Nein, ein gewisses Risiko wird sich in unserer Tätigkeit nie vermeiden lassen. Aber ich habe nun seit zwanzig Jahren mit allen nur denkbar verschiedenen Menschen in unserem Beruf zu tun gehabt. Ich bilde mir ein, dass ich gelernt habe, Menschen unterscheiden und beurteilen zu können. Ich bilde mir ein, dass ich bei den meisten

Menschen hinter ihre Fassade schauen kann, dass ich sie also durchschaue."

Noch einmal sah er den Mönch nachdenklich an, und der hielt dem Blick mit seinem freundlichen Lächeln stand.

„Nein, ich glaube, Ihr täuscht Euch," sagte nun Arnhard zur Überraschung des Mönches, „ich glaube, Ihr täuscht Euch, wenn Ihr denkt, dass Eure Worte nicht als Versicherung dienen können.Ich entscheide mich hiermit dafür, Euch zu vertrauen. Mein Stellvertreter wird dafür sorgen, dass Ihr - allerdings außerhalb unseres Geländes - eine anständige Übernachtungsmöglichkeit bekommt, und morgen früh wird man Euch nochmals zu mir bringen und ich werde Euch Zeit und Ort des gewünschten Treffens benennen.Seid Ihr damit einverstanden ?"

Der Mönch nickte und alle drei erhoben sich.

*

Es wurde eine lange Nacht. Arnhard und Georg versuchten, das Angebot von allen Seiten durchzusprechen.

Schade, dass Marinus in der Residenz ist," seufzte Georg, „auf seine Meinung würde ich einiges geben."

„Ja, ich auch," bestätigte Arnhard und setzte hinzu : „Sag mir mal, ob folgender Gedankengang richtig ist : Unter den dreien, die beim Treffen dabei sein müssen, kann ich auf keinen Fall wegfallen. Aber Marinus und du, ihr könnt nicht alle beide mit. Einer von euch muss aus Sicherheitsgründen hier bleiben, und wer, ist mir klar. Ich glaube ja nicht, dass wirklich etwas passieren wird, aber wenn doch, bist du in Punkto Übersicht der Geeignetere, also bleibst du hier und führst den Dienst, und in Punkto Redefertigkeit ist mir Marinus lieber, also kommt er mit. Einverstanden ?"

Georg nickte. „Ich bin zwar genauso brennend interessiert wie du an diesem ominösen Treffen, aber Marinus ist schlagfertiger als ich, er wird dir in einer Diskussion hilfreicher sein. Aber wen willst du als dritten Mann mitnehmen ?"

„Ich weiß nicht recht," überlegte Arnhard, „rein theoretisch wäre Stephan von Tiers nicht verkehrt, denn um ihn soll es ja angeblich gehen. Auf der anderen Seite, ob man darüber ungezwungen reden kann, wenn er selber am Tisch sitzt ? Vielleicht sollten wir einen der ganz Jungen mitnehmen, die ganz unvorbelastet denken ? Zum Beispiel Raimund von Fulinpach. Der hat doch einen klugen Kopf, kann sich gut beherrschen und sieht manches, das wir vielleicht nicht so schnell erkennen. Was meinst du ?"

Georg winkte ab.

„Klug, geschickt und schlagfertig ist Raimund allemale, aber um mit deinen eigenen Worten zu reden, unvorbelastet ist er wohl nicht. Für ihn ginge es in dieser Besprechung ja nun auch um etwas, das ihn sehr wohl einseitig beeinflussen kann. Ich denke eigentlich an jemand anderen. Wie wär's denn mit Johann von Aschau ? Nicht mehr der ganz Junge, aber doch noch so jung, dass er zu den Jungen gezählt wird, ebenfalls schlagfertig und gescheit, dazu aber noch sehr besonnen, und das ist eine Eigenschaft, die uns in diesem Gespräch nur von Nutzen sein kann."

Arnhard, der Johann flüchtig kannte, stellte ihn sich kurz in Gedanken vor und bestätigte : „Ja, der wäre eine gute Wahl. Das ist einer von denen, die zuhören können, erst im richtigen Moment den Mund aufmachen und auch den Mut haben, etwas Ungewöhnliches mitzudenken. Ja, den nehmen wir."

Er reckte sich und gähnte.

„Entschuldige, aber allmählich reicht's. Wir müssen jetzt Nägel mit Köpfen machen ! Was meinst du, wir holen Johann jetzt gleich hier her und dazu noch drei oder vier, die ebenfalls in Frage kämen. Wir erklären ihnen, um was es geht und diskutieren mit ihnen alles noch einmal durch. Kommen wir zum selben Ergebnis, bleibt es bei Johann. Und dann legen wir Zeit uns Ort fest, wobei ich dafür bin, die Geschichte wirklich so bald wie nur möglich über die Bühne gehen zu lassen."

Georg nickte und erhob sich.

„Ich lasse Johann holen und noch vier, von denen ich überzeugt bin, dass sie in unser Konzept passen würden."

*

Bereits vierzehn Tage später fand das Treffen statt. Zwei Wochen - das war der frühestmögliche Zeitpunkt, der für beide Seiten sowie für eine ordnungsgemäße Durchführung akzeptabel gewesen war.

Allgemeine Zustimmung hatte auch der Vorschlag des Ortes, der Arnhard und Georg fast gleichzeitig eingefallen war, gefunden; Johann von Aschau hielt ihn sogar für genial.

In der Nähe der Residenz gab es nämlich ein Pfarrhaus, das früher schon unter Beobachtung gestanden hatte, da man dort mit ziemlich Sicherheit eine Anlaufstelle des geheimen Dienstes der Kirche vermutete.

Und gerade deshalb war dieses Pfarrhaus ideal für das geplante Treffen : Die Gegenseite war praktisch auf eigenem Territorium, konnte sich also sicher fühlen, und die drei Vertreter des herzoglichen geheimen Dienstes gingen ebenfalls so gut wie kein Risiko ein, da das Pfarrhaus von herzoglichem Gebiet umgeben und damit sehr leicht unter Kontrolle zu halten war.

Ein zusätzlicher Pluspunkt war die Nähe zur Residenz. Falls zu einer strittigen Frage oder einem Problem die Meinung des Herzogs oder seines Sohnes einzuholen wäre, würde dies zu keiner großen zeitlichen Verzögerung führen.

Dem Mönch, der um dieses Treffen gebeten hatte, hatte Arnhard angeboten, die Eminenzen während ihrer Anreise mit Leibwächtern aus dem herzoglichen Dienst auszustatten, aber er hatte dankend abgelehnt und lächelnd erklärt, seine Vorgesetzten seien in einer Gruppe Mönche sehr gut aufgehoben.

Und nun saß man sich nach einer relativ formlosen Begrüßung gegenüber und musterte sich gegenseitig.

Arnhard wurde sich nicht recht schlüssig, wer von den beiden Eminenzen wohl der wichtigere Mann war; der eine blickte ziemlich harmlos und fröhlich in die Runde, während der andere eine zurückhaltende Miene im Gesicht trug, aus der sich nichts herauslesen ließ.

Nun ja, dachte er bei sich, den beiden wird es nicht viel anders gehen mit uns, denn Marinus und Johann schauten zwar sehr freundlich aus, waren aber trotzdem für Fremde kaum einzuschätzen.

Von der Kleidung her konnte man auf keinerlei Rang schließen, beide Eminenzen hatten die selbe braune Kutte an wie ihr dritter Mann, der Mönch, den Arnhard bereits kannte.

Johann dachte bei sich, ohne eine Miene zu verziehen, der mit dem kalten, unbeteiligten Gesicht hat wahrscheinlich mehr zu sagen, aber der andere ist trotz seiner Fröhlichkeit in der Praxis der Gefährlichere. Und er beschloss bei sich, auf diesen besonders zu achten.

Marinus war sich überhaupt nicht sicher, was er von den beiden Eminenzen zu halten hätte. Für ihn stand fest, dass der, der als erster das Wort zur Sache ergreifen würde, wohl der Wichtigere wäre.

Und es begann der mit dem unbeteiligten, kalten Gesicht zu sprechen.

„Ich danke Euch, meine Herren," sagte er in einem erstaunlich warmen Ton, der so gar nicht zu seinem Gesicht passte, „dass Ihr Euch zu diesem Treffen bereit erklärt habt. Was wir von Euch wissen," er nickte mit dem Kopf in Richtung Arnhard, „nämlich dass Ihr über zwanzig Jahre bereits den herzoglichen geheimen Dienst führt, gilt auch für uns beide," er wies mit der Hand zunächst auf den

Fröhlichen, dann auf sich selbst, „auch wir befehligen seit über zwan-zig Jahren den hiesigen Dienst der heiligen Kirche."

Er machte eine kleine Pause, aber niemand sonst verlangte das Wort. So fuhr er fort.

„Ihr gestattet mir, dass ich weit genug aushole, damit es keine Miss-verständnisse gibt ? Das, was uns auf dem Herzen liegt, möchte ich Euch so ausführlich unterbreiten, dass Ihr wirklich versteht, was uns zu diesem Treffen angetrieben hat.denn das, was wir Euch vorschlagen, klingt auf's Erste, nun, ich glaube, man darf ruhig sagen, revolutionär. Habe ich also Euer Einverständnis, mir alles Notwendige von der Seele zu reden ?"

Arnhard, der doch etwas überrascht war von dieser Einleitung, gab im Namen aller drei sein Einverständnis.

„Ich bitte darum, Eminenz. Für uns ist dieses Treffen wohl auch am besten mit dem Wort ‚revolutionär' zu umschreiben, also kann ich Euch nur darum bitten, lasst Euch alle Zeit, die Ihr braucht und erklärt uns, was Ihr erklären wollt."

Eminenz zwei kicherte, als Arnhard den Begriff ‚revolutionär' wie-derholte, aber Eminenz eins schien ihn nicht zu beachten. Er sprach weiter.

„Gut. Wir sind hier, um Euch ein Geschäft vorzuschlagen, das bei-den Seiten Nutzen bringen wird. Und ich meine beileibe nicht nur ideellen Nutzen, sondern auch tatsächlichen, in der aktiven Arbeit genauso wie in finanzieller Hinsicht. Doch zunächst also meine ausführlichen Erklärungen. Die beiden jungen Männer an unseren Seiten wissen wohl nichts davon, aber wir Älteren haben sicher nichts vergessen davon, was sich vor zwanzig Jahren ereignet hat.

Ich meine diese geheimnisvolle Mord-Serie an hochgestellten Geistlichen. Das besonders Unschöne als Zutat daran war, dass alle vor ihrem Tod auf das Grausamste gefoltert worden waren. Nun, wir beauftragten damals eine Gruppe unserer Männer mit der Auf-klärung. Lag es daran, dass sie einen solchen Auftrag noch nie gehabt hatten ? Oder lag es vielleicht daran, dass sie zu zögerlich arbeiteten ?Jedenfalls kam ihnen ein junger Ritter, Raimund von Bogen, der vom Herzog ebenfalls mit der Aufklärung beauftragt war, zuvor. Wir wussten damals, wo er gewesen war und auch, mit wem er gesprochen hatte. Aber wie und wo er den oder die Mörder gefunden und ja offensichtlich auch eliminiert hatte, denn die Mordserie riss ja nun ab, das haben wir nie herausgefunden. Wir wussten nichts von Person und Identität der Mörder und vor allem nichts von ihren Motiven. Womöglich hatten sie Auftraggeber ? Etwa noch in den Reihen der Kirche ? Wir tappten im Dunklen und fürchteten große Gefahr für die Stabilität des kirchlichen Macht-

166

bereiches. Und dieser Raimund von Bogen musste wissen, was wir wissen wollten. Also hielten sich unsere Leute an diesen jungen Ritter.Wir hatten zuverlässig von einem Kontaktmann, bei dem sich unsere Männer gemeldet hatten, erfahren, dass sie ganz dicht an Raimund von Bogen wären. Und im selben Moment verlor sich ihre Spur, im selben Moment verschwanden sie alle spurlos, fünf Mann ! Lösten sich in nichts auf. Raimund von Bogen aber kehrte unverletzt und unbehelligt aus eben diesem Gebiet, in dem sich unsere Leute das letzte Mal gemeldet hatten und verschwunden waren, zurück.

Allein, aber mit dem Wissen, das wir um jeden Preis haben mussten."

Als Eminenz eins eine kleine Pause machte, fand es Arnhard an der Zeit, etwas zu dieser Erinnerung beizutragen.

Er sagte : „Nein."

Etwas irritiert fragte sein Gegenüber : „Wie darf ich das verstehen ?"

Arnhard war klar, dass er das Interesse nun erst recht aufheizte. Doch auch Johann von Aschau schaute ihn erstaunt an.

„Nein heißt," sagte Arnhard, „es war nicht ganz so. In zwei Punkten darf ich Eure Erinnerung, Eminenz, ergänzen. Zum einen war Raimund von Bogen damals nicht allein. Von Eurem Kontaktmann weiß ich selbstverständlich nichts, aber Raimund von Bogen hatte damals einen - ich schäme mich ein bisschen, weil ich nun etwas angeben muss - also er hatte einen schon recht schlagkräftigen Begleiter, nämlich mich. Ich war damals in Wasserburg dabei."

Beide Eminenzen starrten ihn an.

„Und der zweite Punkt," fuhr er fort, „zu Eurer Aufklärung darf ich sagen, es handelte sich nicht um mehrere Mörder. Raimund von Bogen fand heraus, wer der Mörder war. Und im Verlauf der Begegnung mit dem Mörder kam dieser ums Leben."

Eminenz zwei kicherte. „Unsere Zusammenarbeit beginnt schon. Das stimmt doch optimistisch !"

Eminenz eins schwieg kurz und nickte dann.

„Ich danke für diese Information. Wir versuchten jedenfalls damals, mit allen Mitteln an Raimund von Bogen heranzukommen, um sein Wissen über die Morde und den Hintergrund zu erlangen. Uns saß Rom im Nacken, und dort hatte man riesige Angst vor einer Intrige innerhalb der Kirche. Solche Morde, solche Unruhe konnte manchen Riss in das Machtgefüge zaubern, schneller als man ihn kitten kann. Und wir konnten keine Erfolgsmeldung abgeben. Ich muss natürlich auch gestehen," räumte er unter Kichern von Eminenz zwei ein, „wir selber waren mehr als unzufrieden. Eine Zeit lang verfolgte ich damals die Devise, ein Misserfolg wird in keinem Gebiet hingenommen.

Und dann starb der junge Ritter im Kampf auf Burg Altenwaldeck. Damit erlosch für uns zwar der Druck aus Rom, aber es blieb die nagende Ungewissheit : Was war nur mit den Morden ? Wir wussten gar nichts. Kann man es uns verübeln, dass wir reagierten, als sich nach zwanzig Jahren herausstellte, dass Raimund von Bogen mit seinem Wissen gar nicht gestorben war ? Man hatte ihn nur ‚sterben' lassen und ihn mit einer neuen Identität ziemlich weit abseits vom politischen Geschehen aus dem Spiel genommen. Ein geschickter Schachzug. Wenngleich ich hinzufügen muss, wir hätten einen solchen Zug ergänzt dadurch, dass man einen Mann, der so wertvoll ist, an anderer Stelle hätte weiterarbeiten lassen, denn unsere Möglichkeiten sind, nun ja, einfach breiter gefächert.

Jedenfalls sahen wir nun plötzlich die Gelegenheit, zwar nach langer Zeit, aber immerhin doch an das Wissen Raimunds von Bogen zu kommen. Doch nun ja, wie wir alle hier wissen, es missglückte wieder. Aber jetzt werdet Ihr, meine Herren vom herzoglichen Dienst, verstehen, was unser Vorschlag zu einem Geschäft bedeutet. Dieses Geschäft geht für uns um das Wissen, das wir seit zwanzig Jahren gerne hätten, und dieses Geschäft besäße selbstredend einen entsprechenden Gegenwert."

Eminenz eins rückte auf seinem Stuhl und richtete sich ganz auf.

Sein Nachbar kicherte.

„Folgendes schlagen wir vor : Wir bekommen von Euch das Wissen Stephans von Tiers, der einst Raimund von Bogen war. Im Gegenzug garantieren wir nicht nur die Unversehrtheit der gesamten Familie von Tiers, nein, wir werden im Rahmen unserer Möglichkeiten - und die sind enorm, das versichere ich Euch - wir werden im Rahmen unserer Möglichkeiten diese Familie in unseren Schutz nehmen. Ohne dass sie viel von uns bemerken werden wird, wird unsere schützende Hand ab jetzt über dieser Familie wachen, egal, von welcher Seite ihr Gefahr drohen sollte."

Arnhard und Marinus sahen sich an. Nur ein leichtes Flackern in Marinus' Augen verriet seine hohe Erregung.

Nach etwas Nachdenken sagte Arnhard : „Zwei Punkte gilt es zu klären. Ich weiß nicht, wie Stephan von Tiers darüber denken wird. Vielleicht wird er es für makaber halten, wenn in Zukunft die Leute, die verantwortlich sind für den Verlust seiner ganzen Familie aus der Bogenschen Linie, wenn ausgerechnet die nun in Zukunft sich als seine Beschützer darstellen."

Nun wurde der Ton in Eminenz eins' Stimme kalt und geschäftsmäßig.

„Dem halte ich entgegen : Die Vergangenheit lässt sich nicht ändern,. Nur Narren erkennen das nicht. Und wie Ihr doch selber gerade sagtet, es geht um Stephan von Tiers und seine Familie, Menschen, die heute und in Zukunft leben. Raimund von Bogen und seine Familie sind tot, gehören der Vergangenheit an. Welchen Sinn sollte ein bockiges Verharren auf dem Vergangenen haben ?Unser Beitrag zum Geschäft gilt den Lebenden, ist also allemale lohnenswert. Und Euer zweiter Punkt ?"

„Ich vermute, Stephan von Tiers wird es ähnlich sehen wie Ihr.Mein zweiter Punkt betrifft genau diesen Fall, also den Fall, dass es so kommt, wie Ihr vorschlagt. Nachdem nun offenbar ist, dass Raimund von Bogen in anderer Identität noch am Leben ist, können wir, der herzogliche geheime Dienst, wieder normalen Kontakt mit ihm halten.Wenn aber in seiner Umgebung Eure Leute, wenn auch zum Schutz der Familie, agieren, dann werden Berührungsflächen nicht zu vermeiden sein. Ist das nicht zu gefährlich, rufen wir dann nicht womöglich im schlimmsten Falle Konflikte hervor ?"

Eminenz eins nickte zufrieden.

„Mein bisher Gesagtes galt nur dem reinen Geschäft. Darüber hinaus haben wir aber noch einen Vorschlag, einen sehr weitreichenden, den wir in Rom absegnen lassen müssten, ebenso wie Ihr ihn erst mit dem Herzog besprechen müsstet. Allerdings bildet unser Geschäft die entscheidende Grundlage dafür. Wie steht Ihr denn nun dazu ?" Er sah Arnhard fest in die Augen. „Mir scheint, eine lange Zeit des Überlegens ist nicht notwendig. Der Wert an sich ist doch enorm."

„Erlaubt Ihr mir, kurz dazwischen zu reden ?" mischte sich Marinus ein und fuhr fort, ohne eine Antwort abzuwarten.„Diese Art von Geschäft ist für uns absolut neu, und wenn ich richtig vermute, für Euch ja auch. Wie können denn beide Seiten einer Verlässlichkeit sicher sein ? Um es klipp und klar zu benennen, Ihr müsst Euch darauf verlassen, dass Ihr die richtige Information von uns bekommt, und wir müssen uns darauf verlassen, dass das Leben der Familie von Tiers in Zukunft unbedroht bleibt."

Eminenz zwei kicherte und gab die Antwort.

„Gibt es in unserem Beruf hundertprozentige Sicherheit ? Doch wie Ihr selber gerade gesagt habt, wir müssen uns auf uns gegenseitig verlassen. Wir wollen, dass Ihr uns die Identität des Mörders sowie seinen Hintergrund aufdeckt, und das ist uns so wichtig, dass wir uns an unseren Teil des Geschäftes halten werden.

Und Ihr wollt, dass Stephan von Tiers ab jetzt ohne Gefahren leben kann, und das ist Euch so wichtig, dass wir uns darauf verlassen, dass auch Ihr Euren Anteil zu unserer Zufriedenheit erfüllen werdet. Mehr Garantie kann es nicht geben. Meiner Meinung nach genügt es auch."

„Und nach dem Geschäft kann unser Vorschlag zu einer wirklich großen Sicherheit für beide Seiten beitragen," fügte Eminenz eins eilig hinzu. „Wir können dann alle dafür sorgen, dass das berühmte Restrisiko so gering gehalten wird wie nur irgend möglich. Aber wie gesagt, dazu muss erst das Geschäft über die Bühne gegangen sein."

Alle schienen eine Denkpause nötig zu haben.

Dann meinte Eminenz zwei, diesmal zum Erstaunen aller ohne Kichern : „Fragen wir doch einmal unsere beiden jungen Männer hier, die bisher nur zugehört haben. Wohl besitzen beide noch nicht unsere Informationen und Erfahrung, aber vielleicht können sie gerade deswegen unbefangen urteilen."

Die beiden Jüngsten im Kreis sahen sich an.

Johann von Aschau fand den Mönch irgendwie sympathisch, er hatte ein offenes Gesicht und machte auf ihn weder den Eindruck von Unzuverlässigkeit noch von Unehrlichkeit. Und dieser forderte ihn nun mit einer einladenden Handbewegung auf, sich als erster zu äußern.

„Für mich ist unsere Lage eindeutig," sagte Johann mit ruhiger, klarer Stimme. „Ich meine, es gibt nichts zu überlegen. Ich unterstelle hiermit allen Beteiligten, dass sie es ehrlich meinen, und weiß dabei genau, dass trotzdem etwas Unvorhergesehenes, etwas Unbedachtes passieren kann. Aber allein die Möglichkeit, für die Familie von Tiers Frieden zu schaffen, ist zu wertvoll, als dass man es zerreden sollte. Ich bin hundertprozentig für dieses Geschäft."

Die vier Älteren nickten, offenbar hatten alle eine solche Meinung erwartet. Und der Mönch fasste sich, als ihn nun alle ansahen, kurz.

„Ich schließe mich dem an," sagte er, und auch seine Stimme war ruhig und klar, „und ich bin sicher, wir werden alle davon profitieren."

*

Es war eine ungeheure Beruhigung für die beiden Eminenzen. Man sah, wie beide auflebten, als sie von Arnhard von Glonn die gewünschten Informationen erhielten.

Sie erfuhren die Wahrheit über die damaligen Folterungen und Morde. Es hatte keine Auftraggeber gegeben und keine politischen Hintergründe. Für das spurlose Verschwinden der fünf Männer des kirchlichen geheimen Dienstes waren damals er, Arnhard von Glonn, und Raimund von Bogen verantwortlich gewesen.

Beide Eminenzen sicherten daraufhin zu, dass damit für ihre Seite das Kapitel ‚Raimund von Bogen' endgültig erledigt sei. Die Familie derer von Tiers werde ab jetzt unbehelligt bleiben, kein einziges Familienmitglied werde von irgendeiner Seite her etwas zu befürchten haben. Und solange es von herzoglicher Seite nicht gekündigt werden, gelte von heute ab der besondere Schutz der Kirche.

Nachdem sich alle Anwesenden zur Bekräftigung die Hände geschüttelt hatten, wurde das weitere Gespräch in wesentlich lockererer Atmosphäre geführt.

Man trank etwas Wein, dazu wurden ein paar Leckereien sowie Wurst serviert, und Eminenz eins kam zu seinem weiteren Vorschlag.

„Wie Ihr vorhin bereits erkannt habt, könnte es zu Missverständnissen und in deren Folge zu Unstimmigkeiten kommen, wenn unsere Leute sich auf einem Gebiet - aus welchem Grund auch immer - begegnen. Allein schon deswegen, weil sie nichts voneinander wissen oder das gleiche Zielobjekt im Auge haben oder eine ähnliche Aufgabe verfolgen. Nichts anderes war ja die Geschichte vor zwanzig Jahren."

Eminenz eins hielt inne, hob sein Weinglas und trank den anderen zu, diese antworteten ebenso. Dann fuhr er fort.

„Ist das nicht Verschwendung von Energien, die an anderer Stelle nutzbringender eingesetzt werden könnten ? Setzen wir uns nicht der immerwährenden Gefahr aus, und gegenseitig misszuverstehen und zu behindern ? Und vor allem," er hob mahnend den Zeigefinger wie ein Vater, der seine Kinder belehrt, „vor allem, haben wir denn nicht die selben Ziele ? Der herzogliche geheime Dienst hat die Aufgabe, Politik des Herzogs auf möglichst effektive Weise durchzusetzen oder wenigstens zu unterstützen und damit den Sinn, die jetzigen Machtverhältnisse zu stabilisieren. Legitim und verständlich, nicht wahr ? Ja, und wir ? Was ist unser Wollen ? Doch nichts anderes ! Wir haben innerhalb der Kirche gleiche Aufgaben mit gleichen Zielen. Wir sind nicht gegen einen Herzog, der ja doch auch unserer Kirche angehört. Nein," er schüttelte den Kopf, „ganz im Gegenteil. Wir sollten uns gegenseitig anerkennen und als Folge daraus dann nicht gegeneinander arbeiten. Welche Energien und welche Möglichkeiten würden damit freigesetzt ! Welch sichere weltliche Macht würde ein Herzog innehaben, wenn er auch noch die Kräfte der Kirche hinter sich weiß."

171

Überrascht und etwas ungläubig fragte Arnhard zurück : „Ihr wollt uns eine Zusammenarbeit in einem solch hohen Maß vorschlagen, dass man uns dann fast," er überlegte kurz, „na also, dass man uns fast Verbündete nennen könnte ?"

Eminenz eins nickte, und Eminenz zwei kicherte und meinte : „Besser als Ihr es gerade sagt, kann man es nicht ausdrücken. Wir verkennen in keiner Weise, dass der herzogliche geheime Dienst im Laufe der letzten zwanzig Jahre eine Rolle übernommen hat in der Geschichte dieses Landes, die wirklich mehr als beachtlich ist. Ihr aber müsst Euch auch vergegenwärtigen, dass hinter uns viel, viel mehr Macht steht, als es bei kurzer Betrachtung aussieht ! Eine Zusammenarbeit mit uns - und zwar so, wie Ihr sagt, fast als Verbündete - würde Euch Informations-Kanäle öffnen, an die Ihr heute noch im Traum nicht denkt."

Während nun Arnhard noch die beiden Eminenzen anstarrte und offensichtlich überlegte, hatte sich Marinus bereits gefasst und brachte einen entscheidenden Gedanken.

„Eminenzen, eine solche Zusammenarbeit kann nur funktionieren, wenn es zwei Grundlagen gibt. Die erste ist das gegenseitige Vertrauen, ich meine, hier haben wir bereits einiges geklärt. Aber dann wäre ein Zweites, es müsste nämlich jegliche Zusammenarbeit wie auch der Informationsfluss auf irgendeine Weise koordiniert werden, um sinnigen Gehalt und Effektivität erzielen zu können."

„Ganz genau !" Eminenz eins schien in all seiner Beherrschtheit geradezu zu strahlen. „Wir sind auf dem besten Weg ! Natürlich haben wir uns darüber bereits Gedanken gemacht und bringen einen Vorschlag dazu, den wir für durchführbar halten."

Er wies auf ihren dritten Mann, den Mönch.

„Es wird beiden Seiten doch ein Leichtes sein, eine gemeinsame Stelle einzurichten, die mit gleicher Anzahl von fähigen Leuten aus unserem und Eurem Dienst besteht. Wir haben genau aus diesem Grund einen unserer Gruppenführer mitgebracht, der zusammen mit einem kompetenten Mann Eurer Seite diese Stelle aufbauen und später leiten könnte. Informationen von der einen und der anderen Seite gehen dann immer über diese Stelle, ebenso Anfragen oder was auch immer sich später einmal zwischen den Diensten ergeben mag an Berührungspunkten. Wir könnten über eine solche Mittler-stelle ein ziemlich hohes Maß an Vertrauenssicherheit erreichen."

Marinus sah Arnhard an, wies unauffällig mit dem Daumen auf Johann von Aschau, und antwortete, als Arnhard unmerklich nickte : „Einen kompetenten Mann hätten auch wir bereits da. Und ich muss nun ganz offen sagen, mich reizt dieses Angebot. Ich habe das Ge-fühl, dass eine Zusammenarbeit wirklich nur von Nutzen sein kann."

172

Zumal unser Herzog ja nach wie vor die Maxime verfolgt, Politik ohne Gewaltanwendung ist jeder anderen Lösung vorzuziehen, im Interesse des Landes und im Interesse der Menschen, die hier leben."

„Ja, dem schließe ich mich an," fügte Arnhard hinzu, „ich glaube, wir werden uns in dieser Geschichte einig werden. Die Vorteile aus einer Zusammenarbeit sind zu verlockend. Aber für uns gilt, dass wir alles natürlich erst mit dem Herzog besprechen müssen."

Eminenz zwei kicherte.

„Er wird begeistert sein. Glaubt mir, der Herzog legt uns keine Prügel in den Weg bei unserem gemeinsamen Vorhaben. Lasst uns darauf trinken!"

Er hob sein Glas, wartete, bis es ihm alle gleichgetan hatten, und kippte den Inhalt mit einem einzigen Schluck hinunter, bevor er noch einmal kicherte.

in der herzoglichen residenz

Das Arbeitszimmer von Max, dem Herzogssohn, war doch zu klein gewesen für alle, die zu dieser Besprechung geladen waren. Es waren dies der Kommandant des Dienstes, Arnhard von Glonn, mit seinen beiden Stellvertretern Georg und Marinus, außerdem vom Dienst noch Johann von Aschau und der Gründer, Stephan von Tiers, der zwar offiziell dem Dienst nicht mehr angehörte, seit er nicht mehr Raimund von Bogen war, den aber der Herzog unbedingt mit einbinden wollte. Neben Robert von Valley, dem Geheimschreiber, waren noch vier Männer aus dem Beraterstab des Herzogs anwesend, darunter auch Georg von Fulinpach.

Und selbstverständlich war auch Herzog Maximilian selbst da. Allerdings hielt er sich etwas zurück, denn der zuständige Mann für den herzoglichen geheimen Dienst war ja seit einiger Zeit sein Sohn Max.

„So," sagte dieser gerade, „wenn ich also zusammenfassen darf?"

Er sah in die Runde, es gab keinen Einwand.

„Wir nehmen das Angebot an und das bedeutet, wir nehmen es ernst. Johann von Aschau übernimmt mit Achim von Isny als seinem Stellvertreter die Leitung der Kontaktstelle. Beide sind mir, Arnhard, Georg und Marinus gegenüber verantwortlich einmal dafür, dass

173

einlaufende Informationen uns rechtzeitig unterbreitet werden und zum andern dafür, dass alles ausgehende Material richtig kanalisiert wird. Es verlässt keine Information die Kontaktstelle, aus der Rückschlüsse gezogen werden könnten über interne Angelegenheiten des Dienstes. Notwendiges Personal wird über Marinus rekrutiert und eingewiesen."

Als er nun schwieg, nickten alle zur Bestätigung.

„Schön," meinte Max, „dann noch ein paar Worte zur Ortswahl. Hier in der Umgegend der Residenz ist ein Kommen und Gehen naturgemäß alltäglich, hier wäre wohl die Kontaktstelle am besten aufgehoben."

Er wies auf den Geheimschreiber.

„Robert hat das an das Pfarrhaus angrenzende Haus kaufen lassen. Nachdem der kleine Hof zwischen den beiden Häusern sowieso völlig uneinsichtlich ist, kann ohne Probleme durchgebrochen und verbunden werden. Mönche kommen dann über das Pfarrhaus, unsere Leute durch das Nachbarhaus. Und damit müsste es für uns auch relativ einfach sein, im Auge zu behalten, wer alles das Pfarrhaus betritt."

Er setzte noch einmal ab, um danach hinzuzufügen : „Alles in allem haben wir nichts zu verlieren, wenn keine dicken Fehler gemacht werden. Irgendwann in der Zukunft wird sich herausstellen, ob wir auch etwas gewonnen haben, ob und wie weit diese neue Zusammenarbeit für uns nutzbringend war. Ich selbst meine, wenn wir die Sache vorsichtig angehen und uns nur so weit in die Karten schauen lassen, wie wir es selbst festlegen, dann sieht es mir mehr nach Gewinn aus."

Alle klopften als Zeichen ihrer Zustimmung auf die hölzerne Platte des großen runden Tisches.

Auf einen Blick seines Sohnes hin erhob sich der Herzog.

„Bitte verzeiht, meine Freunde," sagte er mit ruhiger Stimme, „wir haben lange genug diskutiert. Aber ich brauche eure Aufmerksamkeit noch ein paar Minuten. In unserer Runde sitzt ja einer, der heute alles geduldig mit angehört hat, obwohl er offiziell mit dem Dienst gar nichts mehr zu tun hat, Stephan von Tiers."

Er schüttelte den Kopf und lächelte.

„Wie schnell man sich an etwas gewöhnt ! Ich muss mich über mich selber wundern. Wir Alten kennen ihn von früher und sind glücklich, dass sich im Leben doch manchmal so einiges zum Besseren wendet. Und um dieses Bessere auf Dauer zu sichern, haben wir, wie ihr wisst, in seinem Tal Militär stationiert. Aber da ich," nun wandte er sich direkt an Stephan von Tiers und grinste, „da ich nun mal der Herzog bin, muss ich alles, was in meinem Namen geschieht, so drehen, dass es für das ganze Land Nutzen bringt. Und deshalb habe ich mir mit Georg etwas überlegt."

Der Herzog setzte sich und Georg von Fulinpach sprach weiter.

„In den aktiven Dienst zurückkehren will Stephan nicht. Natürlich hatten wir zunächst daran gedacht, ihn neben Arnhard als Doppelspitze zu setzen, aber das entfällt also. Und das akzeptieren wir, wollen aber dennoch nicht locker lassen. Um das Machtgefüge nach Süden abzusichern, könnten wir uns vorstellen, unter seinem Kommando auf Dauer Militär im Tal, nein, besser in der Nähe, also am Handelsweg, zu belassen. Stephan, das würde für dich bedeuten, kein herumreisen, du bleibst bei deiner Familie und arbeitest doch für den Herzog und hast steten Kontakt mit uns. Musst du doch einmal zur Residenz, dann kann deine Familie jederzeit mit, ihr seid auf Fulinpach wie auch hier immer willkommen."

Bevor Stephan von Tiers dazu kam, zu antworten, klopften alle so begeistert auf den Tisch, dass einer der draußen wartenden Diener herein sprang. Robert von Valley winkte ihm sofort ab, und der Diener zog die Tür wieder von außen zu.

„Du siehst," lächelte Georg von Fulinpach Stephan zu, „nein, vielmehr, du hörst, dass dich alle Anwesenden bereits überstimmt haben. Dir bleibt ja gar nichts anderes übrig, als ja zu sagen."

Nochmals klopften alle laut auf den Tisch.

Stephan kratzte sich etwas verlegen am Kopf, grinste dann und antwortete : „Ihr lasst mir ja keine Wahl. Ich werd' mich zwar erst daran gewöhnen müssen, dass alles Versteckspiel ein Ende hat und dass ich ja nun eigentlich freie Bahn habe, aber ich glaube, ich werde mit eurem Angebot gut leben können."

Als Herzog Maximilian aufstand und auf ihn zukam, stand auch Stephan von Tiers, der einst Raimund von Bogen war, auf und umarmte seinen alten Freund.

Ein viertes Mal schallte lautes Klopfen vom Tisch durch den Raum, so dass der Diener noch einmal vorsichtig durch den Türspalt lugte.

rom

Die beiden, die sich im Gespräch gegenübersaßen, waren nicht verwandt. Doch hätte es für einen Beobachter so ausgesehen, denn die Natur hatte beiden sehr ähnliche Gesichtszüge verliehen, und beide waren es gewohnt, kalt und unbeteiligt zu wirken, und dieses

Verhalten verstärkte die Ähnlichkeit noch. Der deutlich sichtbare Unterschied war, dass der eine Kardinalsrobe trug und der andere eine schlichte Mönchskutte. Gerade wegen dieses Unterschiedes wäre es für einen Außenstehenden erstaunlich gewesen zu hören, dass die beiden sich duzten. Nur - es gab weder Mithörer noch Zeugen, das Gespräch fand in einem der abgelegenen Räume des Vatikans statt und blieb völlig ungestört.

„Ich habe die halbe Nacht nicht geschlafen," sagte der Kardinal, „ich habe dauernd mit deinem Vorschlag jonglieren müssen, habe ihn von allen Seiten durchdacht und war zum Schluss sicher, dass meine Befürwortung beim Heiligen Vater richtig war. Sicherheitshalber, nimm mir das nicht krumm, will ich aber dennoch meine Bedenken aufzählen."

„Natürlich," nickte der im Mönchsgewand, „aber glaube mir, ich habe auf der Reise hierher jeden Aspekt mehr als hundertmal durchdacht und jede Möglichkeit in alle Richtungen durchgesponnen."

„Trotzdem," beharrte der Kardinal, „dann machen wir halt einen Abgleich und können uns danach unserer Sache umso sicherer sein."

Er hob den Krug neben sich und schenkte bei beiden Kelchen nach. Sie tranken sich zu und der Kardinal begann.

„Es können keinerlei Interna zum herzoglichen geheimen Dienst gelangen ? Unser Mann in der Kontaktstelle besitzt Übersicht, Beherrschung, Menschenkenntnis, Zuverlässigkeit ?"

„All das und dazu außergewöhnliche Intelligenz," warf der andere ein.

„Gut, gut," brummte der Kardinal, „weiter : Jegliche Information läuft über dich und Aegidius ? Es wird dadurch kein Mann, den wir im herzoglichen Dienst haben, in Gefahr gebracht entdeckt zu werden ? Es muss kein Struktur-Aufbau innerhalb unserer Organisation geändert werden ? es ist sichergestellt, dass beim Informationsfluss niemand dich oder Aegidius lokalisieren kann ? Es wird keine laufende Aktion gefährdet ?"

Der in der Mönchskutte hatte sein Gesicht während der Fragen kaum verzogen, nur seine Augen signalisierten jeweils die Antwort. Beide tranken sich noch einmal zu.

„Schön, schön," meinte dann der Kardinal nachdenklich, „und dann hätte ich noch ein Gedankenspielchen, wobei ich mir ja sicher bin, dass dir Ähnliches durch den Kopf gegangen ist. Es bietet sich mit diesem Abkommen doch auch die Möglichkeit, mit fingierten Informationen den herzoglichen Dienst dazu zu bringen, zum Beispiel irgendetwas so zu erledigen, dass es unseren Zielen entspricht und für uns arbeitet ? Selbstverständlich vorausgesetzt, dass das Informationsmaterial so aufgearbeitet ist, dass es glaubhaft wirkt und unser Vorhaben keinesfalls aufdeckt."

Nun kam ein Glitzern in die Augen des Mannes in der Mönchskutte, das dem Kardinal nicht verborgen blieb, und das er bei seinem Reden erwartet hatte.

„Ja, ein solches Spiel habe ich natürlich angedacht. Eine Planung dazu, dann eine exakte Ausführung, das wäre schon ein Meisterwerk. Eine Verlockung."

Dann erlosch das Glitzern in seinen Augen und nüchtern und distanziert setzte er hinzu : „Doch damit dürfen wir ja auf keinen Fall schon zu Beginn einer Zusammenarbeit loslegen. Das gehört vorläufig in die Schublade ‚Zukunft' und wird mich wohl nichts mehr angehen."

Der Kardinal zog eine Augenbraue hoch.

„Mir scheint, du hast noch etwas auf dem Herzen ? Etwas, das dir nicht so gut im Magen liegt ?"

„Ja," nickte der andere und machte eine Pause, so als ob es ihm schwer fiele, weiterzureden. „Wir beide haben immer darauf geachtet, für unseren Zweck nur die besten auszuwählen. Und in unseren Ansprüchen haben wir immer gefordert, dass diese Besten auch die Besten bleiben müssen. Doch was ist mit uns selbst ? Was nämlich mich betrifft, ich zähle mich - du weißt, das sage ich nur dir gegenüber - ich zähle mich nicht mehr zu den Besten. Ich fürchte, meine Zeit ist vorüber."

Nun sah ihn der Kardinal überrascht an.

„Aber diese Idee der Zusammenarbeit mit dem herzoglichen Dienst stammt doch gerade von dir ? Und das ist ja nun wahrlich kein Indiz dafür, dass deine Fähigkeiten nachlassen !"

Der in der Mönchskutte sah den Kardinal skeptisch an.

„Und die erneut verlorene Schlacht auf dem Feld, die misslungene Entführung Raimunds von Bogen ?"

Der Kardinal schüttelte den Kopf.

„Das sehe ich ganz anders. Hier musst du den Wert der verschiedenen Ereignisse sehen. Wäre die Entführung geglückt, dann hättest du - aber das ist ja nicht einmal sicher - also dann hättest du nur vielleicht die Informationen über die Morde vor zwanzig Jahren bekommen. Vielleicht ! Weil es aber so gelaufen ist, wie es nun mal gelaufen ist, hast du die Idee mit der Zusammenarbeit für uns entwickelt, mit welch ungeheurem Nutzen, das können wir uns nur ausmalen. Also werte diese beiden Dinge, dann muss ich nämlich sagen, ich bin froh, dass es so gekommen ist, dass wir heute hier sitzen und dieses Gespräch führen."

„Nein, nein, das ändert nichts an der Tatsache, *dass* mir etwas misslungen ist. Noch vor wenigen Jahren hätte ich einen Gruppenführer wegen eines solchen Misserfolges abqualifiziert. Nein, irgendwie habe ich das Gefühl, dass es bald an der Zeit ist, meinen Platz für einen Jüngeren zu räumen, einen, der noch allen Elan, alle Energie und vor allem auch den notwendigen Ehrgeiz besitzt."

„Das aus deinem Mund !" staunte der Kardinal. „Du willst aber hoffentlich nicht auch andeuten, dass du mir ähnliches Denken empfiehlst ? Schließlich haben wir beide einst gemeinsam unseren Weg begonnen, stets für die gleichen Ziele gearbeitet und diesen unseren Weg bis heute und hier durchaus erfolgreich begangen !"

„Du stehst in der Öffentlichkeit," winkte der in der Mönchkutte ab, „du wirst Kardinal bleiben müssen, bis du eines Morgens nicht mehr aufwachst. Aber ich bin in der kämpfenden Truppe. Ich war immer im Hintergrund. Mich auszuwechseln bedeutet weder Aufsehen noch Umbruch, allein reine Vorsichtsmaßnahme oder Verbesserung der Kampfkraft."

Wieder schüttelte der Kardinal den Kopf, diesmal sehr energisch.

„Aber momentan noch nicht ! Wohlgemerkt, ich kann dich zu nichts zwingen, wir stehen beide im selben Rang, und das will ich auch nicht. Aber du musst auf deinem Posten bleiben, mindestens so lange, bis wir im Alltag die Bestätigung erfahren, ob und wie gut deine Idee funktioniert. Bis wir wissen, wie hoch unser Nutzen ist. Also bitte, gib die Aufsicht über dein eigenes Gedankenwerk nicht ab, nicht bevor alles gefestigt ist !"

Als der andere zögerte, fasste ihn der Kardinal am Arm.

„Ich habe doch mit dem Heiligen Vater über deine Idee gesprochen, und sie hat ihn gerade wegen der neuen Möglichkeiten, die sich uns eröffnen könnten, fasziniert. Wenn du jetzt aber ernsthaft an ein Aufhören denkst, fällst du deiner eigenen Idee in den Rücken. Das sähe ja so aus, als wenn du selbst nicht davon überzeugt wärst !"

„Das ist eine Gratwanderung, auf der du dich begibst," antwortete nun der in der Mönchskutte. „Trotz allem Optimismus, damit rechnen muss man, dass etwas schief gehen kann. Und wenn dies tatsächlich passieren würde, wird er es in erster Linie dir ankreiden."

Das kalte Lächeln, das nun im Gesicht des Kardinals erschien, wirkte fast arrogant.

„Wir werden keinen Misserfolg verbuchen. Das wäre nicht das erste Mal in unserer Laufbahn, dass ich etwas, das ein anderer als missglückt bezeichnet, vor dem Heiligen Vater als Erfolg, da mit völlig anderer Zielrichtung geplant, verkaufen kann. Nein," er schüttelte wieder den Kopf energisch, „bitte behalte du Position und Aufsicht !

Über einen Rückzug deinerseits auf's Altenteil reden wir, wenn deine Idee in der Praxis funktioniert. Nicht eher !"

zukunftsaussichten

Es blieb nicht aus, dass sich Johann von Aschau und der Mönch, er hieß Petrus, miteinander anfreundeten. Sie hatten das gleiche Wesen, das gleiche Empfinden, waren beide intelligent und besonnen und besaßen vor allem beide etwas, das sie zum sofortigen gegenseitigen Verstehen brachte : Beiden war jede Art von Hinterhältigkeit fremd. Bereits nach kurzer Zeit der Zusammenarbeit brauchten sie sich nicht mehr viel zu fragen. Sie sahen sich nur kurz an, verständigten sich mit den Augen, und jeder von beiden wusste, was der andere dachte. Schließlich waren sie so aufeinander eingespielt und vertrauten sich derart gegenseitig, dass unbemerkt von den Oberen beider Seiten aus der Kontaktstelle zugleich eine Art Kontroll-Instanz für beide geheime Dienste wurde. Beide, Petrus sowie Johann, nahmen ihren Auftrag in einer ganz besonderen Art ernst, so dass sie sich gegenseitig ohne Verzögerung oder langes Nachdenken alles mitteilten, was ihnen nicht astrein erschien. Und so erstickten sie fürs erste - ohne es selbst zu ahnen - Versuche, manipulierte Informationen über die Kontaktstelle laufen zu lassen, zumindest in einem solch weiten Bereich, den sie beide übersehen konnten. Achim dagegen hatte bald gezeigt, dass ihn die Arbeit hier nicht befriedigte. Als ihm bewilligt wurde, wieder in die aktive Truppe zurückzukehren, überzeugte Johann in einem Gespräch Arnhard von Glonn, dass neben ihm und Petrus kein Dritter notwendig war. Und so wurden Petrus und er ein völlig neuartiges Gespann, ein Duo aus zwei verschiedenen geheimen Diensten, die sich gegenseitig voll vertrauten und in jeder Beziehung ehrlich miteinander umgingen.
„Ist dir klar," sagte eines Abends Petrus amüsiert, als sie bei einem guten magyarischen Rotwein beisammen saßen, „ist dir klar, Johann, dass unsere Vorgesetzten nicht die geringste Ahnung haben, welche Macht sie uns beiden in die Hände gegeben haben ?"
Johann lachte in seiner ruhigen, beherrschten Art.
„Und ist dir klar, Petrus, dass es nur deshalb so ist, weil sie auf beiden Seiten ohne es zu ahnen zwei Männer ausgewählt haben, die

sich gegenseitig vertrauen, statt ihre Zeit damit zu verschwenden, sich gegenseitig zu belauern und auszutricksen ?"

„Richtig !" Petrus hob seinen kleinen Krug und prostete Johann zu. „Dann trinken wir darauf, dass es so bleibt. Dass es so bleibt zum Wohle unserer beiden Dienste !"

„Ja," antwortete Johann, hob ebenfalls seinen Krug und nickte nach dem Trinken nachdenklich mit dem Kopf, „das ahnt keiner von den oberen Herren, dass wir unsere Arbeit tatsächlich und wortwörtlich zum Wohle aller verrichten."

Dann grinste er.

„Stell dir mal vor, an unserer Stelle säßen Arnhard von Glonn und euer strenger, steifbeiniger Eminenzerich ! Ob die beiden vor lauter Misstrauen überhaupt etwas zustande brächten ?"

„Streng und steifbeinig," bestätigte Petrus, „diese Beschreibung passt ziemlich gut. Nur, bei ihm spielt das keine Rolle, denn du weißt schon, dass er ein glänzender Theoretiker ist, ein Meister seines Faches. Da wäre mir wesentlich unwohler, wenn euer Arnhard mit unserem Kicherer zusammensitzen müsste. Aber hör mal," er stieß Johann mit dem Ellbogen in die Seite, „ich kann dir doch nicht Internas über meine Organisation preisgeben !"

„So siehst du aus," grinste Johann, „dass einer deiner beiden Vorgesetzten andauert kichert, ist ja wohl ein Interna, das ich längst kenne. Kein Geheimnisverrat, für den sie dich hängen."

Beide lachten.

„Aber ich muss gestehe," fuhr Johann mit scheinheilig ernstem Gesicht fort, „es gäbe schon etwas, das du mir verraten könntest. Etwas durchaus Wertvolles."

Er zeigte auf den großen handbemalten Krug, der noch gut halbvoll mit Wein war. „Ich frage mich, wie du zu solch einem guten Wein kommst. Plünderst du geheime Vorräte der Kirche ?"

„Da sprichst du aber ein ganz sensibles Thema bei mir an !" antwortete Petrus. „Nein, wirklich, wenn es um Rotwein geht, bist du bei mir an der richtigen Adresse. Da kenne ich mich aus, und da kommt kein anderer Wein auf den Tisch beziehungsweise in den Keller. Ich stamme nämlich aus einer Weinbauernfamilie, und was du da trinkst, das haben meine Eltern und meine Geschwister selbst hergestellt."

Johann war erstaunt.

„Du hast doch gesagt, es wäre magyarischer Wein ? Du bist doch kein Magyare ?"

„De igen," gab Petrus zurück, „magyar vagyok. Ès ez magyar bór, vörös bór."

„Ich bin beeindruckt !" Johann schüttelte den Kopf. „Ich habe zwar kein Wort verstanden, aber ich vermute, dass du magyarisch geredet hast. Wenn du normal redest, merkt man nichts davon, dass du Magyare bist."

Petrus lächelte.

„Ich bin als Magyare auf die Welt gekommen. Und ich bekam den gleichen Namen wie du, Johann, auf magyarisch János. Als der schwarze Tod damals über das Land raste, gelobten meine Eltern - einfache Weinbauern, wie ich schon sagte - der Jungfrau Maria, wenn die Familie das Unheil überstehen würde, dass sie dann ihr damals einziges Kind ins Kloster geben würden. Nun, wir überlebten unbeschadet, und ich kam zunächst in ein nahegelegenes Kloster an dem See, in dessen Nähe wir wohnten, dort waren lauter fränkische Mönche. Scheinbar war ich so wissbegierig und lerneifrig, dass der Abt auf die Idee kam, meine geistigen Fähigkeiten müssten in höchstem Maße geschult werden, und man brachte mich mit Einwilligung meiner Eltern in ein ganz besonderes Kloster. Mehr darüber zu erzählen, das würde wirklich bedeuten, Internas aus-zuplaudern. Auf alle Fälle lernte ich eure Sprache perfekt und diene der Kirche hier in dieser Gegend in unserem geheimen Dienst, so wie du mich kennen gelernt hast."

„Ich bin beeindruckt," wiederholte Johann, „und wie kommst du an den Wein deiner Familie ?"

Petrus lächelte ein bisschen wehmütig.

„Nun, ich habe nach wie vor Kontakt zu meiner Familie. Einer meiner jüngeren Brüder arbeitet für einen Händler. So ein-, zweimal im Jahr kommt er, um mir Neues zu erzählen aus der Heimat oder von der Familie. Aber ..."

„Keine Angst," unterbrach ihn Johann lachend, „ich frage dich nicht, woher er weiß, wie er dich findet oder woher du weißt, wann er kommt. Mir geht's ja nur um den vorzüglichen Wein."

„Der nebenbei bemerkt die reinste Medizin ist, wenn du nicht damit übertreibst. Und den wirst du nicht entbehren müssen, solange wir beide zusammenarbeiten," beschied ihm Petrus. „Für uns beide reicht das, was ich von meinem Bruder erhalte, auch locker, sollten wir doch einmal übertreiben."

*

Zur gleichen Zeit saß der junge Pfarrer im Tierser Dorf in seiner Stube, vor sich ebenfalls einen Krug Wein. Doch seine Stimmung war nicht gerade die beste, und allmählich war er sich wirklich nicht mehr ganz sicher, ob er nicht hier in einen bösen, sehr bösen Traum geraten war. Im Moment wusste er sich keinen anderen Rat, als etwas vergessen zu suchen im Wein. Auf eine Order hin hatte er sich bei seinem Bischof eingefunden. Zum einen erwartete der junge Pfarrer Lob, da er doch alle Anordnungen wortgetreu befolgt hatte, und zum andern war es ihm ein Herzensanliegen, dem Bischof erzählen zu können, dass er für die Sache der Kirche gelitten hatte wie ein Märtyrer. Jawohl, wie ein Märtyrer. Keinesfalls war dies ein zu hoch gegriffenes Wort. Wie übel war ihm doch mitgespielt worden, welche Todesängste hatte er ausstehen müssen! Doch was kam, schlug ihm vor den Kopf wie ein dicker Zaunpfahl.

„Was unterstehst du dich, von Mönchen zu faseln!" fuhr ihn der Bischof an, kaum dass er begonnen hatte, von seinen Erlebnissen zu berichten. „Du erwartest doch wohl nicht von mir, dass ich mir Märchen erzählen lassen muss?"

Der junge Pfarrer starrte seinen Bischof mit offenem Mund an, und dieser blaffte ihn an : „Verwechsle deine nächtlichen Phantasieträume nicht mit der Wirklichkeit! Du willst mir erzählen, ich hätte dir Mönche mit einem Auftrag von mir geschickt? Und? Haben diese Mönche sich bei dir legitimiert? Nein? Was unterstellst du mir dann? Du bist nicht nur nachlässig in den Regeln, die du zu beachten hättest, wenn sich jemand dir gegenüber als mein Bote ausgibt, nein, du richtest auch noch jede Menge Schaden an!"

„Ich, äh, aber ich, äh, verzeiht ....." stotterte der Pfarrer, dessen Gehirn sich weigerte zu verstehen, um was es ging, aber der Bischof ließ ihn gar nicht weiter zu Wort kommen. Dessen Stimme war nun noch um einiges lauter geworden. „Halt lieber den Mund und hör' mir gut zu! Du wirst doch wohl nicht leugnen, dass du dem Burgherren in eurem Tal Schwierigkeiten bereitet hast? Du hast die Bauern gegen ihn aufgehetzt! Du hast gegen seine Familie gepredigt! Damit ist Schluss! Ein für alle Mal, du wirst in Zukunft den Burgherren unterstützen, wo es nur geht! Wage es nicht noch einmal, seine Autorität im Tal in Frage zu stellen! Wenn dir nicht klar ist, was deine Aufgabe ist, dann stecke ich dich in ein Kloster als Seelsorger für Greise! Du hast dich, so das in dein Hirn hineingeht, nur um das Seelenheil der Bevölkerung im Tal zu kümmern! Die Familie auf Burg Tiers steht himmelweit über dir, merk dir das! Und lass dir noch gesagt sein, ganz im Gegenteil zu deinem dämlichen Handeln genießt diese Familie nicht nur großes Ansehen in unserer Kirche, sondern auch ihren besonderen Schutz!"

Bei den letzten Worten hatte sich der Bischof von ihm abgewandt und nur noch kurz mit der Hand zur Entlassung gewedelt.

Völlig verstört war der junge Pfarrer aus dem Zimmer getaumelt.

Und nun saß er mit dem Krug Wein als einzige Stütze in seiner Stube und begriff nicht, was er denn falsch gemacht hatte. Vom Traum einer Belohnung und künftigen Aufstieges innerhalb der Kirche blieb nun nur noch die Angst, in Zukunft noch einmal etwas ‚falsch' zu machen. Und vor allem fürchtete er sich vor der nächsten Begegnung mit dem Burgherren. Wie würde der ihn behandeln ? Was würde die Zukunft bringen ?

*

Für die Menschen im Tal von Tiers war es ein Umbruch, wie ein frischer Wind, der plötzlich aus einer nie gekannten Richtung bläst. Unterhalb der Burg war ein kleines Zeltdorf errichtet worden, in dem eine - zunächst ziemlich kleine - Anzahl Soldaten stationiert war. Den Bauern schien es, als ob das Militär in steter Bewegung wäre, denn fast täglich zog ein Trupp durchs Tal, zu welchem Zweck, war für die Talbewohner nicht ersichtlich.

Wie immer und überall waren die Meinungen geteilt.

Die einen schimpften über die nun herrschende Unruhe, andere hatten arge Befürchtungen was Verpflegung und Moral der Soldaten anbelangte, und einige wenige sahen für sich die Möglichkeit, Nutzen aus der neuen Situation zu ziehen. Dank dieser dritten Gruppierung gab es bereits nach kurzer Zeit die ersten beiden kleinen Schenken, in denen die Soldaten nach Dienstschluss einen Teil ihres Salärs gegen Wein tauschen konnten. Das wiederum natürlich bestärkte die zweite Gruppierung rasch in weitergehendem Pessimismus, denn nach Alkoholgenuss blieben Raufereien und Annäherungsversuche bei Dorfschönheiten nicht aus. Im Großen und Ganzen allerdings hatte der tüchtige Kommandant seine Leute aber soweit im Griff, dass nichts Ernstes passierte.

Bis eines Tages einmal vier junge Soldaten, die dienstfrei hatten, auf die Idee kamen, sich den Wein nicht in einer der Schenken zu besorgen, sondern bei einem der weiter außerhalb liegenden Bauernhöfe, denn dort rechneten sie damit, wesentlich billiger trinken zu können und zudem vielleicht noch zu einem Abenteuer in einem Heustadl zu kommen. Mit dem ersten Gedanken waren sie richtig gelegen. Der Bauer - der sicherheitshalber seine zwei Knechte angewiesen hatte, mit Dreschflegeln in der Nähe zu bleiben - verlangte für den Krug Wein nicht einmal die Hälfte von dem, was man in der Schenke bezahlen musste, aber die Aussicht auf ein Liebesabenteuer war gleich null. Kurz war des Bauern Frau zu sehen gewesen, aber deren Aussehen war weder einladend noch verlockend gewesen. Und ansonsten fand sich nichts, was nach

Weiblichkeit aussah. Und so hatten die vier Soldaten als Ersatz für Liebesgelegenheit halt etwas mehr getrunken und machten sich zudem noch enttäuscht und sauer auf den Heimweg. Nachdem sie in einem Bogen um das kleine Wäldchen marschiert waren, besserte sich ihre Stimmung etwas, denn sie erlebten eine für sie recht lustige Szene. Ein Reiter, scheinbar ein mageres Bürschlein, war in vollem Galopp über die Wiese geritten gekommen, als das Pferd aus irgendeinem Grund scheute, fest bockte und den Reiter abwarf. Dieser flog in hohem Bogen in ein Gebüsch und rappelte sich wieder auf. Inzwischen waren die vier heran und ihre Stimmung besserte sich nochmals gewaltig. Der Reiter war kein Bürschchen, nein, es war eine junge Frau oder ein Mädchen, so irgendwo zwischen sechzehn und zwanzig Jahren. Das Pferd war davon gelaufen, aber das war den Soldaten nicht wichtig. Sie interessierten sich wesentlich mehr für die junge Dame.

„Hallo, meine Schöne," rief der erste, „du kommst wohl extra für uns vom Himmel gefallen !"

Die anderen lachten laut ob dieses Scherzes, und einer packte das Mädchen recht grob am Arm.

„Meinst du nicht, es ist besser, du ziehst dein Gewand aus, damit wir nachsehen können, ob du dich irgendwo verletzt hast ?" meinte er und zwinkerte den anderen zu.

Die anderen grölten und stimmten ein.

„Wir sind im Untersuchen ganz toll. Wenn du willst, macht es einer nach dem andern."

Wieder lachten sie laut. Als das Mädchen sich wehrte, hielten sie sie zu zweit fest.

„Nein, nein," rief einer fröhlich, „auch wenn du nicht willst, untersuchen muss sein nach so einem Sturz."

Als der Redner nach ihrem Hemd fasste, wurde er von kräftigen Händen gepackt und in die Büsche geschleudert. Überrascht sah das Mädchen, das sich verzweifelt gewehrt hatte, zwei Mönche dastehen.

Der eine lächelte sie beruhigend an und der andere sagte : „Meine Herren, es ist wohl besser, ihr verschwindet so schnell ihr könnt. Die junge Dame ist die Tochter des Burgherren und will ganz sicher nicht noch einmal von euch angefasst werden."

Von den drei Soldaten kam zunächst keine Reaktion, auf ihren Gesichtern lag Überraschung und auch aufkeimende Wut.

„Verpisst euch, Mönchlein," knurrte dann der, der sich als erster gefasst hatte, „ich rate euch, verpisst euch ! Da habt ihr Mönchlein keine Ahnung davon, was ein Mann mit einer Frau zu tun hat."

Was dann geschah, ging so schnell, dass Elisabeth von Tiers es ihrem Vater später nicht in Einzelheiten schildern konnte. Die zwei Mönche verabreichten den Soldaten in einer blitzschnellen Weise so gründliche Prügel, dass nach nur kurzen Momenten keiner mehr stand. Sie krümmten sich wehklagend am Boden, auch der, der aus dem Gebüsch herausgekrochen war und sich auf die Mönche gestürzt hatte. Einer übergab sich sogar und beschmutzte dabei auch zwei seiner Kumpane.

Die beiden Mönche entschuldigten sich bei Elisabeth für diese Prügelei und sahen dabei keineswegs ermattet oder wenigstens angestrengt aus.

„Sollen wir Euch Euer Pferd einfangen?" fragte der eine.

Elisabeth sah auf die am Boden liegenden Soldaten und dann wieder auf die beiden Mönche.

„Danke, ich glaube, das ist nicht nötig. Normalerweise kommt es, wenn ich rufe."

Dann sah sie wieder auf die stöhnenden Soldaten und ihr wurde etwas bewusst. Verwundert fragte sie : „Dass Ihr genau zur rechten zeit gekommen seid ? Und dass Ihr zu zweit mit vier Soldaten fertig werdet, Ihr seid doch Mönche ?"

Beide lächelten. Der eine nickte und antwortete bloß : „Fragt nur Euren Vater. Er weiß Bescheid. Eure Familie steht unter unserem Schutz, und wir beide hätten uns schon sehr schämen müssen, wenn wir Euch nicht geholfen hätten."

Die beiden Mönche warteten, bis Elisabeth wieder auf ihrem Pferd saß und heim ritt.

Als ihr Pferd allmählich in den Galopp überging, drehte sie sich noch einmal um, um den Mönchen dankend zuzuwinken. Aber die beiden waren nirgends mehr zu sehen.

Raimund und Stephan, also der Schwarze und der Weiße, wollten sich die vier Soldaten noch einmal vorknöpfen. Als Christina sie bat, sie mögen sich vorsehen gegenüber vier Soldaten, denen vielleicht ja sogar noch Kameraden beistehen würden, lachte Raimund hell auf. „Mach dir mal keine Sorge um uns ! Bevor die vier laut piepsen können, haben sie schon die nächste Tracht Prügel hinter sich."

Dann feixte er schelmisch. „Oder wir nehmen Vater mit. Zu dritt sind wir auf alle Fälle unschlagbar."

Der aber nahm den Vorschlag ernst. „Das versteht sich wohl von selbst," meinte er sofort, „natürlich komme ich mit."

„Nein," beschied ihm Stephan junior energisch, „du kommst auf keinen Fall mit ! Mit einer Prügelei setzt du deine Autorität als Burgherr auf' Spiel und das kommt nicht in Frage. Raimund und ich sind ein eingespieltes Duo, er hat den Vorschlag nur scherzhaft gemeint.

Was zwei Mönche mit vier Soldaten schaffen, das erledigen wir beide auch mit notfalls sechs Gegnern."

Doch dazu kam es nicht, der Kommandant des Militärs ließ es nicht zu.

„Das ist eine Disziplin-Angelegenheit, und die fällt in meine Verantwortung !" entschied er. „Bei allem Verständnis für euch als Brüder, aber ich bin der Kommandant dieser vier und damit sorge ich dafür, dass sie einen Denkzettel bekommen."

Er sah den Schwarzen und den Weißen, mit denen er seit kurzer Zeit gut befreundet war, ernst an. „Abgesehen davon kann ich solche Männer nicht hier brauchen. Sie werden ausgewechselt und gehen mit dem nächsten Transport zurück."

*

Am Abend saßen Christina, ihr Mann und Sebastianus zusammen.

Stephan hatte das Bedürfnis, sich mit dem Freund auszusprechen, und dieser hatte schon geahnt, was den Burgherren bedrückte.

Mit seinen heiteren, klugen Augen sah er ihn an, hob den Weinkelch und sagte : „Ich trinke auf eure Zukunft."

„Genau das ist der springende Punkt," nickte Stephan, „unsere Zukunft. Es sieht jetzt alles so rosig und leicht aus, aber der wirkliche Grund dafür liegt mir schon im Magen."

Sebastianus nickte ebenfalls.

„Ja, ich verstehe," meinte er in bedachtem Ton, „ich verstehe genau. Dich belastet, dass ausgerechnet die, die dafür verantwortlich sind, dass du einst deine Familie, deinen Stammsitz und deine Identität verloren hast, nun dafür einstehen wollen, dass ihr sozusagen sorgenfrei in die Zukunft blicken könnt."

Er hob nochmals seinen Weinkelch und trank.

„Aber du musst auch zugeben," fuhr er fort, „wäre es nicht so gekommen, säße euch auch heute noch die Angst im Nacken, und zwar die lebendige Angst um eure heutige Familie."

Sebastianus sah Christina an und seine Augen forderten von ihr Zustimmung.

„Nicht wahr, Christina, du gibst mir recht ? Niemand kann Vergangenes ändern, es ist nun einmal so geschehen. Aber besser ein sorgenfreier Blick in die Zukunft als alte Angst mit sich herumschleppen."

Statt seiner Frau antwortete Stephan. „Natürlich hast du recht, das weiß ich ja. Ich muss mich einfach selbst dazu zwingen, die Vergangenheit Vergangenheit sein zu lassen."

Er lachte verhalten. „Vielleicht muss ich es in Zukunft einfach so sehen, dass meine ehemaligen Gegner mit ihrem jetzigen Schutz ihre Schulden bezahlen."

Christina nickte eifrig. „Genauso ist es. Aber sie bezahlen ja sogar noch in anderer Weise, in unbezahlbarer Weise. Ist euch das noch nicht aufgefallen?"

Beide Männer sahen sie fragend an. Christina tippte ihrem Mann mit dem Zeigefinger vor die Brust. „Mein Lieber, ist dir die Komik dieser ganzen Geschichte entgangen? Völlig ungestraft und frei können wir leben und von der Religion glauben oder nicht glauben, was immer wir wollen. Niemand kann und wird uns als Ketzer verschreien, denn ausgerechnet die Kirche selbst hält ihre schützende Hand über uns."

Stephan stutzte einen Moment, dann brach er in Lachen aus und schlug Sebastianus auf die Schulter, etwas fester, als er vorgehabt hatte.

„Meine Frau!" prustete er. „Was sagst du dazu? Sie ist doch die Gescheiteste von uns allen!"

Sebastianus nickte, sah beide eine Zeit lang an und erwiderte in traurigem Tonfall: „So denkt ihr also. Dann sieht es für mich nicht gut aus. Dann bin ich als Seelsorger auf dieser Burg nutzlos und ohne Wert."

Dann grinste er und hob den Zeigefinger. „Aber umso besser! Dann gehe ich endlich aufs wohlverdiente Altenteil und *meine* Zukunft wird auf alle Fälle rosig. Nur noch gutes Essen und den besten Wein aus diesem Tal. Und zwar in jeder Menge!"

*

An einem strahlenden Sonntag im Sommer - viel zu früh, fand die Burgherrin, viel zu spät, fand ihr Sohn - wurde im Dorf und auf der Burg die Hochzeit von Ilona und Stephan gefeiert.

Den Burgherrn hatte diese Argumentation - zu früh oder zu spät - nicht interessiert. Außer ihnen und den beiden Kleinen, Marti und Janni, hatte Ilona keine Familie mehr, zumindest wusste sie von niemandem mehr.

„Die zwei lieben sich und passen ausgezeichnet zusammen," hatte er die Sachlage zusammengefasst, „sollen wir Ilona etwa so wie sie ist herumspazieren lassen und darauf warten, dass sie ein anderer wegschnappt?"

Christina wollte als Mutter in einem Gespräch unter vier Augen Ilona zumindest vorwarnen wegen Stephans Tätigkeit im herzoglichen ge-heimen Dienst, aber diese hatte gelacht, ihre langen pechschwarzen haare geschüttelt und gemeint: „In seiner Arbeit für den Herzog hat er mich gefunden. Durch seine Arbeit für den Herzog hat er zwei Kindern das Leben gerettet. Nein, niemals würde ich wollen, dass er diese Tätigkeit aufgibt. Was ist daran, wenn er viel unterwegs ist ? Er wird immer zu mir zurückkommen, und seine Zigeunerin wird immer hier sein, wenn er kommt."

Und das Wort ‚Zigeunerin' hatte sie mit so viel Stolz ausgesprochen, dass Christina sie lange umarmte und drückte.

Gefeiert wurde im Dorf und auf der Burg.

Geheiratet wurde in der Dorfkirche, das wollte der Burgherr so. Jedes Mal, wenn er in die Nähe des jungen Pfarrers gekommen war, hatte sich dieser geduckt, als ob er auf Schläge wartetet.

„So geht das nicht weiter !" hatte Stephan zu seiner Frau gesagt. „Allmählich kommt es sogar noch soweit, dass mir der Kerl leid tut. Wir müssen ihn wieder in unsere Talgemeinschaft mit einbinden. Ich glaube, ich rede einmal mit ihm, und danach soll er Ilonas und Stephans Trauung übernehmen, das gibt ihm vor uns und vor allem vor sich selbst wieder etwas Selbstvertrauen und zeigt den Bauern, dass wir ihm nicht mehr böse sind."

So war es geschehen, und ein sichtlich erleichterter, streckenweise fast fröhlich wirkender Pfarrer vollzog eine Trauung, in deren Verlauf er stetig an Sicherheit gewann. Seine Abschlussworte klangen sogar schon fast herzlich durch die Kirche.

Die weltliche Feier fand auf der Burg statt. Obwohl es für die Bewohner des Tales so aussah, als wäre eine Menge Gäste da, waren es tatsächlich nur sehr wenige.

Von Ilonas Seite eben gar niemand, aber auch von Stephans Seite gab es ja keine Verwandtschaft, als Gäste waren der Sohn des Herzogs, Max, da, der Fulinpacher sowie Arnhard von Glonn. Nach vielen Gästen sah es nur wegen derer Leibwächter aus.

Aber viel oder wenig Gäste, die Hochzeitsfeier wurde ein großes Ereignis im Tal. Nur die kleine Marti sah beim Mahl sehr unglücklich aus und stocherte lustlos auf ihrem Teller herum. Christina, die das bemerkt hatte, fragte die Kleine nach dem Grund. Einen Moment lang barg das Mädchen ihr Gesicht in den Falten von Christinas Kleid. Als diese ihr über den Kopf streichelte, fragte sie leise : „Ilona - neu Nam ?"

„Ja, meine Kleine," meinte Christina verwundert, „wenn eine Frau heiratet, dann heißt sie wie ihr Mann. Ilona heißt ab heute Ilona von Tiers."

Unglücklich sagte Marti zaghaft : „Ich nix. Nur Marti Nam."

Jetzt verstand die Burgherrin.

Sie lachte, nahm den Kopf der Kleinen in ihre Hände und erklärte : „Nein, du doch auch ! Ilona bleibt hier, du bleibst hier. Du heißt ab heute genauso wie Ilona und Stephan. Du bist Marti von Tiers."

Ein Strahlen ging über das kleine Gesichtchen. Das Mädchen strich die Haare nach hinten und wiederholte stolz und glücklich : „Ich Marti von Tiers !"

Dann sprang sie auf und lief zu Sebastianus, der es übernommen hatte, ihr Unterricht zu geben und die Sprache zu lehren, und verkündete ihm stolz, was Christina gesagt hatte.

Nach dem Essen erhob sich Max. Alles wurde still. Er übermittelte die Glückwünsche des Herzogs, setzte sich aber danach nicht wieder auf seinen Stuhl. Auf seinen Wink hin holte Georg von Fulinpach einen großen Schild aus dem Vorraum, den er aber noch mit der Innenseite nach außen hielt.

„Mein Vater, Georg und ich haben lange diskutiert darüber, ob es richtig ist, das zu schenken, was wir gerne schenken möchten, oder ob es womöglich alte Wunden aufreißt. Letztendlich aber waren wir uns einig, dass wir es müssen. Denn nicht die Vergangenheit soll uns ewig bevormunden, sondern die Gegenwart soll uns stolz machen und der Blick in die Zukunft soll mutig und unverstellt sein. Langer Rede kurzer Sinn."

Er sah Georg von Fulinpach an und der drehte den Schild um und hielt ihn nun so hoch, dass alle ihn sehen konnten. Gleichzeitig sprach Max weiter.

„Die Familie des Stephan von Tiers konnte und wollte vor zwanzig Jahren verständlicherweise das alte Wappen, das auf dieser Burg lag, nicht übernehmen. Doch eine Familie, die dem Herzog so verbunden ist, kann unmöglich ohne eigenes Wappen bleiben. Noch dazu eine Familie, die auf die Zukunft baut, wie uns Ilonas und Stephans Hochzeit beweist. Deswegen verleiht euch euer Herzog dieses dreigeteilte Wappen : In der linken Schräge die Weinrebe, die den Frieden und das Köstliche, das dieses Tal hervorbringt, symbolisiert. In der rechten Schräge das Schwert, das allen zeigt, dass diese Familie wehrhaft genug ist, um für sich und den Herzog einzustehen. Und in der Mitte," nun sah er dem Burgherren fest ins Gesicht, „in der Mitte die zwei Farben unseres Himmels, weiß und blau, die vor über zwanzig Jahren in das Wappen unseres gesamten Landes übernommen wurden und die nun auch wieder zu ihrem eigentlichen Besitzer zurückkehren sollen !"

In der auf diese Worte folgende Stille sahen alle zum Burgherren, zu Stephan von Tiers, der einst als Raimund von Bogen der letzte Graf dieses Geschlechtes gewesen war.

Stephan von Tiers wiederum sah das Hochzeitspaar, seine Kinder und danach seine Frau an, wobei ihm zwei kleine Tränen die Wange hinunterliefen.

Aber dies waren keine Tränen, die die Vergangenheit beweinten.

weitere bücher des autors in diesem verlag :

romane aus eder ritterzeit :

„denn mein ist die gerechtigkeit der rache" isbn 13-9783837084030
(raimund von bogen, grafensohn, ritter und berufsmörder im auftrag des herzogs, gerät in einen strudel der ereignisse. dies ist die geschichte der farben weiß und blau im wappen bayerns)

„der janitschar von salzburg" 13-9783837086164
(die zwei jungen ritter stephan von tiers und raimund von fulinpach werden an die kirche ausgeliehen. sie sollen mysteriöse anschläge auf den fürst-bischof aufklären und stoppen)

„feme-gericht im inntal" 9783837034493
(gefesselte leichen im inn mit aufgebranntem f auf der stirn. die angst geht um. ein fall für stephan von tiers und raimund von fulinpach, der der neue burggraf auf der feste kufstein ist)

„der thör vom samerberg" 9783839116777
(merkwürdig, nur kinder von bergbauernhöfen sind spurlos verschwunden. Gemeinsam mit mönchen aus dem kloster berchtesgaden starten zwei junge ritter aus dem herzoglichen geheimen dienst eine verzweifelte suche. in dem augenblick, in dem es um leben und tod geht, spielt ein einfacher bergbauer vom samerberg die entscheidende rolle)

„der schwarze mann von rosenheim" (in bearbeitung)
(ist es der teufel, der die bewohner von rosenheim terrorisiert ? und was haben die schrecklichen geschehnisse rund um den kleinen ort zu tun mit dem mönch, der den herzoglichen geheimen dienst um hilfe bittet ? die spur führt raimund von fulinpach und stephan von tiers bis ins land der magyaren)

kinderbücher :

„lauter kleine geschichten für lauter kleine leute" 9783837084122
(zum vorlesen oder selber lesen, geschichten vom kleinen feuer-
wehrmann, vom kleinen eisbär, vom kleinen buchstabendieb und
vielen anderen mehr, dazu lustige gedichte)

„geteilter troll ist doppelte freundschaft" 9783837021776
(zweiter, aber selbständiger teil der erlebnisse um den kleinen herrn
troll, der im dörflein au vorm gebirg kinder zum lachen bringt)

krimi :

„sieben leichen auf der rosenheimer bowlingbahn" 9783837088229
(sieben leichen, jeden tag in der woche eine, ist das nicht ein bisschen viel ? kriminaloberkommissar wernfried lanzelot kobbs - von
seinen kollegen im landkreis rosenheim-kobbs genannt - hat einen
schrecklichen verdacht)

thriller :

„fiasko in rom" 9783839106266
(„he, dorftrottel," sagte mein verstand zu mir, „denk doch gefälligst
erst einmal nach, bevor du zustimmst ! was ist denn, wenn du auch
erschossen wirst?" verdammt, das war ein argument. Falls es mich
nämlich auch erwischen würde, dann wären auf irgendeinem römischen friedhof zwei absolut gleiche leichen, die kein mensch unterscheiden können würde. dieser spaß war das risiko wert, also sagte
ich ja. manchmal sollte man aber auf einen guten rat hören, besonders, wenn man sich mit der mafia anlegt)